都市民俗與雲間記憶

甲辰玉鐘楊題

戴建国　著

上海三联书店

序

　　戴建国兄嘱我为他的《都市民俗与云间记忆》作序,我脑子没动一下就随口答应了,回家一想我能干这事吗?一个研究古代文学的博士写了本精彩随笔,竟然要一个学古代史的文字都弄不通顺的人写序,这差不多就是让赵子龙去枪挑秦始皇,隔岸桃花两相望,叫我怎么去采?年纪上去,脑子不够用,前面有坑,还是会一脚踩进去,好像自己很勇敢的样子。

　　大多数文学出身的人都是文采飞扬出口成章,底气足的张口就能慷慨激昂,形容词、排比句、比喻语,气势恢弘,以排山倒海之势压过来,才情点的会文雅委婉,随口念几句古诗,"歌声婉转添长恨,管色凄凉似到秋",让我这般俗人倒吸一口冷气,只想回家翻《佩文韵府》也去学几句诗,就想着有朝一日我也有一起附庸风雅的资格。我们学历史出身的,好像说起话来头头是道,摇头晃脑,其实平铺直叙,没有承转起合,写几篇文章总让看的人昏昏欲睡。如果让人做个调查,央视百家讲坛,讲得好的前五位,估计全是文学出身的,历史的能有人进前十,一定要烧几支高香。这般说来,戴建国这位老兄是强人所难了啊。

不过转念一想,人家把书稿发给我有两三个月了,对我这样真情相邀,不写不太好吧。心一横,也就不管了,献丑也就一次,再说文学界,也没几个人认识我,写点啥都无所谓,关键是我写了,我完成任务了。

认识戴建国兄,要将近三十年了。九十年代中期,我是上海师大古籍所的老师,刚混上个副研究员,意气风发,而戴建国兄进所跟了孙菊园老师读硕士。那时候,他人长得挺帅,没一根白发,心灵美好而又淳朴。据孙菊园老师后来给我说的八卦,他进学校行了束修之礼的,手拿两玻璃瓶子的汾酒送到老师家里,市场价二十五元一瓶,那时送礼流行这玩意。孙老师说一个女老师又不喝酒,送酒干吗?据说戴兄当时浑身不自在,抖抖豁豁地将两瓶酒递给老师。孙老师说到这事时还学着他进门的样子,说他太质朴了!我说这玻璃瓶的汾酒,老喝酒的人都喜爱,不花里糊哨,质量又高,最实在。孙老师说,对,这就是戴建国,人最实在!原来,孙老师对戴建国兄是这样的认可。

我读本科的时候,孙菊园老师给我们上写作课,平时对我们生活和学业上有不少指导,虽然说话嘻嘻哈哈无规无矩,但师是师生是生,如果排排辈份我和戴兄都是孙老师的学生,是同一档次的。两年前,戴兄给我发过来一张当年我俩在古籍所小平房旁边的草地上站着的合照,两个小伙子是那样的年轻,那样的精神,神情专注,向着远方,胸怀理想,今天只有羡慕的份,只能发一句感叹:我们曾经一起意气风发过,不过我先老了,他还年轻。

戴建国兄毕业后在一所著名的高中里担任语文教师,写作的特长发挥得淋漓尽致。之后回到上海师大,重新开始科研工作,不久跟随华师大著名的古代文学专家刘永翔先生读博士,那本著名的《〈渊鉴类函〉研究》应该就是他博士阶段收获的成果。后来他一头扎进民俗学研究,先后在我们(人文)学院和法政学院担任民俗学导师,桃李满天下,又担任《非遗传承研究》副主编,学术做得风生水起,令人艳羡。编的杂志还不舍得给我看,说我专业和他不对路,我讨了几次才送来一本二本的。不过他和我吹牛,张口就是上海的某个非遗某个生活习俗,比我这个上海郊区的土著还要熟悉。

某年秋天,《新民晚报》的资深编辑沈月明兄来电话,说他们想开一个关于上海郊区文化的会,觉得历史上上海郊区的文化自有特色,冠名为"沪乡文化"。这种文化在上海城市经济的辐射下,有时代的色彩,因而想搞个项目,让我牵头,我口头答应了。几天后我和戴建国兄去了南汇海沈村,我当车夫,载着著名的非遗专家与会,一路上听他给我普及奉贤、南汇和金山的非遗知识。会上,各自作了个简短的发言,我和沈月明兄签了个协议,对"沪乡文化"进行学理上的研究。其实我心里是蛮虚的,因为我熟的是上海历史,不熟的是文化理论,怕做不出来。当然我想好了一个替我挡枪的,那就是我们的非遗专家戴兄。

项目签约后,戴兄带着学生,翻文献、跑田野,上海的乡镇跑了几十个,每个星期天他发的朋友圈都是带了一帮男女学生在调研,记录了很多上海格调的风俗习惯、生活语言、物质文化。他去过的很多乡镇,我至今还没有到过;他了解的上海掌故知识,我有很多没有听说过。哪怕是我的老家嘉定,有的数十百年前的传统习俗因为今天不再流行,全让他挖掘出来,而我却木然不清楚。现在收在随笔集里的"沪乡文化"部分,就是他做课题时的一些副产品。课题写成后，我提了几条意见，但他和学生做得很详细，并不需要作太大的修改。沈月明兄给的一笔课题费，数量不少，他全给了学生。我问他为啥不自留一点，结果他说学生很辛苦，他们需要钱。

这就是戴建国兄的一种善良，一种对人对钱对事的格局。反映到《都市民俗和云间记忆》这本书里，他的这种气度这种格局无处不在，他是带着一种平和的心态看上海的昨天和今天，他研究上海，对上海的人和事、风俗充满着友好和包容。

书里，我最先看的是"斯人已矣"这个部分，看他怎样写自己的老师、同事。那些熟悉的人熟悉的事，读后让人感动。我也写过怀念孙菊园和孙逊先生的文章，但没有戴兄写得那样感人。关于女作家黄九如的那篇，一口气读完，才明白在我们工作着的学校里，原来有着这么不平凡的作家，我们走着她走过的路，坐着她坐过的凳子。图书馆的郭女士，无数次听到她的名字，却从没有结识过，看了《哦，是吗？》，就算正式认识她了。师大南门口小书店的赵老板，这样熟悉，却没有想到要替他写一笔，他憨厚的笑容读了《灯下读书鸡一鸣》就永远留在眼前。戴兄对人的怀念，无论是前人还是同时代的人，无论是老师还是一同生活的小人物，倾诉着真感情，是细腻的心迹自然的流露。

没翻书以前，一直认为戴兄是文学博士，文学的描写是他的强项，没想到随笔里到处都流淌着历史。《法物之玺》，从《独断》谈到《释名》，是语言学的考证。《法物之印》，从甲骨文谈到《周礼》《汉书》《汉官仪》《后汉书》、唐宋笔记，这分明是研究艺术史的论文。《韩非与〈韩非子〉》，翻阅了《史记》，又看了王先慎的《韩非子集解》和陈奇猷的《韩非子校注》，参考了谢无量、任继愈等编写的几种《韩非》评传,再到知网上查金景芳、蒋重跃的论文和张亲霞、宋洪兵的研究著作,一篇小文章最后彻底大做一番,引经据典,这哪是随笔?分明就是历史学论文。这些文章,体现着戴兄的史学功力。戴兄说他想带人回溯历史,我看是做到了。

戴兄认为我们现今让都市包围着,要"倾听当下,感受地方文化的独特魅力"。因而他的"沪上年味""感应时节""老城厢",都是满含烟火气的上海风俗习惯。他感叹着上海没有年味,但又想从文化中寻找"年味";他围绕着节气来感应一个个时节,想把这些节气"传承在路上";他从老城厢中追逐古老的市井味,其实只想得出一句"无论岁月如何,老城厢风韵犹存,风流还在"。一个个小标题下,他对传统的热爱,对文化的执着,随着他的白发增多,那种思绪一天天在飘溢着。

戴兄的文字,清新而又靓丽。不读一遍,是你的损失,而我,提前读了一遍,是早早来到的幸福和快乐。

张剑光

2023 年 12 月 8 日草草写于上海师大文苑楼 908 室

目　　录

斯人已矣

景界大千

亲近非遗

错过了好几个忆

（一）

大年初一，到文庙烧香，这是沪上每个家有考生的都自然要做的。今年不一样，文庙关了，连抱佛脚的奢望都不可实现，因而倍加百无聊赖，除夕我第一次茫然地看着春晚联欢节目，然后在抢头香的痴梦中傻睡到次日中午时光。

年前花了千元办了一张上海图书馆的参考借阅卡，还梦寐着陪考生泡在全年无休的上海图书馆里，但上海图书馆也关了。手边有几册图书，反正也没有办法还，就陪着做作业的考生，不看电脑和手机，逐页翻阅图书，因为是细读精读，不免往往能看出书中的瑕疵，阅读的兴趣顿减。转而翻找堆积的图书，一开始还能潜下心来，但是随着大流的紧张慌乱，我越来越无绪品读学术著作，而考生需要的试题册快递不到或发货错误后来就是石沉大海。

待到停课不停学时期来临，电脑手机被迫一直闪亮，考生那边不停地切换页面，我则惶惶不安，从门缝中，从镜子中，鬼鬼祟祟，寻寻觅觅，或弄出响声，或干咳一声，或悄然站在旁边,或掐断网线。更有网页打不开,收费课程在进行。

子鼠之年,我如鼠辈被关闭于暗处,期待,窥视。2月已尽,3月可期? 高考无情,岁月无忆。

(二)

"年味"一词,大致出现在1943年的《三六九画报》里。元旦前,我写好了《七十六年的"年味"》,文章表达的主要意思是,从生活方式到文化方式,从民俗到非遗,从淡化到重视,"年味"的浓淡折射出的是人们对传统文化的认知与理解。某媒体1月19日(腊月二十五)原来有一个整版面已经排好了它,因故没有刊发。我也是认真写出这篇文章的,还发动众人搜集了图照。有心人希望过年时候有更多人读上这篇文章,给年味添上文化韵味,立即主动联系了某报,报方当时也答应年后刊登。后来,该报以抗疫为主旋律,我的这篇"年味"文章就一直无缘在该报面世(但是在1月18日出版的《上海外滩》2020年第1期上发表了)。

1月25日(正月初一),中国新闻社上海分社年前专访过我的稿件《上海外滩:"大客厅"里的"混搭"年味》在中国新闻网上出现,文中提到外滩一带"透出浓浓的新春年味"。渐渐地,口罩必戴,大街小巷白天人稀,夜上海则静悄悄了。

1月27日(正月初三),我从年味具体到了子鼠,写出《清代的三首老鼠嫁女诗作》,该文说的是,清代三首老鼠嫁女诗作,既写出了诗人当时当地的老鼠嫁女习俗,还不约而同地接受了《诗经》中《相鼠》《行露》篇推重礼乐诗教、运用讽刺手法和风趣语言的妙处。但是谈鼠色变,某刊大力搜集抗疫题材,我的这篇鼠文就留存在微信群里了。

2月10日(正月十七),中国民俗学网刊发了《民俗研究》2020年第1期上发表的我的《丁景唐与民歌社》一文,此文当然与年味不搭界。此时,既然元宵已过,因而传统的过年就不再存在了。从七十六年的年味,到上海外滩"混搭"年味,再到子鼠年味,时空交错,但今年年味未能如期演绎。2020年的年味如何,如果单独看上面三篇文章中的任何一篇,都有失偏颇。——2020年,没有年味可忆。

(三)

生活中最怕的是矫情,春节是中国人的狂欢节,但偏偏有些人在无病呻吟说年味淡了,过年就像平时的放长假。2020年春节国定假期一再延长,谁敢再口出狂言说一声"过年就像平时的放长假"? 对于这次假日,我们可能将弱弱地表示,假不在长短,一定在"放"上面,否则何所思何所忆。

宅在家里,就是贡献,这是出于马斯洛安全最基本需要而言的。传统的放鞭炮、贴对联,不就是为了驱赶"年"这个恶兽吗? 大鱼大肉一顿接一顿,长睡又短眠一个接一个,终究是将憋出内伤的,于是出现了环室游,厨房美食街,卫生间大瀑布,还有阳光房、卧室、书房、沙发等等,都幻化成了假日饱览畅游的胜景仙境。放在平日,如果有谁这样弄个室内游,群里一定会爆发出无限的鄙视,邻居也必然会毫不客气把他们送进精神病中心。

突然有一天,全民对扫把进行科学实验,这个不怕脏的玩意儿竟然特立独行,能稳站于地上而不倒。这一重大发现的图照迅速在网络上发散开来,城市乡村老人小孩男男女女都迅速地加入了实验大军,毅然决然地见证了这一图照是真相,绝对不是谣言。第二天,我也赶紧箍上口罩到超市购得试验器材,回家一试,真的成功啦,于是上微信发图随喜。有学生看见后,立即大惊失色,问我也怎么玩起这个,我一时无言以对,只好"哈哈"回复。转而一想,莫非我平时太正儿八经,而今儿不正常,或者平时原来就是副假面孔?

往年商家开春必大捞一把的2月14日,这次丝毫没有一点点情调。微信群里只有傻帽小子送上一大束高档口罩。就是送上一车皮口罩,也不会有半个姑娘出门来人约黄昏后吧。请姑娘在家组织一次环室游不妥,请姑娘在室内作扫把稳站实验也不妥,那么这个洋节不过最好。少男少女们不过春情早萌的这个洋节,估计家长们梦中都在窃笑不已。

日子挪到了2月29日,宅人们还是无计可施。屁股决定脑袋,眼界决定视界,天天坐家观天,能捣鼓出什么自娱自乐的玩意儿? 有好事者终于发觉4年才轮得上2月有个29日,于是决定留念,但是响应者寥寥,毕竟往年无图照好回溯,今朝近照却嘟腮宽屏,剩下的就是祈祷上苍:天佑中华,回到我生活原态吧。

假日可以补睡眠补短板,也可以休闲放松,然而这次过年不是放假,因为它太令芸芸众生身累心累。既如此,又会有谁去追忆呢?

(四)

在家防疫,首先要保证不感冒咳嗽,为此我身体力行。我的办法说起来也很简单,就是中西医术相结合,西药和草本兼用,疗效还是不赖:每日想起来就吞服维C片,最大量是3顿,每次不超过2片;开水冲泡明前树叶,每日想起来就饮服茶水,睡前适当减量甚至停用。身体虽是无恙,可是读书看微信时偶尔郁闷寡欢,这是老毛病,乃学养严重不够造的孽。

据说疫情是由于吃了野生动物如蝙蝠、果子狸之类造成的。蝙蝠是民间吉祥物,也能吃也敢吃,没有敬畏就不怕报应?《红楼梦》里是通吃的,也没有吃蝙蝠的呀,倒是有吃果子狸的。《红楼梦》第75回写道,在中秋节前一天,贾母赏了一碗笋和一盘风腌果子狸给鬟儿宝玉两个吃去。过了约三天,第79回写道,宝玉身体作热,卧床不起,一个月后方才渐渐痊愈,在百日内连院门前皆不许到。第80回写道,宝玉禁足百日后,终在腊月出门行走。我翻看这一段故事情节,就有3个疑惑:一是曹雪芹为什么写《红楼梦》只有80回,其时主人公都存活下来了;二是宝玉食后曾偷偷跑去看过晴雯,晴雯之亡故与他接触有无关联;三是经历禁足百天之难后,宝玉的生命意识又是怎样的。我从来没有认真读过一遍《红楼梦》,又不敢请教红学专家,足足想了3天也憋不出论文的题目,甭提发出什么宏论高识,只能偷偷研判出3个拙见收场:有钱喝茅台支持民族酒业,也绝对不去吃什么果子狸;和酒肉朋友打交道不安全,谁知道他是否吃过果子狸;保护中医,取草本之精华,每天不忘清茶一杯养身安神。

武汉在赶建火神山医院、雷神山医院,大概是1月27日,微信群到处在宣称:"从易经角度分析一下此次疫情,增加我们战胜病毒的信心:……关于火神山和雷神山。武汉当地并没有这两座山,两座应急医院分别取名火神山和雷神山,很明显有易学高人指点,也体现了官方对中华优秀传统文化的高度认可。从五行角度来讲,……"我半桶水晃悠悠,就马上接上:"第一句就错了,应该是《周易》。武汉属于华中,这是很明显的。中为土,对应黄色,所以有黄鹤楼。而南为火,如南岳衡山供奉的是火神祝融。"名称不过是一个符号而已,但是过分夸大其辞,还歪解中华优秀传统文化,并无证据地说是官方高度认可,真不知道这些小道消息传播者居心何在。平常,我经常看见《周易》和易经分不清的专家在论道,也看见韩非和《韩非子》分不清的学者在撰文,我只会在私下里、小众范围中讥讽那些专家学者,最大的本领就是在微信群里拉黑他们。我挺提心吊胆的是,若有一天,他们不耻下问让我推荐什么字典或者词典颇能用来恶补时,我肯定是丑态百出原形毕露,因为我根本回答不上来,毕竟我就是一个见书不读的人。

学养严重不够,在这么长的假日里,我还不肯痛改全非,不读书写字。等到下次再相逢时,您一定会马上认得出我"哦,还是老样子嘛",我无所作为自然将不会改变您的记忆!

聆听海上年俗

在市群艺馆三楼报告厅，上月我开讲座，本月我听讲座。辛旭光先生迎财神当日主讲"虎年新春传统新年的民风民俗"，讲座为"聆听上海——海派文化系列讲座"之一。华兴富先生在三楼东边传授撕纸技艺，年前我收到他赠送的撕纸新品，门虽掩着但不便进入，我没法当面向他贺岁。碰巧有场年俗文化讲座快开讲，我就在报告厅后排落座。

辛先生在剪纸用以暖场，工作人员送剪纸作品供听众挑选，不一会，又给每人分送3颗大白兔奶糖。讲座尚未开始，年味氛围挺浓。我选的剪纸是老虎上山滑冰，与当下冬奥会相应。

吉时开讲。辛先生系着红围脖，把眼镜向上一提，从"年俗文化核心冬至"开始道来，起点不凡，我肃然起敬。许多人认为传统年始于立春，辛先生则不以为然，他以感恩为关键词解释冬至的深义，并举"享年"为例，民间冬至以奉安祭祀为重，至冬至为享年数目。

民间祭祀，包括祭祀各神和祖人，各项祭祀自有其要旨和仪程。民以食为天，灶神监督居家生活有序，祭祀灶神自有其哲学和美学意义。初四贴灶神，初五迎财神，有了吃就想着发财。娱神神佑和娱人自乐同时重要。美化生活起居，贴上门神、财神、年画、灶神、年历、对联等，满眼的都是年味。在辛先生看来，吃是一方面，但年节的丰富有其意义，还需要内在的和外显的文化，这使得年味不是简单的吃喝之事和普通的节日。

辛先生喜欢用沪语沪谚说沪上年事。从冬至到元宵，语言方面有系列禁忌，人们从善如流，修身正心，这值得习得和修炼。如"十二月廿八，没有办法"，廿八躲账，除夕不可讨账，要让欠债人也能过个年。谈到招财猫，辛先生讲明为啥招财猫必是生育能力极强的花猫，并谈及"二脚的人容易找，三只脚的蛤蟆难寻"的意思为干活的好找而舍得施予者少。

辛先生是上海师大 77 级校友，他不时抛出传统新年的冷知识，别人多不知晓或不明白其背后意图。譬如，冬至时女儿万万不可送鞋，父母合穴时如何做到"后来发"，碑匾字体的凹凸意义不同而切不可弄错，祭祀牌位为什么名为"栗主"牌位，高桥"五"的异读，新年踩祟是怎么回事，扛三姑娘不如扛葱姑娘，等等。听者越发入迷，辛先生越发投入，有时不免偏题说到沪上其他民风民俗，听众听得津津有味之时，辛先生则忘情地转用沪语畅叙。

辛先生对自己剪纸新作"灶神"很是满意，便分发给每人一张作品，他又以家乡高桥为骄傲，分发高桥脆饼给在座的听众。大家又吃又拿，掌声过后，纷纷上前或加微信或拍照。市群艺馆的新春讲座活动别开生面，当然还有第十六届海上年俗风情展、新年画作品联展逗人欣赏。

年味的杂乱

正月初七，是人日。这本于女娲传说而来。女娲创造苍生，逐日造出了鸡、狗、猪、羊、牛、马等动物，第七天造出人来。在我的故乡有句话"七不出八不归"，人日就在家里好好待着。初七又叫七煞日，诸事不宜，尤其要避免外出远行。今年初七是周一，开工上班，如此看来，年节是按照假期来编排的。

有人在穷喊年味淡了、没了，但是又有多少人首先明白这里的"年"指的是啥。元旦前普天嚷着"元旦快乐""新年快乐"，这是新历年的活动。到了旧历年时，也有说"新年快乐"的，但说"新春快乐""春节快乐"就比较合时宜了，以别于新历年。过元旦仅仅是赚一个懒觉，元旦是个纯粹的假日，当然毫无"年味"可言。"年味"只与旧历年有关。

中国农历新年，也就是春节、新春、新岁、岁旦等，口头上又称过年、过大年。春节、新春、新岁、岁旦，没有一个"年"字，民间则习惯用"年"，"春""岁"与"年"分别是两套话语体系，它们的关系让媒体不知所措，受众自然不知所云。

百节年为首，虽然春节是中华民族最隆重的传统佳节，但年不在二十四节气中。狭义的"春节"，特指正月初一。立春节气在新岁时候，称"新春"没什么不妥。过去正月初一也称元旦，因而新岁为岁旦也没什么不妥。新春里，民间重视立春，这也很正常。民间好说属相，十二生肖是一套纪年的符号系统，十二年一循环。比如壬寅年属虎，我们把正月初一视为壬寅年之始，壬寅年立春在正月初四，按常识推理，正月初一出生的是虎宝宝吧，春晚举国上下都在声嘶力竭迎虎呢，但是也有人以为立春后出生的才是虎宝宝，这样初一至初四立春前出生的既非牛又非虎，迎了几天，老虎还在路上闲逛，这挺麻烦的，我只好建议这几天有关孕妇们千万使用九牛二虎之力屏住屏住再屏住，坚持就是胜利。

立春的时间，不一定必须出现在正月里，它也可能在腊月里与人们照面，有时旧历年一年中没有立春，有时会冒出双春年。既然立春不是一年的起始点，那么立春是二十四节气之始吗？也不是。正月初一为旧历年之始，冬至日为二十四节气之始。立春的名分，只不过是迎接春天的第一个重要节气罢了。演艺界如果玩出立春是二十四节气之首，立春以樱花飞舞为图像符号，那么，姑妄言之，姑妄听之。冬至，年味起，年糕出现在浙江老百姓的餐桌上。年，谷熟也。《尔雅·释天》说：夏曰岁，商曰祀，周曰年，唐虞曰载。冬至大如年，仓廪实而后知礼节，谷熟后重感恩，行祭祀，年味的序幕陆续展开。

除夕夜守岁，大家都不会说错"守岁"，但为什么守岁呢？普遍的说法是，有个叫"年"的猛兽这夜出来祸害人类，人们燃放爆竹驱赶，后来演变为燃放爆竹的习俗。除了守岁，还有压岁、踩岁，它们是过年习俗中极富特色的三种祈福形式。祟原指鬼怪或鬼怪害人，所以"守岁"应为"守祟"，燃放爆竹是驱赶"祟"而不是"年"这种猛兽。有益植物和有害动物要分清，否则痴长一岁。

从冬至到元宵,民俗活动甚多,特别是在江南地区,其中蕴含着深厚的道教文化和丰富的民俗心理以及无穷的民间智慧,哲学的、美学的、实用的价值隐藏其中,足可以增加我们的文化自信,然而有的人动辄简单斥之为不安全、迷信落后、愚昧无知,这样棒喝之下,何来年味? 年味焉在? 如此自信,不如称之为自戕。初七傍晚,我的老家有一种"搋毛狗"年俗,史志记载为"赶狐狸",狐狸拜年不安好心,小朋友们义愤填膺,一边呼喊一边搋跑。寓教于乐,善莫大焉。

年味,有待我们保护、传承、传播。过好中国年,任重而道远。

新春祈福

　　上海城隍庙和川沙城隍庙,近来都有年味,前者游客盈门观瞻,后者信众新春祈福,过年时节两处乐得盆满钵满。

　　川沙城隍庙红色展板上显示春节开放公告,大体有三种安排:除夕、初二至十四,为8点至16点半;初一、初五、十五,为6点至16点半;除夕夜、初四夜,暂停开放。今天是初三,进出人员和庙内工作人员零零落落,执行好防疫要求后,外人就可以直接进入。我跟在一位老者的后面,他填写信息,里面女工作人员忙着搬动锡箔,头也不抬地说:"写2人。"她大概以为我们是同行者,老者半笑半不笑地看看我,我半笑半不笑地看看老者,他可能划了"2"。不用买门票,不用请香,我们进去了。

　　第一间是财神殿,它位于主建筑的左边。一个小男孩在里面走动,是否求财神了,当然我不知道,不过听说心诚则灵,也许他心里念过,尽管没有言语。我没有请香,就不上前麻烦财神现场办公,如果他佑我财源滚滚,我不会无礼拒绝的。

　　正殿城隍殿右角有几个金属大缸,专门用来焚烧金箔银箔的,两位杂役在帮一位男信士舒展锡箔,然后拿来点火枪,像打火机一样，一按就喷出火来，锡箔立即燃烧起来，散发出特殊的味道。一对母女信士也趁机过来，剩下的一位杂役不紧不慢地帮着舒展锡箔，女信士们学着样子，缸中火光不息。其中，过来一位年轻女信士，手捧着燃香，询问杂役插在哪里，杂役示意放在隔壁焚香炉中。我是路人甲，与杂役闲聊。杂役心态极其平静，向我宣讲行善心诚的要义。我趁机请教杂役，为什么特别注明除夕夜、初四夜暂停开放呢，杂役解释说，信众半夜烧香呀，大年夜烧香，进财神烧香，谁都很想赶早，碰上初一天腊斋、初五迎财神、十五上元天官赐福，福主更多。

慈航殿在正殿右边，焚香炉在它的前面，最前面是株高大的老银杏树。我不明白慈航是什么意思，就主动踱进门槛，殿堂四周按照属相分布，立60位太岁神金身，他们身上披红，前有竖牌，外围栏杆上悬挂祈福飘带，披红和飘带上都写上了信士姓名，有的还有生辰。看来，这些是需要请的。正好有一位少妇模样的信士跟着一位有身份的男子进庙，我看见他们进了一间工作间，瞥见里面有笔墨纸张、飘带、太岁符等等之类，他们很快进了旁边的屋子，那似乎是用膳的地方。后来，趁那位男子到城隍庙正殿肃然作揖时，我悄悄地旁观了一眼，他行一礼三叩的礼节，即行一次稽首礼，加三次叩手礼。

我离开城隍庙时，查看了春节期间城隍庙的三种香事活动：接财神补财库，财神禄位功德金1980元/位；迎新春增福禄，新春祈福禄位功德金3980元/位；凡乐助功德金百元以上者，赠壬寅年手机太岁符2张。川沙的关帝庙、财神庙正在修缮中，相关的进香事宜集中到了城隍庙，所以虎年春节期间这里新春祈福成为当地重要的俗信活动。重修川沙城隍庙和重塑太岁神金身，共襄盛举者众矣，为重修庙宇，捐善款者从2

千元乃至 30 万元不等,有的捐塑像功德金 3 万元,有的捐供养功德金 6 千元。川沙信士出手大方者如此众多,同时,川沙城隍庙的新春祈福功德金需要相当数目,从一定角度来看,川沙经济实力厚实。从将近半天的实地走访观察,我发现,川沙的女性高龄多,川沙的棉纺织业曾经高度发达,妇女经济因此宽裕,80 岁以上的女性往往比其丈夫大 2 岁,因为女方家庭不愿意让女儿早嫁;男性善于建筑营造,在上海市内建筑业拥有一定声誉,当地的屋宇建造明显优越于上海其他地方的房舍;整个川沙的经济实力,曾经在全国都是数一数二的。一定经济积累后,他们更愿意行善施与,新春祈福就是一种表现。

外地游客到上海城隍庙一游心安,当地信士到川沙城隍庙礼敬一番也心安。年味的表达尽管不尽相同,但心安求福的出发点是一致的吧。

春夜喜雨

秦时雨水汉时珠,水珠肯定浸润过大汉天人合一的神韵,我下班时,它下雨,晚上我下课,它瓢泼。春夜喜雨,亏子美这糟老头想得出。

天熬了一天,也累了,没精打采地扔几颗散珠。人行道和珠同尘,灰飞扬不起来,但地面作起了丑陋的图画,路人毫不留情,肆意在上面践踏,路画愈加丑陋。昨天一群人把绿化带里的杜鹃全拔出来,又栽上了另一种植物,于是人行道上涂抹了泥土的残留物。路边还有几筐杜鹃,落寞地堆弃着,也不珍贵,连像我这样的穷老汉都看不上它而不会公然抱它回家去。沪上杜鹃花,最漂亮最鲜艳最能与山丘映山红比美的,我以为在中山医院诊疗大厅外,不过,大家非必要莫去中山医院田野调查哦。

我忘了春潮带雨晚来急这茬事,忘了带雨伞出门。雨还加个夜场,热爱学习,赴高校接受研究生教育,赶在窗外听我上课。我上好了课,它逞什么热闹!幸得学生送我一把雨伞,他们再等同学间送伞。我在校园里路灯下找不亮的路面走。哪位有钱的校友如果特有爱心,赠送善款精修路面可好。我在淮南朱岗村看过最平整最不积水的柏油路,让农民监督修路更靠谱,田野调查告诉我这一经验。雨夜有伞对付,我安然地走在何以笙箫默的影像中,一阵阵幽香扑来。花草吵吵闹闹的时候,香樟散发出迷人的香气,真是令人陶醉。夜里,如果在校园里散步,任随樟香包裹着我,那绝对是子美没有享受到的快乐。子美只听到众人所听到的声,没碰触到春夜雨中袭来的香气,无形的一面没有状写出来,我给《春夜喜雨》差评。

下雨的时候,我偷着乐。

上海没有小年

手机日历显示今日"北方小年"明日"南方小年"。

雨中,我撑伞去桂东市集田野调查。边上的居民习惯叫它东街菜场。2022年似乎是个名词年,创下了不少新名词,2023年赓续之。有市集,也有乡集么?一天里,我赶桂东市集两次,上午是田野调查下午是办小年货。两层楼,重新打理了,电梯换位置了,摊位调整了,用上统一的计量器。我买一些食品,摊主急得慌叫:怎么从机器上扣款?价格还可以,东街菜场向来以价格实惠而吸引居民们。基本上还是老摊主,三月至今,他们藏在何处营生呢?还有一些摊主人面不知何处去,所见之处空了一些摊位。也新增一些新的面孔,没有顾客与他们打招呼。市集的烟火气在哪里?可能在路上,因为一溜房屋尚未开启,何日油条大饼粢饭糕豆浆等点心再来?

某某社所发推文标题说:"今天明天,都是小年!"一个感叹号,直抒胸臆,情满于山,意溢于海!推文里面说,北方先过小年,接着南方过小年。上海并举海派文化和红色文化以及江南文化,由此推理,上海该是南方。我又去市集采购小年货,老堂客该是北方人,指令我备小年晚餐食品。市集空旷,摊主远比顾客多。摊主闲了,自然想找顾客叙旧。收费机器每月150元,每收100元缴2元什么费。我买宽粉条时,看到有海带卖,每斤26元,我挑了两包蒸发量大的海带,计量才4.4元,上次我买海带吃了大苦,四下里都不卖,网上也远不止26元。摊主不会操作收费机器,让我自行操作。宽粉条的信息,机器里没有,摊主悄悄掏出手机,让我从微信里支付,2包9元,便宜了我1元。摊主忙了一天,还不会操作机器,我是仁者,成全摊主开张了吧。摊主们不急着收摊,而顾客眇矣。欢度小年和准备欢度小年,不应该呢?上海人平淡地过着腊月二十三和二十四,原来上海根本没有"小年"一说。嘀嘀,上海只有小年夜、大年夜之分,大年夜即除夕,前一夜为小年夜,腊月二十四送灶君而已,如今土灶没了,送灶君就成了往事。

哈哈,上海这南方没有小年,自然,手机日历伪提醒,某某社推文伪标题,都不够精准。小年,闹了一个大笑话。

序　幕

二月四日，即正月十四，是日立春，正式进入兔年。

初一虽入新年，仍属虎。天下苦虎久矣，除夕鞭炮在一些地方报复性盛放，急急如律令，敕恶虎早驱回深山。那年，一场违规烟花秀，导致百亿大楼烧毁，鞭炮烟花禁放自兹正视，人之过，却归结为物之罪，进而上升为陋习予以无情鞭笞，如此滑稽的举措，就这样发生了。更荒唐的事，是众人深以为然。昨晚，局部地区，鞭炮烟花应该如火如荼上演，烘托出年之味，相比之下，春晚少有人问津喝彩。我兹当一次文抄公，记山城不夜天的盛况。"除夕的尾巴，正月初一的头，我们在满城烟花雨中忘记了跨年的钟声，悄然来到了2023年。从新闻上看到今年除夕夜重庆要搞大动作时就开始期待烟花秀了。这场烟花，仿佛不够过瘾似的，越炸越欢，越炸越响。开始于一连串以重庆地标建筑为元素的无人机表演，随后灯光秀过渡，然后重头戏在我们的交谈之际突然闪亮登场。可以说我身体的每一个细胞，每一个器官都受到了极大震撼。那烟花和爆竹的声响，就在耳旁持续爆炸，耳膜震得生疼；那烟花苗从轮船上飞速上升在夜幕中绽出一朵朵金的、红的、白的花朵,随之凋落,宛如天边的流星雨。那熟悉的气味,涌入我的鼻腔,幻化出童年过年的画面。心脏震得咚咚响,在胸腔里蹦跳得似鼓声。说实话,从第一束烟花爆裂的那一秒,我已经饱含泪水,无处宣泄。三年的疫情,禁燃禁放的城市规定,逐步淡化的年味,全部累积为人们的委屈。今天却得以一并宣泄。接近尾声,似乎还是不够,噼里啪啦的,山崩地裂般,齐轰轰地将整个重庆点燃,引爆。居家的我们,在江边驻足观赏的人们,异口同声地惊呼、尖叫和雀跃,好像身体里有什么东西也要呼之欲出爆炸一般。是我们共同的情感、记忆和联结罢了。黑色的天,经由绚烂的点缀,逐步蒙上一层灰,随着烟雾消散,城市便拉开了新年的序幕。"

岁月的长河,冲刷了淤泥,也留下了足痕。人们在乎一桌丰盛的年夜饭,更守望着精神的家园生生不息。厚实的传统文化,世代传承。大年三十催账收款,如咸亨酒店老板是日必说上孔乙己还欠十九个钱呢的话。正月初一新年,不言欠账,这是常识。有知识没常识,玩规矩不明习俗,这样的事,我今天又领略了。上午,银行向公务卡用户发出信息:"【中国农业银行】截至 1 月 20 日,您尾号 8620 的信用卡账单人民币应还款额 2,485.17 元,最低还款额 248.52 元,到期还款日 2 月 14 日。您可选择分期还款、最低还款、全额还款等多种方式灵活安排,详询农行。服务尽在农行掌银……"提醒偏偏选在正月初一这个周末? 我翻看以前的记录,上月 22 日就没有如此提醒。这么大的公司,莫非被临时工错误操作? 此举,玩得实在不高明。

桌上有吃喝,口袋里有钞票,但内在的精神不可缺失。丰厚的传统文化,传承在路上。

龙抬头

21点,我出现在长顺坊理发店,实地进行"魔都龙抬头"田野调查。

我在店外一嚷"没人,好",郭店主夫妇朝外望了望,见是我,店女主人就歇下手里的扫帚,郭店主指了指龙王宝座说:"今晚,你是最后一客,不再理了。"不是22点多才轮到龙抬头吗?郭店主疲惫地说:"理了一天。比平时多多了。为什么偏偏集中到一天?"理发师有不重视龙抬头习俗的嫌疑,我抗议说:"龙抬头,不把头送到这抬一抬,去旧迎新,总是不好的。"

我的非乌丝也爱竟秀,蓬勃生长,一个月下来,满头银光闪闪。郭店主将一圈长发推去,将平顶杂草芟去,刀片左一下右一下后一下。一低头,头毛落了一地,龙隐于田。如此,20元完成龙抬头的庄严仪式。我在刷支刷宝的时候,赶紧补一点口头调查,即今天哪些龙来此抬头。郭店主抖抖披布说:"两类人,就是小孩多,望子成龙嘛,还有就是年轻人,也讨个吉利。"我问老年人不多么,郭店主不解地反问:"年龄那么大,还想抬什么抬?"我听到这话,亿分开心,毕竟他认识我,不像美丽坊有些好心人一见到我就关心地说"哎呀呀,老先生哪,快退休了吧"。这次龙抬头田野调查,我最大的感受是务必到熟悉的店铺剃头,至于老人们嘛,还是藏龙卧虎见好就收,别忙着去参与龙抬头的仪式,生龙活虎是专门用来形容小朋友或年轻人的词语,他们有资格举行龙抬头盛典。一激动,我往店外走,郭店主在店里棒喝"忘了点密码",我回到支付宝界面,输入 6 个数字,成交付款。

长顺坊外,有个小男孩对他妈妈说:"三六六,拍三下。"龙抬头当日剃头,在头上拍三下,三六六的意思也许是指一年,整句大概是说全年顺遂来劲。我一边往家走,一边给自己的头拍了三下。

惊蛰成了二月节

"立春、雨水、惊蛰、春分、清明、谷雨",今天,我们都是按照这个顺序念二十四节气的。之前,却有着"立春、惊蛰、雨水、春分、谷雨、清明"的排序,清人刘秉璋在其著作《澹园琐录》中反复地说过这个流变。

刘秉璋引经据典申说惊蛰成了二月节,集中在《澹园琐录》卷三中:

> 《律历志》:立春。中营室十四度,惊蛰。(原在雨水前。)
>
> 《廿四史考证》:臣召南按:古节气以惊蛰为正月中,雨水为二月节。郑康成《月令注》曰:汉始以雨水为二月节。孔颖达《春秋疏》曰:太初以后更改气名,以雨水为正月中,惊蛰为二月节,迄今不改。据此志云云,则是太初节气犹仍古时,至东汉始改雨水于惊蛰之前,又改谷雨于清明之后,二书志可证也。

窃按:《淮南·天文训》:雨水在惊蛰前。又按《五行志》:

正月,当雨水,雷电未可以发也。又曰:于《易》,雷以二月出,其卦曰"豫"。据此,惊蛰的是二月节,则后汉改惊蛰于雨水后,盖本刘向说。

刘秉璋首先引用的是东汉班固《汉书·律历志》,"原在雨水前"是刘秉璋的夹注。《汉书·律历志》原文是这样的:"诹訾,初危十六度,立春。中营室十四度,惊蛰。(今日雨水,于夏为正月,商为二月,周为三月。)终于奎四度。"而刘秉璋的《律历志》引文一开始突兀地出现了"立春",按理说,他不会犯句读毛病,有可能他是想把立春、惊蛰、雨水的顺序胪列一下。惊蛰原在雨水之前,《汉书·律历志》中还是这样记载的,表明西汉时惊蛰仍在雨水之前。"今曰雨水",表明到了《汉书》成书时原惊蛰已经改成了今雨水。

刘秉璋接着引用的《廿四史考证》,从其引文内容来看,可以认为是清人齐召南的《汉书考证》。这段引文略有讹误,"二书志可证也"当为"后志可证也",此"后志"即西晋人司马彪《续汉书》。"据此志云云"中的"此志",则指《汉书》。汉武帝时颁布的太初历,确定恢复使用夏代以正月为岁首的做法。齐召南以为,按照《汉书》所载,"太初节气犹仍古时",也就是说,太初历以惊蛰为正月中,雨水为二月节;齐召南又从《续汉书》所载,得出"至东汉始改雨水于惊蛰之前,又改谷雨于清明之后",也就是说,惊蛰成了二月节始于东汉。

齐召南认为惊蛰成了二月节始于东汉,这一主张直接影响了刘秉璋的看法,刘秉璋按语"惊蛰的是二月节,则后汉改惊蛰于雨水后,盖本刘向说",既有所赓续,又有新的主见,但是新的问题又接踵而来:改惊蛰于雨水后,并非始于西汉(即前汉)之末的新莽王朝,尽管刘秉璋按语中所引《汉书·五行志》的一段话是刘向说的,但是改惊蛰为二月节既非"盖本刘向说",也非始于刘向之子刘歆所作的三统历,而是到了东汉(即后汉)元和二年颁布的四分历。这次改历之前,班固基本完成《后汉书》的修撰,从《汉书·律历志》注文"今日雨水,于夏为正月,商为二月,周为三月"来看,可以推测,添上如此注文是班固后来有意为之的:惊蛰与雨水整体对调,雨水为正月中,惊蛰为二月节。

四分历开始以雨水为正月中,惊蛰为二月节。郑玄、孔颖达所言不够精准,同样,齐召南、刘秉璋所言尚未完善。二十四节气分布在每月中,这样就出现"中""节"的表述,如"以雨水为正月中,惊蛰为二月节",中必在其月,节不必在其月,那么雨水必在正月,惊蛰不必在二月,有时可能会在正月,如2021年惊蛰就在正月二十二,这种现象很自然的,譬如立春为正月节,立春未必就在正月。

总之,惊蛰成了二月节,这涉及到两个概念的澄清和两次转换的界定:一者,认清二月是哪个二月,西汉时太初历行夏代历法实现了月份的调整;另者,"节"与"中"各有其意义,东汉时行四分历实现了惊蛰与雨水的整体对调。由此,到了东汉章帝元和二年(85)颁布四分历的时候,惊蛰成了二月节。

闰二月清明上坟

今年是双春年，正月十四有一个立春，腊月二十五又有一个立春。双春年冒出两个二月，清明节落在闰二月。眼下，有人咕哝，说有"二月不上坟，上坟祸临门"的老话。这下，俗民该如何过这个清明节呢？

清明本来就不好过，唐代诗人杜牧表示不乐意了，他在诗作《清明》中发了一通牢骚："清明时节雨纷纷，路上行人欲断魂。借问酒家何处有？牧童遥指杏花村。"诗画江南，春雨缠绵，闲人和美景硬生生被纷纷雨阻隔，即使穿着木屐走在野外，深一脚浅一脚，行人困乏得欲断魂，但农家乐不发达，杏花村酒铺还在遥远的地方。《清明》的诗和杏花村酒铺的远方，一点都不好玩。

宋代人对清明节也有微辞，吃货苏轼是个典型的案例，他在词作《浣溪沙·春情》中吐槽："道字娇讹苦未成。未应春阁梦多情。朝来何事绿鬟倾。彩索身轻长趁燕。红窗睡重不闻莺。困人天气近清明。"苏轼成天操心吃喝大事，吃货苏轼其实也是个贪睡人儿，他为此闹情绪"困人天气近清明"，怪罪清明时节严重干扰他的睡眠质量了。斯时，树木花草竞相潜滋暗长,到了夜间,树木花草吸收氧气呼出二氧化碳,南国人们为此感觉到高度缺氧,贬谪惠州的苏轼尤其嗜睡。草长莺飞二月天,此时莺不闻,是绍圣四年(1097)闰二月的清明节前,故词末句曰"近清明"。过了这个清明节,到了五月,苏轼被贬到儋州,流落天涯海角了。

清明上坟出现在苏轼之后的宋代,《东京梦华录》记载说,自清明节三日,人们蜂拥出城上坟。估计那时候汴京没什么沙尘暴,清明时节人们借机踏青。许仙和白娘子一见钟情进而闪婚,不就是缘于许仙清明节上坟赶上下雨,遇到白娘子借伞相助吗?清明节慎终追远,如果遇到二月或者闰二月,能上坟祭墓吗?赵平整理的翁同龢《翁同龢家书诠释》(凤凰出版社2017年6月版)收翁同龢信札《致翁奎孙》如下:

> 所筹皆细密,惟洋布买一匹,五丈零,计三四匹敷用,不过十二三元耳。斯事酌定再覆。
>
> 茆堂极所愿,然添构总未宜,百元当筹付,前云尚短二百元,此为正数,多则力不逮矣。
>
> 杭州有信否?清明上坟,如是日不便,我在山备四簋一饭往祭也。
>
> 付鼎臣
>
> 范君扇面交去,是否汝处,知数?(第197页)

该信札没有具月日,不过里面的材料提供给了我们一些信息。札中"所筹",为光绪二十五年(1899)二月廿七日祭鹄峰、湖桥两处先茔要搭布蓬。"茆堂",应是翁白鸽新居建成后翁鼎臣拟再建的一个茆亭。翁同龢同意建茆堂,但要求不要超过百元,以前造屋还短二百元,是正数。翁鼎臣母子去杭州烧香,要在祭墓前赶回来,实际上,他们已在二月二十三杭州烧香归,该年清明节在二月二十四日。翁同龢是常熟人,江南二月清明上坟祭墓没有问题。

同样在清末,正好有个年份闰二月清明。《政治官报》1909 年第 495 期记载:

> 二月二十五日内折传旨事由单:
> 礼部奏闰二月十五日清明祭。(第 2 页)

礼部奏折闰二月十五日清明祭。当年清明节在二月十五,正与今年相同。皇朝官家都没有觉得闰二月上坟祭墓无碍,如今怎么突然冒出"二月不上坟,上坟祸临门"的所谓老话? 这无疑是造谣。我们不可信谣传谣。

时下,还谣传闰二月清明节不能造墓。我们还是看看以前的人是如何干的。刘兰芳、刘秉阳编著《富平碑刻》(三秦出版社 2013 年 5 月版)收《田氏孝女弱姐墓表》末云:

> 万历癸未闰□月望日清明节,兄田九一、弟田九二、九三、九
> 赋同垂泣立石。(第 153 页)

明万历年间,有癸未、癸巳、癸卯,其中只有癸未有闰二月,所以,田氏立墓为万历十一年(1583)闰二月初十清明节。清朝也有在清明节立墓的习俗,魏叔刚、党斌、陈晓琴编写《大荔碑刻》(陕西人民出版社 2013 年 3 月版)收《李氏先莹碑》,

碑上有行书"太清嘉庆十九年甲戌闰二月清明日"（第86页），这表明此碑为清嘉庆十九年（1814）闰二月清明制。

天增岁月人增寿，春满乾坤福满门。闰二月清明上坟祭祖，同时踏青领略春色，甚好。下一次闰二月清明节，出现在2042年。

谷　雨

2023 年 4 月 20 日,谷雨。今年今日,君当记取,想喝雨前茶者,想购得好丝者,都请认准包装上的这个分界日期。

清明、谷雨,是采茶之候,清明前太早,立夏后太迟,虽然谷雨前后适中,但雨前茶更优。新茶有火气,三年外陈者入药。此时,在禅源左县,连寺庵中的人都分布在田垄丘壑间,采撷新芽,然后室内焙之,连夜来空气中都弥漫着茶香。我就读的高中过去是桃浦茶场,谷雨前茶香压过书香。当然,我们更在于饭香,不过,学校厨房最大的本事是能买到最差的米,只有馍馍是专供给老师们吃的,确实香。好像有几位老婆婆很能干,很多人观看老婆婆们焙茶,夜里她们还挑灯夜战,老婆婆们似乎不累,也许每到谷雨前是她们人生最高光的时候。厨房卖馍馍的何师傅,每天都有高光的时刻,就在上午上课铃声响起前,他突然大喊一声"卖馍了",立即壮汉们贴满窗口。后面抢不到的就抢前面人手上的热馍,前面的人再忙再得意,也会条件反射地把手上的馍一一咬上一口。抢馍不仅是力气活,不仅是机遇,还是需要聪敏的脑子的。桃浦茶场的茶没有多大的名气,都怪天华谷尖茶叶永远在上风,在桃浦茶场出没的成天惦记着抢馍的学生也好不上多少,简而言之,这个高中后来只剩下几张发黄的照片,学校没了。

桑树上生出的新叶大如茶匙时,就该暖子了。谷雨前,也是暖子的时候。蚕沙沙吃桑叶,会把山林成片的桑叶吃秃。我家边上有个桑园,一到映山红开遍山头的时候,人们就从公社边上的茶园跑到村子里的桑园,不断采摘桑叶。蚕吐丝,丝制成什么,我没见过,据说制出的丝织品价格不菲。养蚕卖丝的单位没有经营几年,就关门了,从此桑园就沦到没有一分钱价值。好端端的山,就这么糟蹋了。后来水土流失,山变小了。再后来,种上了枞树,逐渐遮盖了丑陋的沟壑。我的村子叫胜昔村,桑园的变迁肯定有损胜昔的嘉名。前些年我回家时,发现胜昔村混得实在糟透了,已经并为树林村,这样,胜昔的名字彻底没了。

谷雨前后,树叶各有佳期。我的高中没了,我写过一篇祭文;我的村名没了,我是否也应该写上一篇祭文呢? 我错了,至今我克了我的村子、我的高中,以及我工作的第一个单位。我曾为我工作的第一家单位也写过祭文一篇。

刘王立明与母亲节

　　1922 年 9 月,刘湛恩(1896—1938)与王立明(1897—1970)在上海结为夫妇。刘湛恩夫妇都是基督徒知识分子。1922 年,刘湛恩被聘为中华基督教全国青年协会教育干事。1926 年,刘王立明当选为中华妇女节制协会干事长。1938 年 4 月 7 日,沪江大学校长刘湛恩因拒绝出任南京伪政府教育部部长而被暗杀。之后,刘王立明离开上海,来到武汉,转往香港,定居重庆,后来离沪赴港,1949 年 3 月到北平。在香港和重庆期间,刘王立明组织成立中华妇女节制协会华南分会、华西分会。1926—1937 年期间,刘王立明在领导中华妇女节制协会中,推动国际母亲节在中国的传播以及在中国妇女运动中的作用。

　　母亲节是个舶来品。据说,1914 年 5 月 7 日,美国国会通过决议,把每年 5 月份的第二个星期日定为"母亲节"。这个舶来品传到中国,最早出现的名称是"思亲日"。1918 年,广州岭南学校基督教青年会仿照美国全国教会的母亲节做法,在冬假期间,在校内召开思亲大会,发明真纯孝道,表彰父母之爱。次年,这一做法在广东全省基督教学校渐趋一致。

1921年,广州培正青年学校青年会于重阳节举行思亲日,当日整队游白云山,聊效古人登高思亲。1924年,该会改出游活动为分派信笺信封鲜花,以示思亲。在广东,思亲日的时间从假日转变为重阳,1935年中华基督教会广东协会公定重阳节为"思亲日";地点从校内转变为户外再回到校内。

长江流域过母亲节要晚于珠江流域,节日名称则为"思亲节"。1923年,杭州基督教学生协会组织于重阳节开展灵隐寺韬光旅行,以示登高思亲的意思。同日,还组织中等以上学校学生观看电影,于怀思之中寓娱乐之意。这样,户外登高运动与校内娱乐活动都有了,而时间上也拉长了。上海举行思亲节,完全与刘王立明的倡导分不开。1926年1月10日,中华妇女节制协会刊行的《节制》第5卷第1期上刊发的《家庭改进联合运动续闻》一文,提出将在复活节前后举行思亲节,将思亲列入1926年协会家庭改进联合运动计划中,活动明确要求,对于已故亲长,举行追思及上坟礼拜等。复活节前后,也就是中国传统的清明节,如1926年的复活节是4月4日,清明节是4月5日。从上述计划中不难发现,刘王立明当时考虑到的是把妇女放在整个家庭单元中而举行思亲节,这无疑突破了仅限于学校的单一范围;虽然没有完全采纳5月第二个星期日的国外成法,但这一主张把西方复活节与传统清明节并行渗透,提倡并发扬了孝道;刘王立明结合传统,立足于现实,来吸纳西方的文化,这样的做法一直贯穿着她在后来开展的母亲节中。

1926年4月4日即基督复活节,浙江双林圣特耐堂主任彭茂颐牧师举行信徒追念母亲节典礼,彭茂颐鉴于教外人士每年清明节祭祖上坟,而基督信徒普遍被人们视为不守孝道,决定在 4 月 5 日清明节的前一日,在基督教内举行信徒追念母亲节典礼。上海华美书局是美国监理会在上海创办的一家教会出版机构,1926 年 5 月 13 日,华美书局编辑发行的《兴华报》第 23 卷第 18 期上刊发了谢崇基的《破灭荒的追念母亲节》,从题目上清晰地表明,这是国内首次开展的真正名义上的"母亲节"活动。1926 年,中华妇女节制协会在复活节前后举行思亲节,浙江双林圣特耐堂在复活节举行母亲节,两者都没有把节日时间安排在 5 月第二个星期日。它们的做法表面上看来差别不大,但是彭茂颐是倾向于西方文化的,刘王立明是吸纳西方文化的,她试图将西方的爱义与中国传统的孝道糅合在一起。

1930 年 5 月 14 日,沪东区在沪江大学举行母亲节,主席为刘湛恩夫人刘王立明。活动对象与内容异于 1926 年浙江举行的那次母亲节活动,有母亲代表唱歌、儿童游行、幼稚生表演等。这次活动影响较大,《东方画报》第 30 卷第 20 号以"上海之母亲节"为题,整版刊发了 5 张活动图照。当年,5 月第二个星期日为 11 日。刘王立明选了一个上学日举行母亲节典礼。

1931 年 5 月,《节制》第 10 卷第 4 期发表《提倡人类孝道之母亲节:创始于美国茹维斯女士,渐普及举行于世界各国》一文,选译美国斯密斯夫人一文,述母亲节的缘起及含义。当年 5 月第二个星期日(10 日),中华妇女节制协会举行母亲节活动。

民国史上的第一个儿童节,始于 1932 年 4 月 4 日。儿童节经政府明文规定,而母亲节不甚为人注意。1932 年 5 月第二个星期日(8 日)为世界母亲节纪念日。前一天,作为沪大附中校长,刘王立明发表《母亲节的意义》的演讲,提出纪念母亲节的三种方法。次日,中华妇女节制协会在八仙桥青年会举行母亲节纪念会,举行母子同乐会,以资发扬该会素所提倡的孝道,表示敬爱母亲之心。会上,中华妇女节制协会拟定三种方法,虽然不能尽了孝道,但也可以表示纪念母亲的真诚;而这三种方法,正与刘王立明《母亲节的意义》所言完全一致:"(一)物质方面——是日当请母亲游览公园名胜及赴筵晏,或赠奉平日母亲所爱之物件。(二)精神方面——立志作一个有完整人格的子女;如在外地,是日当写信回家。(三)亡母追念——当携带鲜花或他物去坟地探望;著作关于母爱等之论文诗歌;或捐输金钱,作慈善事业建筑慈母纪念堂等,以资永久纪念。"相比较于 1931 年《节制》发文《提倡人类孝道之母亲节:创始于美国茄维斯女士,渐普及举行于世界各国》的呼吁鼓吹,1932 年中华妇女节制协会在具体措施上更实在有力。在刘王立明和中华妇女节制协会的推动和影响下,1932 年 5 月 7 日沪江大学举行孝亲大会,5 月 8 日上海各教会的礼拜堂和上海青年会等都有纪念会的举行。

至 1933 年,中华妇女节制协会极形发达,会员遍于全国,加入者多数为家庭主妇,对于母性问题特别关注。中华妇女节制协会已函告各地分会,1933 年 5 月第二个星期日(14 日)举行世界奉行的母亲节。加入中华妇女节制协会的上海儿童节制军联合会儿童节制军 600 余儿童游行庆祝,假座沪大附中小花园举行母孩同乐大会,除歌唱游艺外,尚有庄严美丽的献花。同日,汉口路慕尔堂内举行母亲节祈祷礼,耶稣信徒、中外男女青年参加;八仙桥青年会举行庆祝会,刘王立明演说"母爱",并有音乐、唱歌、献鲜花、呼口号、茶点。儿童节制军参与中华妇女节制协会举行的母亲节庆祝会,这样的做法直到 2 年后才在广州出现。1935 年 5 月 14 日,粤会中学学生青年会儿童团以母亲节与儿童有密切关系,举行母亲节音乐会时欢迎妇女参加。如此举行母亲节,这在广州尚属创举。

据 1935 年 5 月 15 日出版的由中华妇女节制协会主办的《女声》第 3 卷第 13 期上发表的《"母亲节纪念办法"》一文称,中华妇女节制会提出母亲节纪念法如下:"1. 无母亲者上台献花,2. 远地者致函问候,如在远地作文颂扬母德,或捐款慈善机构,做母亲最欢喜的慈善事业,3. 不听母教者立志改过,4. 在本埠者用礼物,游览,宴会等使母亲快乐。"1935 年 5 月第二个星期日(12 日),中华妇女节制会、中华妇女同盟会、上海节育指导所、上海救丐协会、上海女子公寓这 5 个妇女团体,联合在圆明园路会所举行纪念会,来宾百余人,伍劳伟担任主席,举行宣誓仪式,刘王立明宣誓,社会局局长吴醒亚等演讲,此外尚有游艺节目,举行该会及附设女子公寓新迁茶会。刘王立明宣誓内容是这样的:"我谨以至诚立誓,遵守中华妇女节制协会之训,孝敬慈母,发扬母光,努力社会服务。此誓。"誓言一方面重视家庭中的母爱孝道,另一方面将母爱孝道推及到服务社会中,境界更为广大。同日,汉口路慕尔堂举行母亲节祈祷礼;国际妇女联合会在静安寺路美国妇女协会开会,举行全体代表大会;驻沪美国海军陆战队及美国海军青年会亦举行庆祝。

1936 年,江苏省妇女会呈请定"五七"为母亲节,湖南省妇女会呈请定五五为母亲节。中华妇女节制会则于 5 月第二个星期日(9 日),在圆明园路 218 号新天安堂举行庆祝母亲节大会,150 余人出席。伍劳伟报告开会宗旨。刘王立明报告会务,报告参加国际节制会的杨秀珍女士已经回国,从事节育工作,并报告中国女子生产合作社的开幕经过。到会代表举左手宣誓遵守会章。活动中,儿童节制军代表献花,全体儿童唱颂歌等,最后观看电影《母亲》。中华妇女节制会选择当天观影《母亲》,这一举动不可以只用"应景"一词来予以简单解释。至1936年,影片名为"母亲"的电影共4部。1926年上映的影片《母亲》,是著名苏联导演、电影蒙太奇大师普多夫金的代表作,被评为世界电影史上的杰作之一。下一部《母亲》影片拍摄于1949年。1936年母亲节,中华妇女节制会观影的《母亲》,应该就是这部根据高尔基著名的同名小说《母亲》再次改编而成的影片。影片讲述主人公巴维尔和他的母亲尼洛夫娜走上革命道路的历程。电影中体现出的苏联母亲爱家爱国、英勇不屈的伟大精神,与刘王立明强烈的爱国精神一脉相承。早在1931年10月,刘王立明筹备成立妇女救国同盟会。组织观看这样一部艺术显著而主题如此鲜明的影片,这彰显出刘王立明强大的领导魄力和深厚的爱国情怀。

1937年5月第二个星期日(9日),因值国难期间且系国耻纪念日,国际母亲节活动一切均从简单。中华妇女节制会在八仙桥青年会举行庆祝大会,200余人到会。主席伍劳伟报告母亲节意义,刘王立明读公祷文,西南土司高玉柱演讲,并有余兴表演献花等活动。刘王立明诵读的公祷文,在歌颂慈爱的母亲之后,发出震撼人心的话语:"当我们纪念这国际母亲节的时候,我们不能不奉献于主我们的感谢,在主的台前立愿,做母亲理想中的孩子,现今恶势力充满了全世界,战云弥漫着天空,人类的痛苦,好像到了最深的一日,在这局面不可收拾的时候,愿主本着原有的慈怀,感悟人类的心意,大家发扬母爱,彼此顾怜,并努力消灭国际间的战争,趋人类于大同。"公祷文一方面表示感恩,一方面则嫉恶如仇。在无情的战争中,必然有大量的母亲的孩子被战火所吞噬,刘王立明没有悲天悯人,没有退缩屈服,而是倡导大爱精神,主张投入到火热的战争之中,在残酷的战争面前同仇敌忾,消灭战争,实现和平。

刘王立明是个基督徒知识分子,但是她又是一位伟大的爱国者。1933年,女声社发起女伟人竞选,1934年1月10日出版的《女声》第2卷第7期上公布历史上女伟人与现代的女伟人各5人,分别是木兰、秋瑾、武则天、秦良玉、累祖,宋庆龄、谢冰心、丁玲、刘王立明、何香凝。在内困外患的严重情形下,时势呼吁着伟人。刘王立明没有亦步亦趋地模仿欧美的母亲节,而是紧紧地把握住人类共同崇尚的母爱之光,不断探索母亲节在中国的可行性和可操作性,使母亲节从教内扩展到教外,与家庭幸福、社会发展、民族存亡相切合,让一个个母亲节闪亮耀眼,如此以文化作基础,卓有成效地开展系列习俗改革和妇女运动。

破洋节

看到某门上完整仍在的封条上签的是某年 5 月 20 日的时期，日子正快到 2 月 14 日。

穷老汉几天前就听到老堂客在拨拉如意算盘，金店银楼统统是违章建筑，它们建在大丈夫们的心坎上了，所以应该尽数拆除，窃以为。我在洗小青菜时，吉老师微信传喜讯："明天中午 11：00 七宝老饭店门口见（北大街 8 号），我带上陈年五粮液，咱们喝点酒，吃点羊肉壮壮胆，下午老街溜溜，偷得半天闲……"正月初一吉老师就说酒候，"咱不过洋人节"的退休老兄吉老师太解我意，大好春光虚掷在金店银楼比试比试，多俗气！把酒言欢，楼外春深，言笑晏晏，多么惬意。

无法浪漫的家长在师生群轻唤："班长在吗，能给个解析吗？"天哪，求什么曲线的凹凸区间和拐点，我肯定无法援手解铃。我想到当年的老搭档数学汤老师："专业的事交给专业，竟然不找汤老师，这学生酒喝高了！汤老师，上课啦！"尊师重教的良心不可少，汤老师该出手了，在百忙中帮忙解析。学生还在咕哝："班长是我学生时代的数学楷模！"尽出洋相，是哪个班主任指导的？班长重人情礼事，都还给汤老师了！这个题不解析出来,许多人都有些尴尬。

送朵带刺的花假充浪漫的事最常见,最浪漫不过的,我看卖房的吆喝得最好。她在群友圈敬告:"各位渣男晚上好!老规矩。明天情人节,定金1万退9000。老规矩。多少年都没变,合同已准备好。"话说洋节当天,渣男带个女的过去看房,假装给她买,卖房的配合和她签个定金合同,渣男刷1万定金,之后,房屋中介说房东手续有问题,待过几天才能办手续。渣男和女的走后,中介退9000元给渣男。这玩的多心跳!楼外春深,套路不浅!

一个破洋节,让多少人不得安宁!

过神仙日子

　　那个七月七日出生的皇帝,在七月七日与西王母私会。西王母来时,青鸟探路,汉武帝的生日就在与貌美仙女一起厮守中度过。青鸟能探路但不能言,即使青鸟能言,很可能当时没有人听得懂鸟语,所以写史书的人无法把人神之间的这段爱情告白载于史册,但是《汉武故事》里有传闻,《艺文类聚》里有辑录,唐诗宋词里都在流传着七月七日过神仙日子的句子。

　　上有所好,下必甚焉。据说到了东汉时候,同时在这个晚上,地方上有守夜的习俗。守夜的人都怀着私愿,眼巴巴地仰望天空,看河鼓、织女两位星神约会,一当发现天空里光曜五色,就屈膝跪拜,叽叽歪歪许愿。这个愿望三年兑现。心念的能够落地开花,梦中的能够成为现实,真是快活如神仙,崔寔在他的等身农书《四民月令》中工工整整地把这个节俗写下来了。崔寔是衡水人,《四民月令》反映的是东汉晚期世族地主庄园全年的家庭事务计划,计划书里还写到七月七日这天得曝经书、设酒脯时果、散香粉。曝经书与俗民的文化需求不相应,吃喝涂抹以及追星乞愿的风俗在民间则保留下来了。

　　小学课本里有个改过自新的榜样,他的名字叫周处,这个周处是西晋东吴人，浪子回头想立功立德立言，他所立言的是撰集吴国历史的《风土记》小册子。周处调研以后，提交了这么一段调研报告："七月七日，其夜洒扫于庭，露施几筵，设酒脯时果，散香粉于河鼓、织女，言此二星神当会。守夜者咸怀私愿，或云见天汉中有奕奕正白气，有耀五色，以此为徵应。见者便拜，而愿乞富乞寿，无子乞子。唯得乞一，不得兼求。三年乃得，言之颇有受其祚者。"从崔寔到周处，尽管时间已经流淌了很久，但经网络查重，发现周处记载的长江流域风俗与崔寔记载的黄河流域风俗大体相似，不过稍微演绎了乞愿的情节：乞富乞寿乞子，三者只能乞一。看来，周处没有简单抄袭《四民月令》，而是实地做了一番田野调查，还打听并记录了乞愿人"颇有受其祚"的乞愿结果。东汉人乞什么愿，崔寔语焉不详。吴地人渴望富贵、长寿、儿孙满屋，这就是他们所追求的神仙日子；吴地人戒贪欲，每次只乞一个愿，小祚即安，彰显出其淳朴心理。

南朝梁代宗懔所著的《荆楚岁时记》，是保存到现在的我国最早的一部专门记载古代岁时节令的专著。《荆楚岁时记》里这么说："七月七日，为牵牛织女聚会之夜"，"是夕，人家妇人结彩楼，穿七孔针，或以金银鍮石为针，陈瓜果于庭中以乞巧。有喜子网于瓜上，则以为符应"。河鼓为牵牛，也就是牛郎。七月七日牛郎织女相会，这件事雷打不动。天上一天相当于人间一年，他们每年七月七日见一面，也就是说快递员织女实际上是天天在天上会她的运动员牛郎哥哥。以前的乞愿，如今有新花头了，出场人物是人家妇女，她们或在高处彩楼中或在陈放瓜果的庭院中乞巧，叽叽喳喳，欢声笑语。喜子即蟢子，也就是蜘蛛，用了谐音，这里守候喜子结网也包含着乞子的心愿。莫把金针度与人,通过公平公开公正的竞赛,证明某氏针织技艺高,这下地球人都知道了,该织女身价倍增。技不压人,通过带货直播忙实业,何愁神仙日子不到来?

颇有意思的是,许多原本只是荆楚地区地方性的节俗,正是通过《荆楚岁时记》的记载,进而成为流行全国的岁时节日,这个七月七日正如此。女子凭着针织技艺,嫁个如意郎君,有个好的归宿,跟着牛郎过着男外女内、男耕女织的安稳日子和平静生活,如同牛郎织女在这一天圆圆满满一样,神仙也不过如此了吧? 这么浅显的道理,唐明皇就是不明白,七月七日在长生殿,与那个惯用浴美、醉美、睡美三招的杨玉环,对着牛郎织女发誓。杨玉环没有金针好度的工匠技艺,最后弄得杨玉环香消玉碎、唐明皇走为上策。

后来,青鸟演变成了喜鹊,探路成了架桥,每年七月七日,鸟鸣嘤嘤,牛郎织女在鹊桥上相会。《诗经》里有这么一段唱词:"嘤其鸣矣,求其友声。相彼鸟矣,犹求友声;矧伊人矣,不求友生? 神之听之,终和且平。"大意是说:小鸟呀,你为什么要不断地鸣叫呢? 哦,你只是为了觅得知音。这些可爱的小生灵啊,尚且求友欲相亲,何况我们这些人,难道能不晓得重友情? 天上神灵啊,请您聆听我的诉求,赐予我和美与安宁。七夕,您将表白吗? 这个神仙日子,有牛郎织女作证。

跳　珠

　　苏轼有《与莫同年雨中饮湖上》一诗："到处相逢是偶然，梦中相对各华颠。还来一醉西湖雨，不见跳珠十五年。"朋友来了有好酒，西湖吃货苏轼雨中与相别 15 年的朋友烂醉于湖畔。今日 14:38 左右，白雨跳珠乱入墙，沪上庆幸得很呀。

　　想起了丁先生让我查找资料，我打开电脑。天色越来越暗，窗户上噼里啪啦砸雨点子啦！中午时分，天空仪式化断断续续洒了雨毛，气象预报说是"小雨"。连续高温，昨晚月亮缺失，前晚烤得焦黄焦黄的月亮还挂着。昨晚到了深夜，月亮泛着惨黄的面庞出现在空中，让人见了多心疼呀！太阳把月亮烤焦了，也把自己的光线烤白了。也许是太阳自己也热得吃不消，终于下暴雨了！感谢苍天怜悯！

　　其时，金山王老师打来一个电话，我听不清楚，因为雨声太大，请他加我的微信便于联系。院子里，雨水滂沱，雨线成梭，雨珠在地上蹦蹦跳跳，藤蔓枝叶在跳珠中激动得疯疯癫癫，不亚于西湖吃货的醉态。上午，我在家热得喝了 2 份茶水，吃了 1 份西瓜，洗了 1 次澡。陡然看见苍天降下甘霖，我也激动亿分，以强大的历史使命感及时记录下这一感人景象，手机拍照,并在微信朋友圈颂扬。"希望能退烧。"沪上人有菩萨心肠。金山的听不到雨声,奉贤的一位急吼:"海湾没下雨呀?"市区的不满意:"七八颗星天外,两三点雨山前。"诸位看看,这内卷得多厉害! 奉贤的奢望也凉快一会儿,市区的为雨水太抠"我这儿一瞬间"而不尽兴。奉贤也是上海呀,要行善就好好行善。这老天玩形式主义,该举报!

院子里的跳珠并非如西湖吃货眼里的美景,不一会儿,雨停了。阵雨! 阵雨来得快去得也快,"可怜的短雨。"我只好这样把无情的事实说出来。对于这次下雨,好评罕见,如"局部阵雨也很久没见了"算是最好的评语。有的居民还没有反应过来雨势,艾艾地申诉:"惟有玻璃湿。"有的居民站得高望着远,精准判断:"雨过地皮湿。"有院子的居民认真观察,科学发现:"这点小雨还没有喂饱蚂蚁。"居民们虽然总体对雨水的到来持肯定态度,但对跳珠没有跳出大格局表示不屑、不满、不平。

西湖跳珠美如画,沪上跳珠乱纷纷,而在长三角那边传来颇有些悲愤的情绪:"苏州还没下。天天说下,一直不下。"这天呀,敢升温,也要敢降温,才是正常豁达的胸襟,否则有恶之嫌!

浪漫的七月

暑期户外游泳有风险,古来就有案例。天帝外孙女们呼啦啦下凡,找个一个池塘游泳嬉戏,哪知道早有住牛棚的儿郎拭目以待,窃走了七女的外衣。牛棚也是房子,也可以在这儿闹洞房。民间传说就是这么浪漫。

牛郎织女有了一对儿女,但织女还是回到了天庭。以后每年七夕,他们在天河会面。地上一年,即天上一天,原来织女离开天庭两天,捉回天庭后天天在会牛郎。民间传说就是这么浪漫。

织女热昏了头,往人间跑。嫦娥吃错了药,则往天上飞。七月是民间传说展示月。七月,多么浪漫无边。

今年七夕,我喜得王大师制作的宜人照。王大师约我在摄影棚留下光辉形象。我携同老堂客和犬子约了一辆车前往。王大师一看,来一赠二,好气派!老堂客和犬子是很上照的,王大师觉得没有难度。像我这样的歪瓜裂枣,也要炫出浪漫,为此王大师前期做过一番艺术设计。

孟群大姐给我拍过照,面授一个机宜,就是拍照时谈些轻松话题,眼睛有神,好像七夕幽会,必然能拍出极佳效果!王大师又是笑又是摇头："拍摄动中取静,不同于一般的照相和摄影。但是你现在年龄大了,要把文化人的内涵展示出来,不是说七夕浪漫故事,而是讲授七夕浪漫文化内核。"故事——情怀——哲理,一下子三级跳,我在院子里,"陈几筵酒脯瓜果",思接千载,心游万仞,面对迢迢银河,与先贤畅谈,和自我对话,想象出一个日渐绚丽丰满的境界。

坐在一张桌子面前,我对着镜头,灯光在我的上下左右勾勒出我的身影。文化人的模样,就要有些老牛岁月的粗糙乱发,还要有织女的光鲜肤色,当然还要有牛郎的智取(织女衣服)眼神。我在王大师的引导下,交流宏大叙事,精神为之一振。视觉艺术大师在前面抓抢场景。终于,王大师和视觉艺术大师都发出会心一笑,就是这个,够味。数字＋人文,就是这种效果。诸位,我现在呈现在大家面前的这张黑白照片如何?汤髯公偏偏要把灯具隐去,我怯怯地说:"把灯丢了,我要赔的。"汤髯公自信地说:"自明灯。"

浪漫的夏季,还有浪漫的一个你!嗨,七月!

谚语中的八月节

  《红楼梦》中，中秋节多次出现，首见于第一回。谚语中的八月节啊，多少人事在其中。

  贾雨村借住姑苏庙中读书。中秋节前，他见了甄士隐家女婢曾回顾他两次，自以为是知己，便时刻放在心上。谚语有"八月十五熬活的，冬至下乡教学的"（或者"八月十五停活的，冬至节是教学的"），指长工、店员中秋休息，冬至宴请教师。中秋当日，贾雨村给自己放了假。月下，贾雨村梦想着登上玉人楼，又期望科场上求善价、待时飞。书中自有颜如玉，书中自有黄金屋，而贾雨村待雄飞高举，花好月圆眷顾其人尚有时日。

  "一日，早又中秋佳节。士隐家宴已毕，乃又另具一席于书房，却自己步月至庙中来邀雨村。"甄士隐笑道："今夜中秋，俗谓'团圆之节'，……"民间有谚语："中秋想念出门人。""中秋不回家，无祖；年头不回家，无某。"某，方言，指妻子。甄士隐阖府是日设家宴，一家团圆；甄士隐又具酒席于书房，邀贾雨村过节，是时贾雨村借住寺庙并未有家室。谚语有"八月十五天门开，桂树落下枝叶来"，桂花有时与中秋擦肩而过，那天,桂花应该没有绽放,不过月亮自是风姿迷人:"当头一轮明月,飞彩凝辉"。当时街坊上家家箫管,户户弦歌,谚语有"八月十五大过年"一说,也因此,后来贾雨村做官后,访得信息,就往甄士隐处探望,可见,这次中秋酒席情深意浓。

甄士隐前面用过家宴,接着和贾雨村在书房里豪兴大发,甄士隐真是引贾雨村为知己。"那美酒佳肴自不必说",曹雪芹太懒惰,没有把佳肴写出来,只忘情于酒酣耳热。谚语有"中秋庆佳节,持螯赏双月",双月,指月亮和月季花。酒席中,没写到螯和双月,也没有出现鸭子、石榴、西瓜、月饼。《红楼梦》中,月饼在后面的中秋节里出现过,那是贾母专享珍品。所谓"八月里来八月中,家家户户杀鸭公""八月十五献石榴,十月毛栗沙中休""八月十五月儿圆,西瓜月饼摆得全"(或者"八月十五月儿圆,西瓜月饼敬神仙;有吃有喝还有穿,一家大小都平安""八月十五月正明,中秋月饼香又甜""八月十五月正南,瓜果石榴列满盘""八月十五中秋节,家家户户供嫦娥""中秋月儿圆,月饼吃着甜""中秋月儿最圆,家乡月饼最甜""八月中秋哥送饼,九月重阳妹送鞋")之类的谚语中,所出现的鸭子、石榴、西瓜、月饼之类,在当时中秋节的节令食品当中还不流行。

酒兴之后,两人说话日益投机,甄士隐当下即命小童进去,速封五十两白银,并两套冬衣。谚语有"过了中秋夜,一夜冷一夜"(也有"八月十五热一阵儿,九月十五热一会儿""过了中秋节,天寒不间歇""过了八月节,夜寒白天热")。中秋之夜,甄士隐问寒问暖,身心关怀确实备至,贾雨村此去京城赶考,甄士隐把银子和衣物都安排得妥当且充足。

对贾雨村的赶考,甄士隐自然是掏心掏肺,他说道,十九日是黄道之期,可买舟西上。而当日三更之后,贾雨村就急着进京赶考,备春闱一战。谚语有"八月十五雁门开,雁儿脚下带霜来",意思是到了八月十五,大雁开始南飞,天气逐渐转冷。此谚流行于北方。又有谚语"八月十五雁门开,小燕走了大雁来",或者"八月雁门开,小燕走,大雁来"。这些谚语说的是物候。科举考试前,人在旅途,贾雨村趁着秋色,前往京城成就功名。谚语有"八月十五九月九,好活的日子在后头",贾雨村此去,果然"好活的日子在后头",科场有喜。

谚语说:"中秋有月,来岁有灯。""八月十五晴,正月十五看龙灯。"《红楼梦》中,紧接的第二个节日,便是元宵节,"真是闲处光阴易过,倏忽又是元宵佳节矣"。谚语所谓"八月十五月亮圆,明年好天年",只是甄士隐的明年并非"好天年",他半世只生的女儿英莲在元宵走失,从此,甄士隐每况愈下。

"时逢三五便团圆,满把晴光护玉栏。天上一轮才捧出,人间万姓仰头看。"这是贾雨村的诗作。民间肯定做不出这样的惊人诗句,不过,民间谚语中的八月节还是有趣有智的。关于八月节的谚语,还有不少呢,民间智慧数不清。

白露为霜

　　白露，总有人喜欢吟哦《诗经》中的那句"蒹葭苍苍，白露为霜"，而且以为白露是霜。天哪，老天绝对不会服的，白露何曾是霜！除非非必要不出门，还是请到大自然中格格白露节气的草木上的小水珠吧。

　　莫听文人的诗句和解释，其实，还是民间谚语挺管用。河北抚宁有谚语"白露点一点，秋分无生田"，前句是说白露时节下点雨，便于庄稼生长。沪谚也有类似的说法："白露宽一宽，寒露干一干"，意思是，白露要有雨否则小旱不利于庄稼生长。因为有雨水，所以沪谚又有"处暑难得十日阴，白露难得十日晴"；此时，虫害尤其是蚊虫的骚扰猛烈，因而有"白露雨，虫害多""白露蚊，咬死人"之苦；持续下雨后，温差变化大，就有"白露白茫茫，无被不上床""过了白露节，夜里冷，日里热""过了白露节，夜冷白天热"的现象。

　　白露与立秋一样，分雌雄。今年8月7日（阴历七月初十）20点28分57秒立秋，属于雌秋；9月7日（阴历八月十二）23时32分07秒白露，属于雄白露。沪谚说："雌秋雄白露，白米多得放不落"，意思就是说，今年是个丰收年，粮仓堆不下！

　　白露是秋天第三个节气，秋天对应白色；露俗称露水，是靠近地面的水蒸气夜间遇冷凝结成的小水珠。白露时节，日夜温差大，出现露水很自然，露水就是露水，不是霜，霜降时节那白色细微颗粒才是霜。"白露为霜"的"为"不是"是"的意思，有人解释为"如，似"，有道理。"蒹葭苍苍，白露为霜"，莫把白露与霜降混为一谈。

唐代有个小重阳

唐代有个小重阳,最早就出自《御选唐诗》的一则注释中。清代康熙五十二年(1713),《御选唐诗》御定。据四库馆臣称,该书"足砭自宋以来说唐诗者穿凿附会之失焉"。该书注释则命诸臣编录,而取断于睿裁。

在王维诗作《过故人庄》"待到重阳日"一句下,《御选唐诗》如此注释:"《辇下岁时记》:都城重九后一日宴赏,号'小重阳'。"黄巢之乱,李绰在避地偶记秦地盛事,所成之书即《辇下岁时记》,该书传之晚学。清代顺治三年(1646),李际期宛委山堂刻本《说郛续》中辑录了阙名撰《辇下岁时记》,此《辇下岁时记》中并没有出现《御选唐诗》注释中的这则辑文。《说郛续》中,《辇下岁时记》后接着辑录的是唐代李绰《秦中岁时记》。《御选唐诗》能征引到唐代李绰《辇下岁时记》,这部久不见记录的文献再次出现在康熙诸臣眼前?

清代乾隆二十四年(1759)聚锦堂刻印《李太白文集辑注》。清人王琦在李白《九月十日即事》一诗之下有注:"《岁时杂记》:都城重九后一日宴赏,号'小重阳'。菊以两遭宴饮、两遭采掇,故有'太苦'之言。"原诗为:"昨日登高罢,今朝更举觞。菊花何太苦,遭此两重阳。"九月初十与前一日,李白两次登高宴饮。这里"两重阳",自然指的是九月初九与次日。九月初九,就是我们通常说的重阳。依照王琦的解释,重九后一日也就是九月初十,那是小重阳。

"都城重九后一日宴赏,号'小重阳'",同样的话,《御选唐诗》徵引的是唐代李绰所撰的《辇下岁时记》,《李太白文集辑注》徵引的是宋人吕原明所撰的《岁时杂记》。《岁时杂记》缕述宋代岁时习俗,惜自元代以来久佚,但为宋人陈元靓撰《岁时广记》辑录,《岁时广记》"再宴集"这样记载:"《岁时杂记》:都城士庶多于重九后一日再集宴赏,号'小重阳'。李太白诗云:昨日登高罢,今朝再举觞。菊花何太苦,遭此两重阳。山谷词云:茱萸黄菊年年事,十日还将九日看。前辈诗云:九日黄花十日看。又云:十日重看九月花。"同是辑录《岁时杂记》,《岁时广记》比《李太白文集辑注》多出"士庶"二字,这表明唐宋时小重阳宴赏合欢在都城士庶中都风行。

《九月十日即事》是李白在当涂(今属安徽省马鞍山市)龙山登高之作,时在唐代宗宝应元年(762)小重阳。李白在当涂于小重阳宴赏,这表明小重阳活动已经从都城士庶扩大到地方士庶了。

唐代小重阳在九月初十。后代,小重阳的时间不都是安排在这天,如以九月十三为小重阳的,《古今图书集成》里就有所反映。

寒衣节

　　周日那天是霜降节气,有无霜,我尚未去验证,但连日降温则是明显的。今日是十月初一,属于送寒衣节,这不得不提及孟姜女的传说。送寒衣与孟姜女扯在一块,其实很纠缠的。

　　《诗经》里说"九月授衣",《唐大诏令集》中说天宝二年九月一日荐衣于陵寝。从周代的九月到唐代具体的九月一日,从大人们的"授衣"到"荐衣",从阳间转到阴间,"授衣"之"衣"绝对不等同于"荐衣"之"衣",前者是生人所穿之衣,后者是为亡者所制的纸衣。唐代是有纸张的,汉代蔡伦造纸,这是我们一般都公认的。唐宋民间玩的是十月一日送寒衣,明代雕版印制五彩寒衣。送寒衣,一开始叫"授衣",唐代再变为"荐衣"和"送寒衣";官方兴九月,民间则在十月,官民不同轨;从真的衣服到用纸剪出的纸衣,再到用雕版印刷的五彩纸衣。

　　送寒衣,自然会牵扯到孟姜女十月一日送寒衣上。天下苦秦久矣,她把暴秦的长城哭崩了,那么说,孟姜女是秦代的人了。前述的周代九月与唐代九月,虽然同是九月,但其意义是不一样的。周历以阴历十一月为岁首,唐代的岁首如同当今的正月,而秦代则以阴历十月为岁首,也就是说,孟姜女在正月初一就出门上路忙快递了,给老公送寒衣是她过年里最重要的事。"送寒衣"一说出现在唐代,而"送寒衣"与孟姜女牵连在一块也出现在唐代。之前,各类文献中,只说她是杞梁(或作读音相近的字)之妻。唐代有《孟姜女变文》,宋元戏文剧目有《孟姜女送寒衣》,可见,唐宋民间搬演孟姜女故事。明初戏曲选本《风月锦囊》中的《孟姜女寒衣记》,有"制衣""送衣"两出。按照衣服用料的历史流变,《孟姜女寒衣记》中的寒衣该用棉花为底料。至今在民间,有的地方还在送寒衣包袱中塞些棉花。

20世纪以来,孟姜女故事发生了三次重大转折:一是顾颉刚重点整理研究孟姜女故事,二是孟姜女传说成为四大传说之一,三是"孟姜女传说"被国务院列入第一批国家级非物质文化遗产代表性项目名录。但是,这些年人们对送寒衣的常识非常浅陋,其认识极其浅薄。有个少儿读物中这么说:"从那以后,长城内外的百姓便将孟姜女送寒衣这一天称为'寒衣节'。每逢这天,人们便用五色彩纸剪一件寒衣,到坟头上烧给逝去的亲人。"这一段话,完全是胡说八道,错误连篇,不是吗?我还读到有的文章说孟姜女送的是棉衣。天哪,棉花啥时才在华夏大地上种植呀?

雷打冬

冬里雷雨,还闪电呢。午时情景如此。

找三条上海谚语释天气。"冬雷夏霜",今冬打雷,明年夏霜,粮食不歉收?囤粮为宜。"雷打冬,十家牛棚九家空",雷打冬,即雷打雪,寒冷威逼,囤酒为宜。"冬天雷,尸成堆",病疫侵袭,宜健身运动,选买医药股。

这次雷雨,降雨量大,看群里叫好声一片。田园久旱荒芜,胡不雨?百姓望穿龙王现身。今年年终考核,龙王满意度肯定是负数。冬打雷,酷寒逼近,即将大幅降温,各地各户准备好了过寒冬的方案么?雷声电光,已提醒了芸芸众生。莫把天公警语抛之不理。

午时还遇一怪现象。我问遍菜市和周边小店,都没有海带出售。都不吃这海味么?我田野调查,运用访谈法,得知菜铺店家不愿经售海带的原因。过去海带15元左右一斤,如今虽涨了一倍,但商家也不愿冒险进货售卖,唯恐突遭关歇,海带历时如久将变干,由此贬值赔本。

商家尚且看天做买卖,我们莫忽视天气谚语,厚待谚语这民间经验与智慧吧。

小年夜

滩上越来越热闹，今天是二十九，小年夜。

按照我老家皖 H6 的说法：二十四过小年，二十五打豆腐，二十六剁年肉（音"六安"的"六"），二十七杀年鸡，二十八有得洽，二十九喝盅酒，三十日不见面，初一大摆手。清一色用阴历纪年。二十八等你回家哦，这么说话很正常，老家这天大清早还年，有的地方二十九大清早还年，女儿女婿、孙甥往往两边通吃。三十日躲债，躲过了三十日，初一新年不会有人讨账，彼此相视一笑"新年快乐"，伸手不打笑脸人。

快递小哥按门铃，送上一份包裹。包裹来自晋中弓先生之手，里面有三册图书《向天而歌》《侯恺掌门荣宝斋》《启功书事》。《向天而歌》主题为大型开花戏，后两书为刘红庆所著。开花调《桃花红杏花白》，真耐听，石占明、阿宝，……被发现，唱传太行内外。刘红庆为桑梓而歌，在左权久有声誉。我向弓先生致意："非常感谢地方文化建设者、传承者、保护者。"弓先生回复道："传统文化保护与弘扬任重道远，刘红庆老师不在了，他的未竟事业需我们年轻人继承。"晋中，文脉赓续永存。

中共太湖县委人才工作领导小组在 10:59 发来一份电子短信,称为我"太湖籍在外人才",向我和我的家人"致以良好祝愿和亲切问候"。"人才"一词,我不敢当,一个穷老汉而已,偶尔宣传正能量,如刘王立明在母亲节上的建树,朱湘命殁何处,但也老干坏事,如黄信一是假状元,吴旭只在家谱里做进士。太湖人净,本性难移。兔年开始,我尽量少称皖 H6 为左县,争取在禅源太湖开展田野调查,将太湖的风物人情展现在朋友圈,让万众生发"他乡虽云乐,不如逛太湖"的感慨!

出发办年货,一拖再拖,其时,老堂客接到我丈母娘的关怀。电话一响,老堂客吓跳:"今天二十九,明天三十吧!"丈母娘在晒年夜饭。过年之心,太高太猛,把今天想成年三十!过年不回家,乱成什么样子。守候和回家,都是甜蜜的。云上的日子,一下子错过了三年,多少家庭如斯错错错。年三十的年夜饭上,喝酒幼长有序,先幼后长,幼者日增一岁,长者日减一岁,回家过年之义,知否知否?

《防疫情过大年》的云上讲座,由尊敬的陈勤建老师开讲。约讲了 75 分钟。老堂客嘀咕:"有些气喘,阳过。"讲座内容丰满,ppt 精致,可见陈老师花了心血,虽然陈老师是公认的老法师。天增岁月人增寿,春满乾坤福满门。过年的诸多民俗事象,本为着抗灾驱疫。过大年的要义,在"过",合家在一起,按时按礼,体验着、感受出人伦温暖,这样过着,年的味就出现了,这是平常一顿丰盛菜单所无法替代的。我截了几张图发给陈老师,向他表示敬意,陈老师说:"阳康不久,精力不够。不能太展开讲。"传统年节的生活场景多彩有味,家别三年,倍当珍惜,共勉共勉。

洗菜工忙碌着,没法静下来为一篇外审稿写出评语。万字以内的文章,我看了快两个下午,是无情还是挽救,我忐忑不安。过年喜洋洋,我还是高抬拙手吧。

聚在老城厢

孔乙己酒家，普明面馆，老上海刨冰，以前曾经吃过了，至今终于放心不下。走，到普明面馆吃芝麻酱冷面/馄饨，然后来杯老上海刨冰，在孔乙己酒家找个座位，你就留下了老城厢的味蕾。

我组团邀请发出后，毛老师立即响应。在路上，毛老师说他邀请了叶老师。我们三人聚在孔乙己酒家。离上次在上海孔乙己酒家用餐约有 20 多年了。毛老师早在酒楼迎候。我们是第二次见面，他还是清瘦如仙。桌上靠窗一端铺着一张红纸，上写金色字"会吃就是补"，多亲切，多务食！我问女服务员，这红纸食后可以带走吗？女服务员说可以。台风桑达把叶老师送进了门。我问叶老师，这红纸上的字如何？叶老师说可以。我说叶老师看得中就带走吧。筷枕左右各放一双筷子，颜色、形制不一样，大概就是公筷和自用筷子吧。筷端都有店家标记，筷枕侧面也有店家标记。我觉得，讨双筷子送给喜欢筷子收藏的人是个好主意。女服务员是个新来员工，甚是诧异，这年头啥都喜欢收藏。毛老师以为筷子要有尊严出现,所有筷枕也应该同时配套讨下。女服务员连忙说,要请示才行。三个男人一壶酒,一盘茴香豆上来,味蕾初绽,山的味道,海的味道,次第上桌,渐入佳境。吃货者,吹牛也。酒微醺,小迷离,此意最阑珊。男服务员上来,毛老师问酒杯甚好能带走么?男服务员说可以一百元。我说孔乙己酒家不动迁算了不拿,我们喝酒的酒壶可以带走吧?男服务员说不可以,收了酒钱没收酒壶钱。男服务员一一取走酒杯、酒壶。我把两双筷子和一个筷枕顺带带离出店。老城厢动迁,惊起了多少伤离乱。

"孔乙己酒家",是周志高的题字,叶老师激动拍照。"上海文庙旧书市场",是徐伯清的题字,叶老师热情咔嚓。"学宫",是杜宣的题字,叶老师兴奋拍摄。我们沿着文庙转了一个圈。我们和一位老妇交流,她不在这次动迁的范围内,她渴望住在大房子里。我们向一位卖瓜汉子打听原来这边一家馄饨店的去向,他用手指指说搬到了中华路。我请教了同行二位,文庙边上三面包围上有顶盖的木空间是什么,他们齐声回答那是最早的采样亭。由于叶老师的手机电量处于紧急状态,他向毛老师申请离场,得到及时审批。

前面路口,年轻人排队、聚集,毛老师大步流星上前,要了一份老上海绿豆刨冰、红豆刨冰。刨冰上面黄灿灿的,香气清甜,是桂花的美味。我们和所有的年轻人一样,吸吮着,捣弄着。一大杯的刨冰,在我们深耕细作下,欢快地渗入我们的肠胃。酷暑虽然折磨无情,但民间智慧充满着无穷的快乐,从味蕾一点点传送到大脑皮层。我们靠着的地方是已经关门的胖子面馆。刨冰工作人员走过来,打开锁,我们才发现矗立的是大冰柜。不一会,他会来到左边,掀起盖子,我们才发现苦盖着的是冰箱。店铺虽小,但店家见机借空地一用,我们真是佩服到了极点。我带毛老师去看看收废品人路边卖老物件。路上没有三轮车和卖货人。我们有些失落。突然,我看见靠墙有个酱香型的酒瓶,就捡起来了。走过古玩店门前,抱着小孩的女人一把叫住我问哪年的瓶子,我说 2013 年的,她说不要只要 2010 年以前的,毛老师指点迷津能值 60 元够换 4 份老上海刨冰。我们来到蓬莱路,就是敬业中学前面的那条路。石库门房子的老门环还在,但人去楼空。有扇门没有合上,我们进去看了看,拥挤、破烂、陈旧,我试着走上木楼梯,就在二楼往三楼的楼梯交叉中,我退步了,因为我担心我上去了下不来,楼梯太窄了我太宽了!老城厢人怀孕了怎么办?周边的店铺纷纷关门,南边还有几家南货店、杂铺店、水果店、蔬菜店还在服务中。再往北望时,我们突然看到石库门上面飘着五个鲤鱼旗,毛老师翻了手机,解释了鲤鱼旗的寓意。虽然我们都丝毫不饿,但毛老师还是主张前往普明面馆。走到普明面馆前一看,灯不亮,门不开!台阶上坐着一位驾驶员,他说只开早上和中午,建议我们换个时间再来。我们交代我们不是周边居民,专门赶来吃份芝麻酱冷面/馄饨,驾驶员不理解,有那么好吃吗?普及老城厢的美食,我义不容辞,于是我动情、细致地讲解了芝麻酱冷面/馄饨。通过学习我的食后感后,毛老师恋恋不舍,驾驶员心有所动。

毛老师骑着共享单车离开文庙地带,我坐着地铁离开了老城厢,我的背包里比来时多了三样东西:筷子、筷枕、酱香型酒瓶。

大富贵

我有一个梦想,绕着老上海走一圈。初二,细雨有情,一路相陪我三小时走过中华路和人民路。

大富贵乃中华老字号,在文庙西首。我从 10 号线出来时,就选好大富贵作为此次环行的物质奖励。

大富贵外面,冷菜窗、点心窗都有人排长队,下午一点半了,吃客不歇钵,过年睡过头的估计大有人生,不想动菜刀菜板的大有人在,但我觉得 140 年的老字号有魅力是主因。路角,听一女施主问刚才吃了几铒,但我不管大富贵是啥档次,进去享受一次才说。

里间悬挂着串串红灯笼,二人桌、四人桌不一,还有人唱沪剧,也有小青年唱《我和我的祖国》,声音不大。菜品在一张纸上全有,原来不是酒家。我扫了一扫,瞄准了红烧大肠面,29 元,低声问:"红烧大肠面,有伐?"男收银员回应说:"有的。还要点啥?"我欣然万分,表示说:"够了。谢谢!"很快,一碗红烧大肠面热气腾腾地出现在桌上,"先生,您点的好了。请慢用。"着红褂的女服务员把桌面收拾干净。我望着红扑扑的碗中食,兴奋地拍照,斜对面的老者停箸望着我一举一动,是鄙视我大惊小怪,还是羡慕我大快口福?他走时,静静地看了我碗一眼,层层叠叠的肥肠,白白细细的面条,红汤中有雪菜和葱花,油花泛着晶亮的色泽,咂嘴走了。油而不腻,多色而不混杂,有吃头,有回味。

我在手机上写着上面的字,对桌来了一位中年人,他用餐巾纸擦了擦桌椅,后来吃了一碗面条。直到我要走开,也没服务员收拾我桌上的碗匙,我安静地享受着大富贵的一顿中餐。

不贵,整洁,相安无事,各得其乐,我品味着过年期间老城厢中华老字号里的别样腔调。

龙门邨一带

普明面馆的伙计也不清楚新店将开设在何处，现在对于毛老师和我而言，这都无关紧要。午餐后，我们聚在普明面馆，合吃了一份麻酱拌面加血汤，顿时全然放松了。孔乙己酒家黄酒的醇和，老上海刨冰桂花的香甜，普明面馆麻酱的细腻，已经把老城厢的味道全盘托出了。当然，今天我们又聚在老城厢不是只补上普明面馆的食物，我们还要以文为上。

上海滩上，黄道婆和徐光启的作用和影响挺大，黄道婆被尊为先棉。先棉祠街在这次改造中，我们决定沿着蓬莱路，去找先棉祠街。走在蓬莱路上，毛老师对普育里的名字感到有兴趣，我们就扫了场所码进去溜达了一下，普育里的楹联文化兴盛，缘于动迁，所以门上的楹联显示为2021年制作。

元初黄道婆去世后，乌泥泾人赵如珏立祠纪念她。先棉祠屡次被毁又多次重建。清道光六年（1826），邑人李林松等禀知县许乃大，因乌泥泾庙在乡间，地方官祭祀不便，拟在城厢新建一专祠，遂获准在城厢西门内半段泾李氏吾园右侧建先棉祠。据地方志记载，光绪三十二年（1906），先棉祠的头门、戏楼等俱毁，就在梅溪弄（今先棉祠南弄）另造了一祠。出了普育里,我因为想到梅溪弄,突然请教普育里门卫梅溪小学在哪里。门卫指指点点,我们又折回学前街上的普明面馆,转个弯,就看到新的梅溪小学。小学里面房舍一新,只有一座改造过的老房子,学校门卫说这里应该没有祠庙之类。梅溪小学有一百年的历史,算是老牌学校了。这里肯定不会拆迁的。

从学前街,沿着一粟街,向东走到迎勋北路。一粟街以康熙时建造的一粟庵得名,北边造的高楼所在小区叫沧海苑。沧海与一粟,在这里搭七搭八乱扯一气。迎勋北路曾名龙门书院路、应公祠路。龙门书院,是苏松太道丁日昌倡创的,是上海道台应宝时在吾园正式创办的。应公,莫非是在上海任职六年的应宝时?应宝时还是很有一刷子的,他在上海创办上海机器制造局,创办龙门书院(也就是老上海中学的前身),设立普育善堂,等等。普育里的取名,与普育善堂该有关系吧?上海道台袁树勋把龙门书院改组为苏松太道官立龙门师范学堂,扩建校舍时并入了先棉祠,祠则由学校管理,但我私下觉得,迎勋北路这个"勋"应该不会与袁树勋有关。

从迎勋北路的一个旋转门,我们直接进了龙门邨。我们的第一感觉是,尚文路133弄龙门邨的房子不会拆迁,只会改造,而且将会改造成为高大上的地方。龙门邨房舍与众不同,无需我赘言,读者如不相信,请直接前往勘探,比较普育里与龙门邨。在龙门邨里,我们丝毫没有看到先棉祠的痕迹。1930年,江苏省立上海中学校长郑通和计划出售旧校舍。后因1931年"九一八"事变和1932年"一·二八"事变相继发生,国难当头,上海中学迁址一事暂被搁置。1932年《淞沪停战协定》签订后,郑通和迁校终于得到了核准。迁校涉及到出售先棉祠,于是引发标卖先棉祠案。1934年,江苏省立上海中学终于在旧沪闵路吴家巷（今上中路 400 号）购地 460 余亩，用时七月有余，兴建好了新的校舍，与此同时，先棉堂也修建完成。至于那座被标卖的先棉祠，1935 年被承购地主与上中校舍同时拆除。所以，当今追寻龙门书院先棉祠，不妨到今上海中学先棉堂一探究竟。

龙门邨北，是先棉祠街，先棉祠街向东北曲折为先棉祠北弄，向东延伸到河南南路为先棉祠南弄，先棉祠南弄之北有梅溪弄、南梅溪弄、梅溪支弄，这些"梅溪"弄自然与永宁街上的梅溪小学相距甚远。而地方志所言，在梅溪弄（今先棉祠南弄）另造了一祠。如今，这个先棉祠不在，梅溪弄与先棉祠南弄分别是两条弄的名称，我们去访寻时不得要领，加上周边人迹罕至，无法询问清楚这个先棉祠大致的位置在哪里。由于许多路口被隔离，我们没有来到徐光启故居观瞻。龙门邨之东，是吾园街，我们请教龙门邨和吾园街居民此地是否载有桃树，回答一致为无。相传，在 1600 年前后，徐光启之子徐骥已从我国北方引来桃种，在今老北门外培育了上海水蜜桃。乾隆年间，李氏吾园的水蜜桃曾负一时的盛名。嘉庆以后，吾园荒芜，植桃区域移到南门外小木桥一带，虽然色样尤胜，但味远不如前，当时称为南门桃。当我们请教上海水蜜桃的时候，这里的居民表示惊讶，如今房舍紧张，他们无法想象此地往年桃园之美和水蜜桃之美的。

梅溪弄或者先棉祠南弄的先棉祠原址是否还在，徐光启故居情况如何，虽然我们还有待再一次前往探寻，但是，今天看到龙门邨一带，我们还是感觉特别有收获。

追寻梦花街的市井味

　　文庙有些年纪,梦花街也有一纪一代的市井故事。过去人们跑到文庙是因为喜欢淘书,文庙闭门谢客后,落寞的人们发现了梦花街的市井味儿特别浓厚。据说,梦花街南片即将旧改搬迁,为此,我冒着酷暑追寻梦花街的市井味。

　　梦花街,西起中华路,东至柳江街,全长 425 米,宽 3.0～10.0 米,车行道宽 2.8～8.0 米。1912 年始筑时,因梦花楼得名。今天,我的第一件事是弄清这儿所谓的市井味的"井"是否徒有实名。"井"到底有无? 又在哪儿? 生活是实在的,不能靠编故事打发 110 年的历史时光。梦花街南的文庙里面是否有井,我不能翻墙跃进。我从中华路大富贵的边上直接进入梦花街。第一个南北向的狭长道路叫仪凤弄,名称颇有文化沉淀。梦花街南的仪凤弄口,造了简易对开木门,右门上墨绘了七根头发的大胖子上半身像,左门上墨绘了指引右向的一只肥硕的手。左边白墙上写了"六艺"竖行繁体字,然后图文混排,向南讲述先秦"六艺";右边白墙上绘图,题为"彬彬楚楚游文庙",接下来图文混排,彬彬和楚楚从上海文庙一下子纵游到曲阜孔庙。我搞不懂彬彬、楚楚取名的用意是什么,这么多木，莫非东属木？上海为东，山东当然为东；文质彬彬，衣冠楚楚，特别讲究文化仪礼？就在"六艺"最后的"数"边，有个豁口，那儿东南北的房舍三面相连，空处有植物、杂物，还有一个圆形水泥凸起，凸起上面覆盖纸板之类，再盖压上侧置的杌子一只和红砖头两块，——梦花街的"井"在此！梦花街的市井味，确实有"井"，诚不我欺！

梦花街一带的建筑，以石库门特色、江南特色为重点，毋庸多言。仪凤弄的尽头是学西街，街弄交叉口是一个没有标识但有进口还有一扇通透窗的平顶房子。房子里有点异样味道，我猜测这是市井的另一种味道。我跨前一步窥视，真是简易厕所！学西街上，有邻居在交流房屋面积和补偿，他们说17∶1，但我不懂这是什么交换算法。男的说，他得到四五百万，没法在市区买房。女的说，她的小阁楼没有多大，户口很多，没什么花头。收废品的三轮车上，放了一个长条双喇叭收录机，那是上世纪九十年代的高档奢侈品。一人在反复端详他的鸟笼，两只鸟笼都已残破。一人在打电话，询问怎么处置二十世纪初的大头电脑。收废品的反复在问，是否有什么红木、旗袍，翻翻试试看。路的两旁，绿植不够丰茂，许多门上锁，因而少人浇水料理吧。

学西街的东尽头是南北向的老道前街，两街交汇处靠近文庙西外墙也有点异味，自然也是简易厕所，不过，它顶上有斜坡，还有个洗手的地方，尽管水龙头不给力。沿着文庙西外墙朝北一带，堆放了杂物，有的还是有些意思的。如一张破烂的桌子，它是读书郎一人使用的大肚子课桌；有女儿出嫁时的嫁妆脚盆，还有女儿出嫁时的喜箱。一位男子正在敲打下箱子上的铜片，我觉得很奇怪，询问他，他回答说："这个箱子没啥用,铜片倒精致,舍不得扔了,估计还能卖几个钱。"我停下脚步,紧盯着他,和他说开了这个箱子的来源。我说,这个箱子是喜箱,皮质的,施过漆,包过边,用的是樟木,里面覆上条纹老布,上下盖之间用皮襻,上下合起的地方用料纹路讲究,还有两处墨色,一个表明真皮用料,一个表明店家信息。整个箱子破损不大,大概是上世纪二三十年代的陪嫁品。里面一般放上值钱的金银细软,箱底往往还塞上一册彩色绘图书,就是生育指导类的专用书。该男子反问我:"二三十年代是哪一年?"听说有近百年的历史,他就后悔我晚来一步。然后,他从家里拿出一点小收藏给我看,广告纸里包了一些针,另外是些布票粮票之类。我告诉他,这些不稀罕,这个喜箱才有些名堂。老道前街通往梦花街的地方安装上了硬隔离,我只好返回学西街、仪凤弄,转到梦花街。梦花街的南边落落寡合,门基本上关闭着,有的连门牌号码也随户主真身迁移他乡;"纽扣大王"的门上朱书着迁店信息;豁口处冷冷清清,有的残留着垃圾,连收破烂的也不正眼多看一下;偶尔有两家还在开着门,但罕见有人光临;文庙北口,有个三面连接、有底有盖的木空间,其中放了两把椅子,朝里的还是躺椅,我弄不清白这是一个什么市井玩意儿;文庙北的人行道上,停满了私人自行车和电瓶车以及共享单车,一位老人光着上身、穿着拖鞋,正在吸纳香烟,地上放着塑料袋,里面有茄子和绿葱;一长排连锁小二楼全部空置了,一群人在它面前激动地说话,他们统一了一个意见,就是在老家前拍照留个念想。每个人的神色都很凝重。前面路边,三个男人在抽烟噶山胡,他们的房子在梦花街北,一时还不远走他乡。梦花街北,还有大多数店铺在开放中,市井生活基本如常,不用赘述。

梦花街东至柳江街,实际上,梦花街过柳江街还有几户人家。柳江街西,也属于这次搬迁的范围。出了柳江街,我来到文庙路。文庙路上有个威武气派的公厕,三层楼,墙上外贴装饰红砖,"公共厕所"白色大字从三楼到二楼竖着贴墙。男士从一楼左门入,但门上7月1日贴上一张告示:"因疫情原因,入厕必须扫码男厕边门暂时关闭从正门扫码进入,望居民谅解。"告示高度节约标点符号所以很费解,男士如厕很尴尬,需要从正门也就是女厕所进口入然后左转入男厕所。这个市井生活,对于游客而言,确实转弯太多,难以理解,有个男孩在它周围绕了三匝,还是多亏我热心解答。

我在路边买了一份老上海绿豆刨冰,从曹市弄转回梦花街。曹市弄上,有人在卖收集的物品,这些物品不够高档,也算不上古董。不一会儿,过来一辆三轮车,骑手拿出一只饭碗,我看了看碗背后,是景德镇红旗瓷厂的产品。我说这个不值几个钱。骑手翻过碗,指指碗底,说道:"底面摩擦了,这个瓷器不如景德镇东风瓷厂生产得好。"他接着说:"昨天,有个人家翻箱倒柜发现了旗袍,搬动家具时看到了红木。实在难碰到值钱的东西。我就收了些破烂。"他拿出一件衣服,告诉边上卖货的说:"这个是化纤的,5块钱就可以卖了吧。"

本来我计划在大富贵好好享受一次肥肠面的,但是当我走出梦花街的时候,老上海绿豆刨冰弄污了我的衣服,我就带着百年老城厢的市井味乘地铁回程了。

巡　道

巡道是明清负责巡查的官员,级别还是不小的。小南门(中华路—复兴东路—河南南路)一带,即将大面积改造,如今人迹罕至,多被隔离,为此需要巡一巡,为今后好事者留些记录。

毛老师提出 8:30 在小南门地铁站相聚,弄得我一早就醒了,我于是出发到老城厢用膳。3 号口出来,是活泼的小学。"俗民 102 岁"首先见到朱屺瞻 102 岁题写的"中华路第三小学"(乔家路中华路口)。画家潘玉良是朱屺瞻的弟子,我的老乡石楠所著的《画魂:潘玉良传》我买过两次,都被别人顺手带走。小学隔壁乔家路有民宅,91 岁老太太说中华路有家早点店,我打开老城厢的味蕾就从龙门口小馄饨开始。龙门口碗内壁施印"民国风雨"朱方。

毛老师来了,我们开始巡道。首先巡永泰街银杏树。一共有 5 株,该是明朝的遗珍。91 岁老太太告诉过我有块牌子,我们没有巡到。"在里面,树旁边。"老太太正在路的那一边候着我们出场!我们毕恭毕敬地排列两旁,叩见老太太挂着椅子拐杖前来视事,传达玉音。正中婆婆的一株,前些年自燃,留下了残迹,其树右端立块石碑,上面似乎刻写了字。树上平时还系些红色飘带,善男信女虔诚许许愿愿。我邀请老太太合影,老太太愉快地接受了邀请。我戴着口罩,老太太笑得露出八颗牙齿。毛老师悄悄地说:"我以为她70多岁呢。"老城厢的老太太,能随便看得出来吗?

巡古树后,我们接着巡名流。永泰街的边上,是俞家弄和乔家路,这里盛产名流,不过,从斑驳的房子外表上难以分辨出来。71号门端有"颐寿堂"碑刻,明人俞文荣出生在这。107号是叶龙蕃的祖居。过光启南路,接着的俞家弄193号,是明人徐光启的宅院,是陆伯鸿诞生之地、关炯之的老宅、赵朴初在上海居住地。乔家路上,名迹如宜稼堂、梓园、最乐堂、九间楼,其主人分别是郁泰峰、王一亭、乔一琦、徐光启,他们都是响当当的人物;至于那些里弄,其题名也出于名人之手。

因名人而使地名闻名,自然吸引无数人仰慕,我们也巡。因名人而使地名增光添彩的,不管其真真假假,如梅家街因梅尧臣,大夫坊因顾从礼,艾家弄因艾可久。就是饮食方面,也有邵万生的店名、乔家栅的街弄,值得青睐。一位年轻人在车上提醒我不能进邵万生的门里去。乔家栅弄的两端,都被严严实实隔离。

还有名园书香,更需要巡。乔家路附近,则以书隐楼、也是园尤其有名。明清三大藏书楼之一的书隐楼,藏在深处。左转右绕,我们终于来到书隐楼所在的路口,无论我们百般恳求,一群看守人坚决不让进,不让近观,殊为可惜。著名藏书家钱曾,字尊王,号也是翁,致毕生精力采集遗书秘籍,家藏图书多古本,书室名"述古堂""也是园",编有《述古堂书目》《也是园书目》。也是园,已经成为某企业的驻点。

巡道街，我们不可能不巡。巡道街，因从前坐落于此的分巡苏松太兵备道道署即上海道台衙门而得名。当年的水仙宫，是驻地所在点，位于如今的集贤邨（金坛路35号）。我们前往的时候，集贤邨的门卫和我们热情聊天，一位门卫说，听说水仙宫在门卫室后面的大楼位置。巡道街边上的街巷名字，满满的是市井味道，如面筋弄、和顺街（来自于火神庙的谐音）、火腿弄、天灯弄、引线弄、药局弄（边上原有药王庙）、东唐家弄、赵家宅路、东梅家街等。小南门其他地名，也是这样充满市井味，如西唐家弄、南张家宅、倒川弄、亭桥街、鸳鸯厅弄、金家旗杆弄、梅溪弄、北梅溪弄、梅溪支弄、南梅溪弄、先棉祠南弄，也是园弄、凝和路（因凝和桥得名）等等，取名没有什么高大上，好像谁家小孩的名字一样，邻里之间彼此亲切呼唤着。

巡道一番，汗蒸连连，别人对我们心疼有加，唯有翁老师和汤髯公情绪低落，一切责任都在我此次巡道而惹出他们的万般愁绪。翁老师人在苏州，心挂梧桐路，"我娘家梧桐路如意弄原先就是弹硌路，雨天都不会湿鞋。1972年从北大荒回沪探亲，一看变水泥路了，伤心欲泪。"汤髯公人在七宝，心在云端，"从前老城厢的弄堂全是弹咯路，有咪道！"毛老师因为有事中午回程，我在雷雨后，独自在细雨中巡弹硌路（弹咯路）。小南门一带居民一致地说"再也没有这面包一样的路"，以此证明我费鞋子的功劳。和顺街一位老居民提醒我："白漾四弄、龙门邨、迎勋北路，印象中有。"于是，我从巡道街、乔家路、凝和路，也是园弄、尚文路来了一个大巡道。白漾四弄、龙门邨、迎勋北路，都彻底没有弹硌路（弹咯路）！

尚文路一位老爷叔幽幽地说："好像虹口还有弹硌路（弹咯路）。"定位虹口，这个目前不在我巡道的范围内，休庭再议。

继续走在 310102

"那个装满我儿时回忆的地方。310102已经变成了一个符号……"丁女史如是说。8月1日,在老土地吉老师的陪伴下,我继续走在310102。

13:30,我们在中华路文庙路上海旧书店组团碰头。这家书店关门了。也许店主用膳去了呢?我安慰吉老师。门上没有留电话号码。边上有个小区通道,小区东边通向仪凤弄学西街的门已经隔离了。门卫一声吼,吉老师本来乘机给我开始神聊老城厢的居民生活的,我赶忙改为打听旧书店店主,门卫说店主昨天就没来今天仍然没有来明天会来。这家旧书店里的高架上,有一套1973年版《鲁迅全集》售价3200元,还有一套鲁迅文集售价480元,店主说每册20元不算贵。鲁迅研究者姚先生似乎想动用烟钱商量占有全套文集,蠢蠢欲动但又因为居家晚炊就没有来。吉老师中心城区雁荡路房子里有些图书,舍不得被三轮车主论斤称取,就想到了这家书店。我脱口而出:雁荡路有个高楼很有名的,那儿的桂花是早桂。吉老师默然。因为我近年在做侨务志,自然略知那栋楼的不同凡响,至于桂花嘛,是有次我正好路过时让开放的早桂发现了我。

我们聊着聊着，走进了文庙路。文庙路上，近来有三波排队人流。老道前街左右各有一支，"Roast Toast"前面，买好阿姨炸物和冰冻饮料的人流站在路边享用；新采样亭前，有续命队伍。在曹市弄尽头，"弄堂口 de 晴天"前面，买老上海刨冰的人流站着或者坐着享用。有家公愚书店关门了，店主冯先生搬到雁荡路开店，吉老师说就在他家隔壁。

文庙路西端是"上海文庙"的牌坊，牌坊北边有店铺"小桃园"。文庙东部为学宫，也就是以往的学署。旁边南北向的街巷因此名为学宫街，有名的孔乙己酒家就在这儿。文庙的前面，曾有黄泥墙桃园、普育堂、黄婆庵。曹家弄因原有曹家祠而得名。柳江弄原为狮子街，街南端原有万寿宫即茅山殿，北段为万花楼，即在梦花街路口。

牌坊北端的"小桃园"，根本不是黄泥墙桃园所在的位置，后者在蓬莱路中华路一带。上海水蜜桃明代时在露香园很有名气，清代康熙时露香园逐渐荒废，幸而传枝接本已广，佳种犹多保留，老上海县城西黄泥墙一带，植桃最盛最佳。桃实色黄略似建兰花，尖端微带红晕，香气逆鼻，食时甘浆溅手；食后吐核，核上有肉粘牢不脱，有红丝缕缕。清人王韬在《瀛壖杂志》中赞誉黄泥墙水蜜桃："桃实为吴乡佳果，其名目不一，而尤以沪中水蜜桃为天下冠。相传系顾氏露香园遗种。花色较淡，实亦不甚大，皮薄浆甘，入口即化，无一点酸味。最佳者每过一雷雨，辄有红晕。"

蓬莱路中华路之南是永宁街，再南是尚文路。蓬莱路与尚文路之间，也曾是桃园天地。乾隆后期，水蜜桃盛产区转移到了黄泥墙卫姓桃园。园主卫介堂半耕半读。卫姓桃园门外短桥三尺;门内水蜜桃树三百余株,临河桃树所结果实大而味美,为映水桃,每斤不过三枚,老桃树结实渐小,但甜味胜于新接所生的水蜜桃;园中结着茅庐,兼卖座供茗。果实成熟时候,外人交付一百钱入门,可向枝头任意摘,尽情吃,俗称"树头鲜";但是如果要带走,则需要论斤购买。同治以后,园丁不善培植,各桃树日渐萎顇,新园主喜欢种兰,不补种桃树。光绪季年,只存老树三五株,结实大不如前。海上漱石生遗作《黄泥墙水蜜桃》(发表于 1939 年 4 月 25 日的《晶报》上)认为黄泥墙水蜜桃衰落的原因是这样的:"自西洋人东来,上海辟为商场,贸易兴盛,房屋渐密,空气窒塞,桃树很难滋长,虽然甘美之味依然未变,但是产量锐减,每年入不敷出;不得已,将桃树斫去,改建市屋,从此黄泥墙水蜜桃,便与世长辞。"卫园日就荒落之际,而游观者仍应时络绎而来。园内人们竟异想天开,预先在市上购买凡品,摆放在入门处,说是隔夜蒂落下来的,充作园内真品,非老内行者不能分辨得出。吉老师在水果店里挑了一只大西瓜,2 元一斤,比他闵行新居地 2.95 还是便宜不少。店里买的水蜜桃不是无锡无蜜桃就是南汇水蜜桃,它们都算是上海水蜜桃的后代。

蓬莱路河南南路之南,有先棉祠街、吾园街。黄婆庵,也就是先棉祠,后来并入龙门书院(即尚文路 133 弄龙门邨所在位置),先棉祠如今不复存在。先棉祠街、龙门邨之西,为迎勋北路。迎勋北路从蓬莱路发端,曲折往南,抵达中华路,先后接纳迎勋支路、一粟街,尚文路贯穿迎勋北路。迎勋支路西端,原有蓬莱电影院。一粟街,因原有一粟庵而得名。迎勋北路中华路口,为茶叶公所旧址,铭牌标记此为黄浦区文物保护点,地址为中华路 985 号。开门七件事和老城厢的市井味中,茶事往往不被人们重视,不过这个旧址只剩下破败的小二楼,门且关着。

龙门邨的东面是吾园街。吾园是光禄寺典薄李筠嘉别业。乾隆年间,李氏吾园的水蜜桃曾负一时的盛名。约成书于嘉庆十八年(1813)的褚华《水蜜桃谱》中说:"今桃之最佳者产黄泥墙李氏吾园;次者产右营游击署北,与露香园接壤;下者产西门城壕及诸处散种者。"并称说:"结实熟时,至早须交立秋节,迟则处暑,迟早不过二十日,后即自落。不能至白露者,或前或后者,均非水蜜桃也。"桃树多系接本,没有接换的,桃实往往小而味也佳,俗称"直脚水蜜桃"。嘉庆以后,吾园荒芜,植桃区域移到南门外小木桥一带,虽然色样尤胜,但味远不如前,当时称为南门桃。至光绪前,南门外数十里中皆以种桃为业,但真种难得。当年每逢桃熟时候,官票封园,胥吏从中渔利,高价出售。至1934年,小木桥的桃园大都荒废。时近立秋,想当年,文庙路和尚文路之间,或东或西,水蜜桃总是馋迷人们的。

龙门邨之南,有白漾四弄。既然有四弄,必然还有前三弄,该在河南南路之东,不过那里已经改造一新,白漾一弄、二弄、三弄的路牌消失在岁月的河流中了。漾,湖沼河流的意思,譬如湖州有钱山漾。白漾,表明这里原有浅滩沼泽。

学宫之南有南北向的学前街,一直贯通到中华路,中华路和人民路合成圆形的老城厢。学前街的第一个路口是蓬莱路,蓬莱路东边是普育里,西边是敬业中学。蓬莱路的取名,来自于原来有个蓬莱道院。普育里位于文庙路、蓬莱路、学前街、半泾园弄之间。半段泾自亭桥(如今有亭桥街)向西,它是断头河,故称半段泾。其两岸广植梅树,故有"梅溪"一称(如今有梅溪弄)。半段泾附近有也是园、吾园。半段泾填平,成为蓬莱路。半泾园原为赵东曦别业,很快衰落,为曹一士所得。光绪年间,为庆贺光绪帝和太后寿诞,上海道台仿北京故宫筑宫殿,建万寿宫。半泾园一再扩建,前为半段泾(蓬莱路),后为肇家浜(复兴东路)。其西口有清节堂,乃妇女守节堂园。半泾园,在今蓬莱路第二小学位置。蓬莱路第二小学创办者是姚明辉,是一所百年老校。

蓬莱路之东有蓬莱路第二小学,蓬莱路之西有敬业中学,两者都拥有百年校龄。敬业中学前身是申江书院,再为敬业书院。敬业中学后墙,位于文庙之前,有"海滨邹鲁"的介绍。林则徐任江苏巡抚,到上海视事时,在敬业书院居住和办公,挥毫题写了"海滨邹鲁"四字。永宁街学前街有梅溪小学,它从梅溪弄迁来。梅溪弄梅溪小学亦是百年老校,原为正蒙书院,再为梅溪书院。梅溪小学是中国人开设的第一所新式小学。胡适曾就读于梅溪小学。梅溪弄梅溪小学周边曾有先棉祠一所,后改为民居,大致为二层楼房结构,由于梅溪弄路口左右都被隔离,我们无法窥视到可能的原址。

我和吉老师仔细看过文庙路至中华路一带,在大富贵二楼酒足饭饱后从梦花街上走过,华灯已上,烤带鱼的味道很浓厚,光膀子乘凉的,路边摆张桌子一家吃饭的,邻里闲聊的,满眼都是。经过乔家路时,我们又看到夜幕中衰败的徐光启故居,还发现气势不凡的王一亭梓园。从地铁里钻出地面时,龙王正在用瓢泼大雨,雷公嘴炮,电母白眼。地铁口,一个男孩努力卖伞,地铁工作人员频繁观望雨势,人员越来越聚集。龙王、雷公、电母联袂勤政近一小时方罢。我连续访看老城厢辛苦啦,老天为之感动而奖励我一场夜雨消暑,我真无憾!

从古老旧说起

　　立秋，我在方浜中路河南南路"上海老街"牌坊附近的一个停车场，向东眺望，旧校场路的豫园、古城公园的参天绿树、黄浦江两岸的高大建筑，全部收入了我的眼帘。

　　古城公园在人民路—福佑路—安仁街之间。它是个新式的公园，除了名字沾上古的气息。福佑路沿街的房子似乎是连体婴儿，门板方砖隔离了门窗出口，我无法找到一个豁口进去窥瞻一下明清建筑的风韵或者艺术，整体感觉它实在有碍市容。古城公园活泼泼的，散步的、跑步的、闲坐的游人全然不把福佑路的破烂杂乱放在眼里。我走过去的时候，椅子上一对情侣正相偎，说真话，今天热得出奇，他们比我更不在乎暑气蒸腾；我走回来的时候，只看见男的在摇扇子，我再看一眼，看清一位中年男子双腿上横卧了一位睡美人。古城公园比西湖还要迷人，许仙白娘子的闪婚，比古城公园的新传奇稍逊风骚。安仁街豫园商业圈，空调猛足，进进出出古城公园的时尚男女们正在挑选时令饮食。在我看来，古城公园风情和游人心态根本不古。

　　"古城公园"四字，由汪道涵题写，"上海老街"牌坊四字也由汪老所题写。古比老更显得久远,所以古城和老街并称从时间上说有点麻烦。位于今光启路的上海县衙、位于今巡道街的上海道署、位于蓬莱路的上海县署,三者中,上海县衙肯定算是古,上海道署为老,上海县署则为旧。这么一排列下来,古城公园的取名还是挺符合实际的。豫园南边的方浜中路两端各有一个大牌坊,上面题额"上海老街"看来显得不够悠远苍劲,豫园西边的旧校场路更有些幼稚装嫩。

方浜中路的取名,还是富有韵味的。江南的古县城,自然要有水,无论是出于城池水运的需要,还是出于居民生活生产的需要。从黄浦江里引来的潮水,大体流经丹凤路、福佑路、侯家路、方浜中路,这样比划一下,这河浜还真是个方形呢。福佑路曾有过黑桥浜的臭名。豫园西边有条路叫丽水路,以往那里居民有丽水喝还是梦想有丽水喝呢?我们无法穿越询问,不过,豫园一带有水不会有错,丽水总是好的。

豫园周边地名的取名,实在雅致。如侯家路、玉带弄、紫华路、昼锦路,力求衣冠身份与众不同,渴望成名成功。侯家路的侯家,似乎不是来自姓氏。豫园周围,有安仁街、安平路、福佑路、福民路,它们突出安和福的题旨。丹凤路与梧桐路相应,梧桐引凤,善哉善哉。丹凤路被方浜中路一分为二,北段与南段略分为三分之一、三分之二,有黄金分割比例的效果。

县衙一带的路名,很有特色,如三牌楼、四牌楼,东街、县左街,还如聚奎街、学院路,它们留下了历史的年轮。文庙、敬业书院原址在这儿,所以此处有聚奎街、学院路的路名。

上海古城的街巷地名,见水,见人,见城,历史的鲜活面目逐渐推展出来。有时,我们被"上海老街"的市井声色所迷惑,自然难以重构出上海骨子里古香古朴的风貌气质。古城公园的"古城",正唤醒了上海和上海人的这种历史存在感,从而从古城的自信走向新生。南市不是老旧的符号,在征收改造之中,如何推出都市文化遗产和都市非物质文化遗产的新篇章呢? 我们愿意拭目以待!

八个有人气的地方

虎年结棍,尤其是碰到母秋老虎,天热疯特了。今天,我在人民路—中华路—复兴东路—河南南路包围圈中采风。印象中,八个有人气的地方值得向读者们推荐。

豫园地铁站出口,就是河南南路人民路,大片的绿化带甚是养眼。在寸土寸金的地方,舍得种植些树木花草,这真是大手笔。镶嵌着绿化带的旧仓街,风光地直奔到大境路,福佑路从豫园那边延伸到旧仓街前停步了,旧仓街左边是热闹的建筑工地,右边是拔地而起的威风十足的高楼群。工地大门紧闭,高楼群严格防守,它们都不是吸引人气的地方。

与旧仓街平行的露香园路、青莲街,出场更不凡。露香园路系着古城墙的青色丝巾,一边是鲜丰水果,一边是古墙咖啡,水果店和咖啡店里人影晃动,当然有了人气。青莲街从高楼大厦中间摆动着曲折身姿,路遇白云观,旁边的大境阁也微笑地与她致意。白云观人气强大,可以从它周边停放的数不清小车上就能证明。"我来敬香的呀。"一名司机摇下车窗说。"门口空位要留着。"把门的走下台阶说。露香园路和青莲街仪态万千地步行到方浜中路,沿途楼宇精致。虽然露香园路左边是喧嚣的工地,但有慈修庵闹中取静,慈修庵黑色大门紧闭,没有敲木鱼的人和敬香的人,相当静谧;左边方浜中路上,挺立着两棵连体的老槐树,枝叶丰茂。慈修庵的黄和老槐树的绿,成为鲜明的亮色。

大境阁的古城墙是真的有高墙,露香园路口的古城墙不过是残垣而已。大境阁三面被绿化环绕,其中最有人气的地方是个公厕,它掩映在大境阁背面。

方浜中路北边,有人气的地方有四个:鲜丰水果、古墙咖啡、白云观、公厕。方浜中路南边,有人气的地方也有四个:修车铺、公厕、肇方弄采样点、翁家支弄豁口。

人民路绿化隔离带朝里面,是大方弄;中华路绿化隔离带朝里面,是肇方弄。大方弄和肇方弄在方浜中路相连。肇方弄方浜中路交界处,竟然有个修车铺正开着,这是方浜中路南边唯一开放的商业点,骑着自行车的、骑着电瓶车的都到此续命。稍前不远处,有个公厕,绿化环卫人员到此续命。接近复兴东路有个采样点,打工人和居民到此续命。

方浜中路—中华路—复兴东路—河南南路这一大块,东边是太阳都市花园,西边全封闭上了。出发前,我就吹牛说过,找陆小曼出生的弄堂孔家弄,寻电影《人约黄昏》的摄影地松雪街。当我走到翁家支弄的时候,发现有人从开着的豁口进出,我欣喜若狂,飞奔进去,在北孔家弄、南孔家弄之间,终于找到了孔家弄31弄2号(承德里),1903年11月7日,陆小曼出生于斯。孔家弄东头被封,它的外面就是雪松街!我向北经过红栏杆街来到金家坊。金家坊和大夫坊是上海滩上以"坊"为街巷名称的难得有缘的姊妹,前者是东西方向,后者是南北方向。金家坊东头被封,它的外面就是雪松街!金家坊依次把贻庆街、西马街、翁家弄伸展向北,但是它们都在方浜中路被隔离开来。金家坊地块有个非常特别的地方,就是房屋墙根或街道转角有地界石碑,数量还真不少。我对着房屋墙根或街道转角琢磨拍照,经过的人不明就里,都莫名其妙地看着我。仰看房屋,纵目街巷,这是采风人员常规动作,而我俯看房屋墙根或街道转角,脑子好像有点瓦特的样子。

八个有人气的地方,最让我感谢的是翁家支弄豁口没有封闭上的门,它让我窥探到多少人目前没有碰巧看到、今后无法再有缘看到的陆小曼出生地和数量不少的地界石碑(还有罕见的阳刻)。我周游老城厢,就在今天发现浪漫奇特的地方中圆满地结束了整个采风活动。

如果给我一个机会,让我发表一点采风感言,那么我将说:我期待,无论岁月如何,老城厢风韵犹存,风流还在。

七夕陈这种果

《荆楚岁时记》记载隋唐之前七夕"陈几筵酒脯瓜果于庭中以乞巧"，当时陈什么果，语焉不详。壬寅年七夕乞巧时该陈什么果，我不用翻看《上海岁时记》，也能轻松告诉您：马陆葡萄。

上海老城厢的市井味，沪乡的风物味，不断丰富着沪上人们的味蕾。天上日头毒，地上瓜果甜。浦东南汇 8424 和水蜜桃，嘉定哈密瓜和马陆葡萄，奉贤蜜梨和黄桃，宝山枣桃，形成强大的包围圈，上海滩上俗民齿颊留香，直呼过瘾。七夕乞巧时，所陈之果则宜甄选马陆葡萄。

环马陆，皆葡萄也。《马陆葡萄记》首句就是这样写的。老马陆人始种葡萄于 1981 年，20 世纪 90 年代中期到 21 世纪初控产保优，规模由大变小，后来进入市场化运作，马陆葡萄日新月异，成为沪上新宠。我疑心《新民晚报》记者杨洁绝对是个挺爱尝鲜的吃货，7 月 3 日伊就发文《上海人最爱的夏天味道"马陆葡萄"熟啦！"一串一码"可辨真伪》。我收到新鲜欲滴、饱满圆润、皮薄肉软、汁多味甜的马陆葡萄，是在 8 月 1 日。

由廖女史亲自安排惠赐的马陆葡萄，清早采摘，下午收到。两箱沪乡佳果，顿时成为解暑神器。等我晚间从老城厢采风归来，老堂客告知：马陆葡萄鲜甜，风味浓郁纯正，具有草莓香味；她和儿子已经干了半箱。吃上新摘正宗马陆葡萄，一家人亿分激动！我向廖女史表示感恩！廖女士进一步发出邀请："凉快点，邀请您过来自己摘葡萄，吃农家菜。"七夕就要到了，立秋还会远吗？我们拭目以待。

我曾读唐代大文学家韩愈《送李愿归盘谷序》，对于其中尽情描绘"人之称大丈夫者"好权钱色面目的文字，印象比较深刻。鄙人小院也栽了一株葡萄，树龄略有十年，过去结出大大小小的丑果，鸟雀们不嫌弃，啄食后还施污。今年结出一串串的果子，鸟雀们一如既往啄食施污，我们开过家庭会议后，决定采摘鉴定，如有必要，考虑市场化运营模式。采摘下来的葡萄，颜色或紫或红或绿，正好对应"人之称大丈夫者"好权、好钱、好色的面目；至于味道，一言以概之：酸！

礼失而求诸野，"人之称大丈夫者"权钱色各有偏重，分别对应市面上紫色、红色、绿色葡萄，而马陆葡萄品味佳，还有雅趣，富有纯情，尤其是马陆葡萄巨峰品种颜色紫红到紫黑色，足显沪乡文化之真之善之美。七夕，这个中国最具浪漫色彩的传统节日，乞巧时，就陈上马陆葡萄这种果！

"合格"的老灶头

在一些乡村里,老式灶头总是吸引游客的一个景点。看过海沈村的一处老房子灶头后,我敢说很多乡村游中的老式灶头不合格。

吴越人家总是浸润着深厚的文化的,灶头画是不可少的。灶头画已经成为了国家级非遗项目,不需要我去费舌,不过目前新造的老式灶头的灶头画有些不伦不类。灶头的结构,凝聚着吴越农家的智慧,而目前新造的老式灶头有些乱象了。

从惠南东站下地铁,往东出口,沿着黄路二河南行,过了溪流上的一座桥,走不多远,我们就能在路左发现一座败落得很厉害的老房子。烟囱还在,只是再无青烟吐出。西墙上青砖裸漏在外,坑坑洼洼,手一摸,砖灰就直往下落。屋檐有吉祥雕饰,正面用树木支撑着前檐。大门飞走了,门槛还在。屋内破破烂烂,地面高低不平;厅堂东壁有一口硕大的水缸,用厚灰泥制成的,上面合着两片铁锈盖板;前堂瓦片中并嵌着两块亮瓦,但上面积满灰尘。老房子西端,也可以视为西厢房,竟然还有一个灶头。

灶台上的铁锅不翼而飞,露出很大的豁口,甚是丑陋。灶面上有四个眼:左右各一口做饭煮食的大锅;两大锅之间,一前一后各有一个小汤锅。四口灶,充分利用了灶火。我也观察了海沈村其他人家的灶台,往往只有三口锅,靠近灶壁那边没有再设一口锅。靠近灶壁的那个锅,我猜测很可能是用来烧饮用水的,后来随着煤油炉、煤气灶、热水壶更新换代,烧饮用热水从油腻杂乱的灶台上分离出来了。也就是说,老灶台是有四口锅的。

灶台的边沿一边靠墙,一边要宽出一些。宽出的地方,我们可以理解为放置些碗碟,眼见的确实如此。宽出的灶沿被人撬开了,这样我们可以看出它的上面不是砖砌的,而是搭着一块木板。它的下面是个独立的空间,用来放鼓风机之类的。吴越地方雨水多,柴火不容易点燃,农家想到了鼓风机,不像我们楚地,小时候,手持一根竹制吹火筒,拼命地吹,火苗蹿不出,浓烟倒把自己灌得够呛!

层层叠叠高垒起来的灶壁,正面会有两个显眼的空眼,上面的阔大,下面的狭小,均为方形。上面的空眼有图案,有时就是"福"或"喜"之类的字,也可以用来张贴灶神;灶神高高在上,他是食素的,油烟不能靠他太近。下面的空眼,老房子里那个位置空空的,我看看有的老式灶头那里或空或临时放个什么物件的。下面的空眼,究竟是空置着干什么的呢?其实,那里本来是用来放油盏灯或者后来的煤油灯的。如今,这些老物件彻底走出了历史的舞台,人们因此不明了那个小空眼的用途,但是却留下来了下面的空眼。

灶壁背面,似乎没有什么值得留意的地方,然而,农家的智慧还是继续令人赞叹的,有两处很有意思。一个是上面有一块后砌的砖，显然这是初砌灶壁时有意留出一块砖的位置，便于随时开启的。柴火烧多了，灶壁里不免积灰积垢，农家抽出可移动的砖块，淘尽灶壁里的烟垢，然后再重新砌上。还有一个是靠近灶面位置，有个瞭望口，一边在灶门生火一边好照看到灶面情况。灶壁背面的两处精巧结构，只有吴越人家想得出！

这处老房子的灶壁外侧，还嵌了一个空眼，目前里面塞了两个老墨汁瓶。摇一摇塑料墨汁瓶，里面还有不少墨汁。空眼的下面，写着"一九八一年"等墨字，当然我们可以推测，这墨汁瓶当时是用来做灶头画和写上面的字的。据老房子的邻居说，里面原先住着一位老太太。大概老太太不喜欢舞文弄墨，这两个墨汁瓶就搁置已久；估计拾荒的人对这乌漆抹黑的东西不感兴趣，也就随它留存了。但是，这个空眼原来的设计，绝对不是为了放置两个墨汁瓶的，那么，它的用处又是什么呢？厨房间与正堂厅是敞开式的，我们可以想象，饭香了，开饭了，人们就坐在灶头旁的饭桌上用餐。晚上，油盏灯或者煤油灯如果还放在灶壁正面，吃饭是不方便的，那么，把油盏灯或者煤油灯挪到灶壁侧面的空眼那儿，或者把灶壁侧面空眼那儿的油盏灯或者煤油灯点亮，岂不是很好的？

民间有句俗话，"进门看抹布，出门看鞋跟"。老房子灶沿靠墙的地方，有供洗涮之用的托盆；旁边南墙上，还留下二排外挑的横杆，晾晒抹布或者挂放些食材。这些是灶头的有机组成部分，细致地体现出女主人持家的干净整洁一面。如今在一些乡村游中，在打造灶头景点时，往往没弄出灶头的灵气，同时更没有彰显出灶头的活气，灶台做饭菜是一气呵成的，它还需要取放食材、洗涮切配等，在厨艺展示背后，还透过灶头周边的景致表现出女主人的内在之美。托盆边或者横杆上有一块干净素雅的土抹布,这应该成为老式灶头的标配。

后来,我在"沪乡空间"正巧遇到了学兄沈月明的妹妹,聊到了这处老房子,她说,那可能就是倪家老房子,它大概有一百多年的历史。海沈村老房子的灶头虽然破败,但是它留下了如烟的往事,是沪乡记忆的一部分了。

泗泾好玩

"天气好,读书要紧。"谁说的?百岁老人马相伯说的。不信,进泗泾马相伯故居参观调研去!

泗泾人都知道马相伯和史量才,老街上有马相伯故居,文化街有史量才故居。阿拉偏偏不是省油的灯,天气不好的时候曾读过陶宗仪对松江民俗的辑录和记录,开口就请教路遇的泗泾当地居民:"陶宗仪当年居哪儿?"这位元末明初的人,难住了千年古镇的居民。泗泾三宅,为管氏宅(今南村映雪书店)、程氏宅、孙士林宅。陶宗仪号南村,元泗泾藏书家孙道明书斋名"映雪斋"。书店名字取得典雅。开江西路一位土地说,陶宗仪该居住在开江中路,其意思就是"南村映雪"。开江中路一位土地说,陶宗仪该与开江西路有关,泗泾滨江大道八根雕柱那儿有碑记,弄得我后来折回开江西路二次田野调查,我睁大了鸡眼,也没找到。柱东有个仿制的石书,上边也没装模作样用错误的繁体竖行丑字体刻下"南村辍耕录"的字样,边上水泥块中有个洞,或许曾立个说明但被折断了。几位镇上居民正消食散步,我不放弃田野调查的信心和毅力,一位蓝羽绒服土地说,在前边公共厕所旁。我奔上去,看到一块牌子,一面有白衣秀才像,白脸白衣,右边这么几行金字:"陶宗仪/字九成,号南村/(1321—1407)/元末明初的史学家/文学家/著有《南村辍耕录》《说郛》"。蓝羽绒服以为说服了我,但我绝对不答应。莫以为我好糊弄,我下午在开江西路田野调查过滨江大道这一块的情形,滨江大道一带原是泗泾塘,今开江西路为河岸,边上舟船云集,沿岸为骑楼街,米油醋煤等大宗物品在此囤积贸易。这种骑楼街,在中市桥东如今还能见到。蓝羽绒服悻悻地说,那么远久的人事,实在不清楚了。

蓝羽绒说他原住在中市桥边,我立即和他聊桥。桥头铭牌为"福连桥",文物注为民国时期。开江中路土地说中市桥改造过,现在的桥抬高了。蓝羽绒服说,不能这么简单地说,80年代,三个拱洞的中间一个拱形抬高不少,过去他能从拱洞穿行,桥面上走人但坡度没有现在这么大。安方塔西的西市桥,原是五拱石桥,桥中有道闸门,到晚上闸门下落,这样南北行人无法从桥面通过,这石桥有五拱,70年代修成了公路桥。开江西路土地这么告诉我的,但蓝羽绒服不以为全对,他说和中市桥一样,两桥都是三拱。马相伯故居有个三拱石桥的照片,我仔细比照,觉得它是福连桥,不可能是西市桥,因此西市桥原为三拱还是五拱还有待文献考证。

马相伯故居为江南住宅,但不可能是原全宅,否则它不完整地等同于江南住宅的格局。宅内有一株木樨,微小金粟在绿间中闪烁,在这个时节该是难得的吧? 木樨边,有三五疏竹掩映。我进门就看出展览有一个问题,文字有"1840年4月7日,马相伯出生于江苏丹徒(今镇江)北乡马家村的一个亦医亦商的书香门第",图片注"江苏丹阳老宅今景",丹徒不等于丹阳。展览后面又一次出现这个问题:文字有"出生江苏丹徒的马相伯先生是江苏镇江的杰出乡贤",图片注"江苏丹阳马相伯纪念馆"。我在安徽马鞍山工作过,丹阳离马鞍山不远,苏皖各有丹阳,民间分别称之为大丹阳、小丹阳。丹阳近安徽,丹徒近镇江。两图片说"丹阳"该是无误的。史量才故居由夏征农题额,我去观瞻时,大门洞开,故居陈列室紧闭。从外观而看,很有可能史量才故居改造变化大。马、史两位创设的泗泾小学,今在何处呢?开江中路土地硬说在古庙,他小时在那读书的。他所说的,与马相伯故居照片显示景象不一样,这个又可待文献考证。

泗泾老房子,如今分布在泗泾塘南北,集中在西市桥以东,塘南的旧居也不少,尤其在江达南路,如贞节坊、张氏宅、沈氏宅等文物。开江西路隔泗泾塘对岸的七家宅原为七家房舍,这儿现在都建成了楼房。开江西路油醋工厂一带,快夷为平地,一只老黄猫从老虎窗钻出来晒太阳,见生客望她,她快快地转到老虎窗后踩着瓦块,头也不回地走了。

泗泾好玩么?我说动您的是:泗泾地铁站出口东向,有个大商厦,一楼全是小吃铺。我在灯火处扫描,在此报复性食用。魔都哪处有烟火气相当迷人?乘地铁 9 号线,到泗泾站,您的味蕾全开放啦!

心痒痒

不到嘉定,心痒痒。这话说的是我,说的也会是你。

"尺素诗情——太仓博物馆藏清末民初名人手札展",在嘉定博物馆展出。这个展览有个独特之处,它配有明清风格家具,书卷融入了家居气息。明清风格家具手工制作,生漆刷成。工匠大师周心宇与其夫人及其公子公主在负一楼展厅等候我们参展。明家具简明,清家具繁复。家具的生活化与艺术化如何糅合?天圆地方的传统理念如何体现在家具中?男女椅件中如何训练出绅士淑女素养?周大师给我们传达出生活的态度,家具不单是日常生活用品,它同时凝聚着审美与精神的蕴意,家居必须有家的旨意在,放下身外一切,让身心安顿下来,达到空静淡泊的境界。不信的话,诸君不妨也来观展,体悟中国日常用品中所蕴藏的文化内涵,格物致知,日常即是道,一桌一椅皆有灵性,天地之灵,在天圆地方的启示下所构建的物件中渗透出来。

州桥一带,有几家食府别有风味。我们跨过边上一家川味馆的门槛,登上木楼梯,上得二楼。临窗南视,钱大昕故居尽收眼帘。馔食讲究色香味器形兼美,而这家食府还有一处风流,为其他酒楼所不具备的是,我们面前各有一双阴阳筷箸,筷端各嵌阴阳包件。一阴一阳,气韵流动,食之有味,回味无穷。

周大师平常午间不食,此时异常兴奋,赏脸和我们共餐。我带的小酒,周大师夫妇以为清嘉,酣然啜饮。周大师以为微醺恰到好处。我们移步敬茶坊用茶,选一楼正中入座。先品白茶,再饮黑茶。陶炉中,精炭煮水。徽派民居中,自然天窗透光送绿,阳光在天井周围拓印下时辰,绿枝垂拂在天窗四沿。时光在陶炉的微声和天窗的光波中不知不觉过了三小时。周大师即兴为我们展演武功,或兔或鹤,似龙似鸡,轻灵敏捷,似柔却刚。周大师静若处子,动若脱兔,外柔内刚,让我们在近观他举手投足间领略到传统文化的魅力。学生说,茶之道,真是博大精深,此次共饮,印象深刻。

弹街路,尚存于州桥附近。我们接着往南翔,是想领略南翔老街的更平民化的烟火气息。学生们玩抽签,老汉深沉,表示当场不解签,说是天机不可泄露。天机能知,民间高手在留云禅寺门右小亭内也。老街弹街路面多且久。我们在双塔间田野调查,经访谈和勘比,得出一个结论,可供今后参观者目验认可。双塔原不在现今的地基上,人民路路右一塔原在其东北的屋边,双塔现今地基乃下掘而成,所以双塔显得比路面低几个台阶,而弹街路的路面未动,弹街路的历史应该较长。前来接待我们的杨老师深以为然。我们一解此处路面高低背后的历史变迁,不枉此行。

太平桥头有家南翔小笼包子店,我们听从周大师夫人指点,在人民路 20 号这家店铺食小笼和馄饨。店主说,每次评选他家总居榜首。长兴楼的那家,兴于光绪二十六年,我以前来老街时享用过一次，食客总是满堂。我们在桥头这家食用时，味觉被听觉全然牵移了，因为杨公子一直谈古论今，这名初中生从动筷子开始，到送我们上南翔地铁站，嘴巴始终处于表达状况。

地铁中，我在想着，杨氏父子在月亮下走着，杨老师耐心地听杨公子叙呀叙。杨公子有口才，杨老师是好听众，实在不容易。出地铁时，学生大悟，她不再觉得她妹妹烦人。

往老上海县听沪谚

　　入冬，魔都如同别的地方，正常玩降温。12 月 18 日，气温虽然跌到最低，但这丝毫抵挡不住老上海县人的热情欢迎，我们一行畅往苏民村寻访沪谚。

　　"长铗归来兮，出无车"，那是策士的矫情自白。精干美女浦江镇文体中心主任王逸娜亲自驾车，在地铁站守待。我们一行四人鱼贯而入车厢，静听王主任宣讲沪谚传承成效。原以为语言类非遗项目尽在数落如昔日黄花的境遇，殊不知国家级非遗项目"沪谚"在浦江镇如雨后春笋笑满山林。

　　"沪谚"市级传承人周曙明老师亲策电驴，在另一位"沪谚"市级传承人张石明老师府前守待。冬日的温暖，在周老师一双劳动手套中完好留存，在张府一杯杯红茶中迅速传递开来。

　　沪谚原来不姓沪，上海从松江府脱出，始有今名。张老师从溯源开始叙起。这些年，沪谚在浦江镇如火如荼开展，张老师和周老师在抖音等各大新媒体平台口吐莲花，"沪小谚"的抖音号点击量已超 400 万。线下，二位传承人驾车策驴传承在社区、进校园，以沪谚为主体传道受业解惑。

苏民村菜园青绿,沟渠水落,屋舍高高低低,素墙黛瓦,猫偎南墙,犬孵太阳。路边散发青味的是切片萝卜,屋前弥漫着腊鱼腊肉的年味。在这样的氛围中,我们来到蔡进泉老先生的门前。蔡老正在用膳。很快,就听说用膳毕。蔡老昨夜摔了一跤,此时九十五的他坐在轮椅上,阳光正好把暖流拥抱着他。蔡老穿着一身正装,深色衣服净洁平整,扣子一一扣严,戴着一顶呢帽,精神矍铄。话题从用餐开始,说到筷子,蔡老顺势用了一则谚语"棒头上出孝子,筷头上出忤逆",还解释并讲明寓意"要严格教育和要求下一代"。后来,聊到年味,讲到婚俗,谈到"苏民村"的得名,给出任何语境,蔡老耳聪目明,思维敏捷,一一侃来!蔡老欢快地操着一口纯正的当地方言,同行人大眼瞪小眼地听得吴侬软语,我提示赶紧开启录音设备。考虑到蔡老午休,我们就只好握手道别,蔡老笑容满面地伸出手来。

拜访先后顺序是由周老师精心安排的。蔡老原是苏民蔡家生产队老队长、苏民大队工业大队长,有着五十年党龄。周老师当天才告诉当地这位德高望重的老法师有个访谈活动,没有提前说,是担心蔡老兴奋而休息不好,没料到今天蔡老先生还是极其重视,穿上了平时出席重要场合才穿的正装。

乡村美如画,乡村人有古道之风。周老师邀请我们来到府上。这是一栋小二楼。墙上有墨痕,深深浅浅,是周老师上大学的孙女初中时写的,有篆体,有鸟虫体,有行草,周老师说,这可能多少受他影响吧。一楼是周老师的书房,有琳琅满目的图书,有一百多份证书,还有书法图画作品。书法,写写;绘画,画画;乐器,二胡,拉拉;篆刻,玩玩;京剧,唱唱;沪剧,开口唱一句;核雕,大家来看看。沪谚沪语之类的书印了几册,有《上海浦东民间童谣选》《上海城郊民间儿童游戏》《沪谚·沪语》;散文也出了几本,有《飘过浦江的云》《流过东乡的水》《吹过海峡的风》《流在心里的岁月》《有你真好》。还有跟张老师合作出的《浦江谜语》《上海抗战民谣》《沪谚读本》《浦江土话》等。足矣,足矣,面前是位令同行礼赞膜拜的人士!

临别前,我们在苏民村"沪谚"文化墙前合影留念,这是浦江镇将"沪谚三化"开展的成果之一。听王主任如数家珍般将"活态非遗"的创新传承与我们分享。

自 2018 年开始,浦江镇在做好基础资料抢救性保护的基础上,围绕"沪谚三化"(沪谚的普及化、生活化和艺术化三个主题),进一步挖掘、保护、传承沪谚这个源自东乡的地域传统文化。

通过沪谚进学校、进居村来提高沪谚的知晓率和普及化。如周老师在辖区内的学校教授"沪谚沪语""沪谚沪语话节约粮食""沪谚沪语话反电诈"等课程,在居村和镇爱心暑托班中开设"沪谚暑期班""沪谚童谣"课程,不定期地带领孩子们参加各项主题活动,录制沪谚抗战民谣等。

沪谚生活化,作为沪谚生活化的明星活动的主讲人,张老师经常穿梭在浦江镇的各个居村活动室间,将"舌尖上的东乡文化——二十四节气美食遇上非遗"系列活动带到辖区内的各个居村。通过把二十四节气相对应的养生美食和沪谚中对二十四节气的经典描述融合,以节气沪谚为开场,以节气美食为载体的方式,让沪谚传承更加贴近百姓生活。

沪谚艺术化,通过"唱""做""秀"的形式将沪谚展现出来。将沪谚编排成各种样式的节目,如 2018—2021 年期间创编"经典上海谚语"表演唱、沪谚版"村规民约"、女生表演唱"老土布新山歌"等节目,唱给百姓听。周老师带领的浦江镇"东乡囡囡"沪谚小小传承人团队,编排"沪谚童谣"节目,先后参加上海书展进行演出。又开展"指尖上的东乡文化——活态非遗·心手相传"系列活动,让沪谚这个口头文学能够以实质性的载体呈现出来。"沪谚小课堂"结合沪谚书签制作、沪谚团扇绘画、沪谚剪纸等把沪谚"做"出来,让浦江镇青少年儿童能近距离接触国家级非遗项目"沪谚"。还结合乡村振兴,打造了一批沪谚电子屏、沪谚宣传墙、沪谚文明亭、沪谚招风旗、沪谚长廊、沪谚手绘墙、沪谚自治楼道等"高、雅、美"的公益宣传阵地,以多种宣传方式来呈现介绍沪谚知识和沪谚文化,让沪谚通过图文的形式秀出来,走进大街小巷,让居民"抬头不见低头见"。王主任告诉我们:"我们所做的这一切,只是因为我们知道,沪谚的传承离不开语言环境,我们通过各种方式,只是试图重新构建起这个与我们渐行渐远的生活、语言环境。"

下午,王主任还要带着周老师、张老师前往虹桥路的SMG演播大厅参加当晚"非遗来了·遇见上海古镇"的节目录制,两位老师将作为节目嘉宾讲讲召稼楼古镇的沪谚和老八样,但王主任和周老师执意要送我们往召稼楼一趟。后来,我们还参观了乡村振兴示范点革新村的革新建业馆、东乡人家展陈,"沪谚"乡音处处可见,同行人都说,往老上海县听沪谚,真是不虚此行。

召稼楼东行

周六到苏民村访谈沪谚传承人，我们就近把这次沪乡文化调研点设在革新村。苏民村和革新村都属于浦江镇，中间有苏召路相通。林老师曾介绍说，革新村就在召稼楼东边，召稼楼在革新村内。这话尽管很绕，但确实是对的：革新村的村委会在召稼楼东。

从召稼楼牌楼出发，沿着沈杜公路东行，过了一座桥，路南是召稼楼酒坊，路北是革新村的村委会位置，村委会北是黄家宅。沿着沈杜公路继续东行，又过了一座桥，路南是徐家宅。召稼楼牌楼到徐家宅的人力时间为 20 分钟，周老师掐指很准。据说健步走有助于消化，古镇饱餐一顿后，走在老上海县的乡下，空气清新，视野开阔，而且肯定要经过沈杜公路 1739 号青岛啤酒上海闵行有限公司前面，如果酒香飘逸而来，神仙也会来凑热闹，所以大家行动上都保持高度一致：走为上策。

不观瞻礼园，等于白来了召稼楼。等到从礼园不舍地退出，来到牌楼的时候，时间快到了 15 点 30 分，这是王主任给革新村建业馆那边预约进馆的吉时。我们快行军，路过 1739

号的时候也来不及神思遐飞，但误过马路闯到村委会去了。王主任云上送了一个定位，我们比预约计划晚了半小时抵达展馆。见酒思迁，实在不太好，我认真进行了自我反省。由于我认识错误的态度及时诚恳，同行者和展馆工作人员表示了同情和理解。

革新村建业馆几乎在徐家宅北首。我从徐家汇来到了徐家宅，进馆就问：为什么这里叫徐家宅？工作人员是山东来的上海媳妇，回答说不知道。我从王主任那里得知的，就现炒现卖：徐光启的后代来到了这儿，这里就叫了"徐家宅"这个名字。我真是好为人师，本性难改。估计她又弄不明白徐光启是谁，很可能她的婆家不姓徐，没有追问下去，我也不继续卖弄了。

展厅模仿绞圈房子的特色民居形制建成，分为两层，左右角有楼梯盘旋上下。一楼正中是沙盘，沈杜公路与林海公路贯穿革新村，把传统村落推向了革新建业之路。一楼左边展示的是历史变迁，近年来成绩骄人：2012年12月被列入"首批中国传统村落名录"；2014年3月，被国家住房城乡建设部和国家文物局确认为"第六批中国历史文化名村"，是上海仅有的两个"中国历史文化名村"之一；2018年，被列为上海市乡村振兴示范村，是上海首批9个乡村振兴示范村里唯一一个"中国传统村落"，也是现在上海试点乡村宅基地集中归并第一村。右边是农家劳动生活工具，一个大粪桶选了一个抢眼的位置，农家积肥，既保卫生又促丰收，农村在一点点中发展强大。二楼起首，是农业加工展示，传统酿酒、棉布纺织从地方农产品走向外界，革新村的活水与外面的活水对准衔接，时间流转了，空间活泛了。百姓安居乐业,不时沉浸在乡居自然恬静的生活,老式灶台、床榻、书桌,摆设在展厅之北,留在他们记忆的深处。建业馆,是一个有根的展馆,是个有温度、有情怀的文化场所。

建业馆粉墙黛瓦,素淡简朴,徐家宅的村舍也是如此,高不过二层楼,即使是有钱户也共同内敛。石桥、水泥路,把徐家宅的房舍拢起来,又散开去,时曲时折,疑无路处忽又犬吠声起,宛若走进了江南园林。房舍边的小摆设和建筑小品个性独特,不奢华,没有雷同,充分显示出主人的匠心和智慧。不少农家仍然舍不得废弃门前的老井,村妇在井栏边清洗蔬菜,准备着晚饭的食材,篮子里的时蔬青翠欲滴。我们一直奔到徐家宅三组最南端,原以为那里有一处老式绞圈房子,走近一看,只是一座老宅。老宅东是河浜,此时河上正有“余霞散成绮,澄江静如练”的趣味。过桥是大片大片的菜园,一只鹧鸪在菜园上边低飞吟诗。更东的,是一座座拱形的菜棚,月亮从拱棚后面探出圆脸庞,金光则铺满了拱棚的西面。

我们沿着河浜缓缓地行走,东瞅瞅,西拍拍。一位老人开门,告诉我们,前面有路的。他以为我们是新来的民宿客人,他说他一直在房间里看着我们,因为天冷人们都在房子里,其实很多屋子里都有人的,民宿散在村民的房子之间。月亮越来越素白,夕阳越来越粉艳,灯光越来越多,归家的车辆一辆接一辆。我们也在村庄里此起彼伏的犬吠热闹声中往回走。正路过一间公厕,里面整洁干净,有自来水。公厕既如此,其他景象就毋庸赘叙。

走在沈杜公路与林海公路交接处的天桥高台上,回首暮色中的徐家宅,房舍、河流、菜园、道路,错落有致,五彩朦胧,前端的酒坊处,两管高大的烟囱正吐出烟圈。夕阳有深情,黄昏有画意。我们一行把老上海县的旧貌新颜,一点点地收纳下来。

和睦村还可以更美

　　三条池箱涵,这是赵巷镇方夏村的一条河流。问当地妇孺"箱涵"是什么意思,她也不知道,再问她和睦村怎么样,她说没去过。估计不知道"箱涵"是啥的人众矣,我当然也不晓得;不知道和睦村为什么值得关注的人众矣,但幸得我在 12 月 12 日前窥好说上一二了。

　　据说中国最长的公路是 G318,从上海的人民广场往西藏的日喀则,在近 28 公里牌的右侧有上海奥特莱斯直销广场,广场东边有个村落叫和睦村。

　　和睦村过去肯定不和睦。村北有条河穿过,它叫徐泾,河东河西年长者为建桥闹得慌,小辈们苦口婆心循循善育,终于化干戈为玉帛,在徐泾建了一座石桥,名"红旗桥",并镌上 1997 年竣工时间。此等好人好事,必须发扬光大,于是以"和睦"为村名。

　　和睦路边有一个"和"字字体方块集中展示,五体不全,但不时有所重复,同行的学生们玩起了连连看。我让学生们觅"永和九年"的"和",未果,殊为可惜。红旗村下镌 1997 年建的"建"为之前不规范的简化字("占"加走字底),自然,让书圣

"永和九年"的"和"字出现,确实给当地人出了难题。林中、驿站、水上,没有青浦田山歌的柔情歌声悠扬流淌,乡愁文化未免寂寞。

徐泾两岸,草木整饬一新,唯有不足处,不该偶尔夹杂塑料假草。民宿整齐新美,菜蔬平畦葱绿,间植修竹、枇杷、香樟等,屋好尚待客人如归。徐泾北边有闸桥,桥西侧有古闸,由此推测徐泾原为曲水,如今岸畔笔直,略失随物赋形之美,乍看甚佳,但视线单一,不能彰显江南婉曲风韵。

和睦菜市场,外形与村口"人"字形错落有致相应,功能布局也有条不紊,但门口店铺名称与僻远乡村行迹略同,如名为"小金""晓宋",裁缝铺门上只贴了一张白纸铺名。某机构门外有杂碎砖块,内部廊架旁建筑垃圾散堆。和睦路的路旁,条幅破碎、零落。凡此种种,还需精细打点。

和睦村在前进,在亮化,接着,在文化内涵和精细化管理上仍需继续用功,从而擦亮名片,将不愁在文化旅游上吸引人、留住人。

海湾踏冬

因为有事情久拖没办理，今天我前往海湾踏冬了。

乘校车，从徐汇校区进，似乎还是要刷脸进门。车7点出发，出发前我刷完"健康之路"。我问同车的王老师，奉贤校区核酸点在哪，王老师说周末没，但徐汇校区晚间有。我到奉贤校区一进校门，就下车出校门。许多人和车停观，我想想不是恭候我的样子，我就拍了一张照片闪人。

办事有力气，就得先吃个早点。海湾菜市场外面有家早点店，有两样点心是城里人吹牛也享受不到的，一样是老式粢饭糕，全粢饭制成的，不平整的，油汪汪，香糯软湿；一样是豆腐脑，上面缀些小开洋小葱小咸菜小香菜。两者搭配，多少惆怅都随这乡野早点飘散！

要事很快办事，小姑娘殷勤接待，办事员不刁难，刁民不做作，啥事都轻快。我沿着奉炮公路南行，左转右折，来到杭州湾畔的海湾旅游区的腹地。蓝天真蓝，白云真白，海水真绿，太阳真暖，海风真爽。这样情景之中，我完全被陶醉迷离于其中了。本来约同学的女儿一块逛逛海上胜景然后找家饭馆吃一顿，她一会儿苦等出门审批，一会儿被同室耽忧外面怕被感染无法返乡而毅然决然提出不出校门。我继续田野调查个透,才返回到奉炮公路。

在海湾菜市场外,有个转角面馆,我走过去,又走回来,因为我瞄到了红烧肥肠面,但标价45元。老城厢大富贵肥肠面29元,这里开价如此不客气,怪哉!我叫了一份,老板来份肥肠面。等了三分钟,我望闻问恰,有了细节描写的基础。大碗是汤面,面条根根清爽不烂,有咸菜肉条,葱花若干。咸菜肉条清香,面汤水清淡不腻。肉条短细,出自后臀,不柴,富有弹性。一小碗中盛放红烧肥肠,浓油赤酱,洋葱烧熟不透,香而脆;肥肠大块,取自大肠上截优质部分,烂熟而有嚼头,一块入口,满口而食,顺滑入咽,比捅喉咽胜过亿倍。汤汁中,清香酱香与微甜微辣融成一体,一口饮下热汤,酣畅淋漓。我问厨房掌勺人,伊说,她从上海老饭店师傅那里学来,自认为学到一招,所以敢开店收纳客人们的赞美之辞。

如果有人问我,假如在海湾晚上吃个正餐有何赐教,我无以奉告。我下午就乘校车回程了。不过,据我观察,海湾海鲜一条街上停了许多私家车,这儿不妨参考停车量而决定正餐点的预订。

非必要不核酸,防疫爱好者又损失一次做核酸的机会。有必要踏冬逛吃海湾,这个得强调,与众乐乐嘛!

云　间

　　海上生轩岚诺,没有高温烤炙,老天生吃轩岚诺海产品,极其不适应,拉了一天肚子,云间不时冒出一阵急雨或者喷出一阵短淋。这样的日子,我溜到了云间。

　　8月27日,我收到上海筷箸文化促进会发出的《筷子品鉴会通知》,说"兹定于2022年9月4日星期天下午13:30在松江素园开会","地址:松江区景德路40号(素园)","交通:地铁9号线乘至松江体育馆站下,换乘17路公交车至谷阳北路中山二路站下(两站路)"。上午老天老肚子,严重影响炊事员采购食材。等到12点,我大体切配好食材,才出门赴会。台风真是搞笑,周末跑出海面上班,想加班费都想疯了!

　　从桂林西街前往宜山路9号线,我甩了一路的汗珠,步行到上海师大公交站,静等公交车。旁边候车的有一对母女,我请教坐哪辆公交车更精准,美女妈妈突然一声棒喝:"骑共享单车呢?"哎呀呀!我真呆!在大上海竟然从不知道我有驾单车的看家本领!扫码,不行。换一种。不行,再换一辆。不行,为什么?一对母女已经上车了,没有人热情指导。大汗淋漓,也阻挡不住我敢于思考急中生智的精神。微信加人,支付宝扫物,驾单车要付银钿。逻辑理顺后,我用支付宝扫码,嘀——成功开锁了!由此,我新有了一种出行技能。风在耳边吹口哨,雨在头上连连碰,我在魔都一路骑游,超级爽快。

地铁从地下钻出地面,表明进入了松江府华亭县的地盘了,云间就在不远的地方。车窗外,一点点凸起,最高处99米,那是上海境内最高的自然物佘山。我没有严格遵照通知上指导的"至松江体育馆站下"下车,因为前面就是"松江体育中心站"。我也没有理睬通知上提醒的"换成17路公交车",因为我有骑游的技能。我找上一辆共享单车,打听清楚方位后,就在云间欢快脚踏。中山二路的老式房子,值得看一眼,我不免骑游多了一点路程,赶紧跑到马路对面折回,见一路口,正是景德路。这个景德路,我不好表扬安排门牌的工作人员,景德路40号应该在42号或者38号的旁边吧,我从乡下跑到魔都已经二十多年了,早已熟悉这个常识,但这个景德路不玩这一套,它单号双号连接,后来我还发现1号单独出现,2号、3号、4号喜相连。好在"素园"二字我认识,我迟到进入了会场,快14点的时候。会议当然成功精彩难忘,我们倾听了素园老总和筷箸会长的热情洋溢的发言,观摩了各式各样美轮美奂的筷箸实物,我们还拍了集体照,领取了300元一份的银筷子。会长赠送我一册书《中国海洋文化》,我送了会长四双茶楼酒馆的筷子。

素园的描写文字甚多,我吝言为宜。其实,在云间,素园远远排在唐经幢、筷子弄、醉白池、云间粮仓等等的后面。云间之行不在于雅集,而在于野游也。

大概景德路被人有些遗忘,破破烂烂的,但它把云间的故事直接铺写在地上了。砖头、石头随处可见,江南的瓦檐房子触目也是。一位老先生告诉我，没啥价值，二战中被轰炸过，没留下什么。我在有人收集堆砌的碎砖墙壁中，看见一块砖的边上有个深深钤刻的字印。有户人家门外左边有个石座，其下面是长方形，而上面是球形，完整为一体，那位老先生说是用来装饰的。地上有许多石头，我怀疑其中有人家的门槛，有牌坊的构建，也有碑刻之类。我多想去翻看这些石头，寻找石头痕迹中流淌过唐宋明清的风花雪月。

从条小径走到了河边，有人终于讲得清它叫通波塘，往南到米市渡，汇入黄浦江。塘，意味着河流走向是从西向东，但是通波塘在此从北往南，眼见为实。通波塘绿道整饬过，附近的人们在此休闲，如散步、垂钓、练声、娱乐等等。河道紧束身段处，是原来水闸的地方，"拆了"，一位老先生指了指方位说道，"对面就是袜子弄，你也去看看。"他默认我知道袜子弄，我很感动。袜子弄的历史和名气早超过景德路。通波塘一处突然稍微宽敞，水中出现一连排石壁，不像是水闸的遗留物，我请教钓鱼的一位青年。青年说："用来停船的。"怎么个停船法，他不多说话，因为他一心不二用，正在潜心钓鱼呢。我没有在前面过桥，因为这座桥的下面就可以直接穿过去，很有趣味的。

穿过桥洞的时候，边上正好有一位老者。他说云间粮仓就在前面一座桥上去的左边。我们往前走的时候，看见路右墙上装饰出山峦景象，我说"九峰三泖"，老者惊讶我这个外地人略知云间景物略一二，我顿时也兴奋起来，提起元代陶宗仪《南村辍耕录》的"湖逢谷水难兴浪，月到云间便不明"，松江府太富裕，人一到云间做官就容易栽倒，这句俗语真是惟妙惟肖，松江民间智慧呱呱叫！老者笑了笑。

上了十八号桥，往东，来到云间粮仓。边上的部队家属院的一位老兵说，云间粮仓大概是四年前改造的。云间粮仓多有报道，我也不饶舌了。我从松金公路门出来时，见到了府城南门遗址，云间粮仓即府城南门，南门叫集仙。府城东门叫披云，西门叫谷阳，北门叫通波。我沿着通波塘东岸往袜子弄方向走。先发现路边坐着一位老婆婆，她似笑非笑，让我突然想到了《南村辍耕录》中记载的黄道婆，我说："您老多大岁数？我来猜猜。"老婆婆继续似笑非笑看着我。"八十岁。"我说出数字。此时，老婆婆笑得成了弥勒，她指指后面说："我的家就在那里，我出来坐坐。你说对了，有意思，有意思！"再往前行，墙上有字，我突然说："唐经幢，松江唐代的宝贝。"旁边的一个女孩无比兴奋地等着我讲故事，我指了指墙上的字。她肯定会感谢我，作为松江人，如果不知道唐经幢多么不合适呀。

又穿过桥洞的时候，旁边多出了一条马路，我回头看路牌，天啊，是袜子弄。十来米宽，一边是沿河绿化道，一边是当今格式化的高楼！遇到一位有富态的年长者，我请教他说点袜子弄的遗留记忆。他口述：袜子弄原来更窄，如今拓宽了一些；河边有些店铺，现在全部拆光透绿了；老房子没有了，粗大的杨树还在；要想看点老痕迹，前面邱家湾走走看看。

邱家湾，根据名字，估计原是一条河流的名称。邱家湾过于冷静，好不容易看见一处破房子，无人居住。在邱家湾52号和54号，房子共一道墙壁，地上有界石，有些破损。左边的房子气势不凡，在左边地角有界石，它的屋檐和瓦块比较讲究，大概是明代的遗风，采用的是明代瓦当，檩上不是用木条而是砖条。边上光膀子的小伙子说道："你说得有些道理，我听说这个房子可能不拆。"后来不断下雨，我走到松江二中初中就往回走了。路的右边有家小店,我进去看看,但里面的东西真少,实在没有啥好购买的,我中饭没有吃过,有些饿了。快出邱家湾,还有一家卖文具的店铺,门面及其广告语像上个世纪九十年代的样子,但店铺关着了。

我过桥回到景德路,在素园门口,我从松江体育中心骑过来的共享单车还在,我刷码回程。我被人们引导到了醉白池站,不过,我有幸看到了雨中醉白池的大门合上的安恬样子。地铁上,我安恬地休息了一阵,到了合川路站时,我想翻阅《中国海洋文化》一书,但想到过去屡次因为看手机或者看书坐过站头的深刻教训,我安心坐车,顺利出站,在雨中骑着共享单车回府,我真的很饿!已经 19 点了。

在七宝老街

14日与12日赴七宝老街不一样，首先在天气上，今日晴，其次在主题上，今日酒聚。

吉老师精选吉日良时，11点正，我刚下公交车，他电话来了。吉老师虽然退休了，但是老考务工作者的时间观念特超强。中小学校返校放学，到处是车是人，所以阿拉准时做不到啊！

七宝老饭店人山人海。吉老师拎着无纺布包，我拎着帆布包，相继步入。落座，吉老师不动声色地摸出葫芦样的瓶体，小心翼翼地把它放在方桌上，然后点菜。刹那间，老饭店安静下来，左邻右座都停箸歇匙，聚精会神探望，但坐观葫芦瓶！我也趁机打量着葫芦瓶，它是个装酒的容器，瓶外大弯曲处有红纸白字"中国名酒"，中下位置有红纸大白字"五粮液"，葫芦顶貌不惊人，是个紧扣顶口的铁皮帽子。俗话说，酒是陈的香，这葫芦瓶如今少见，这瓶子值得收藏，按道理，这五种粮食酿的液今日当让七宝老饭店内特别增香。

大鱼头汤是七宝老饭店的拿手菜，两人吃不消，算了，七宝羊肉必上，小白米虾必有，山珍海味齐了，多样性里还有草头肉丝和黑木耳老豆腐，我说花生米佐酒。是酒鬼花生还是炝花生呢，服务员问。"什么是炝花生呢？"吉老师一下暴露了非嗜酒爱好者的身份。我说就是炝花生，酸酸甜甜。

三分钟，五样菜全上好了。我们开启斟酌要务。吉老师斟酒在小杯中，酒从杯中溢出，"不用满，没法拿，您先喝一口。"我对吉老师说。第二个杯子不斟满，但酒从瓶子里浪费到桌上，我向服务员示意："请来个分酒器。"吉老师不解地问："分酒器是什么？"一个量杯样子的容器送过去了，吉老师倾斜葫芦瓶往量杯中注液体。嚯，酒香啊，相邻四座免费享受陈香真味。小酌怡情，浅斟低饮，从 11 点到 13 点半，我们把酒言欢，吉老师略表遗憾的是黑木耳老豆腐一菜没有肉，我也赞同没吃到过里面哪怕是肉糜，吉老师肯定地说："菜单上面有一层肉。"店大不能欺客，今天我们兴致好，不与店家论理。

我们从北大街过桥往南大街巡了一遍。吉老师购了一份干蒸圆子，他告诉我："这是食坊特色点心。"我同时要了一份麦芽糖和一份姜糖片，以为店家能便宜个钢镚子，店家一分不让价，我也不再言语，过了这村没那店。吉老师看中了酱瓜，眼睛发光，甜酱瓜和咸酱瓜合要了一盒，明天上海人家早上泡饭又爽快了。南大街尽头是东西横向的富强街，左边也许还有看相的，我们往右边走。看到吴颐人的书法，我提议这时光吉老师好往莘庄公园看梅花，那儿有吴颐人很多题字。吉老师问："莘庄公园在哪？"我回答："就在莘庄镇，不远。"我们右转进入浴堂街，左右各有文房四宝店，浴堂街 30 号有家旧货店，也收旧书。七宝老街有几家博物馆之类，但都收门票，我拒绝进入，当然场馆也拒绝我不持门票进入，每次我们都处于博弈对抗中。

出七宝老街前,我也购了一份干蒸圆子,又买了五个老五葱油饼。回程公交车上,袋中老五葱油饼的香味陪伴着同车人。

初见娄塘

江南古镇大都相同,娄塘古镇与众不同。

网约车把我们一行停在娄城路边,车夫说前面车子不能通行,我姑妄信之。下车一看,脚下是弹硌路,我们在弹硌路上弹着步子。中大街与娄城路口一家店铺门口晒蒲公英草,这个草做啥用呢?问主人,主人说刚采下来,将洗洗晒做茶饮料。娄塘人家与其不同。

说起娄塘,除了南京东路和城隍庙土特产五香豆的原材料来自娄塘白蚕豆外,弹硌路也很有名,我们经过的中大街和小东街地面都是弹硌路。我问中大街边坐着的当地人:这弹硌路原先是这样的么?一位老年人和一位中年人异口同声说,以前是弹硌路,后来改成水泥路,前两年又弄成弹硌路。娄塘主人听说我们对娄塘的风物很感情趣,就陪我们寻访娄塘纪念坊,路遇正在朱氏住宅附近作志愿者的唐老师,唐老师答应娄塘主人带领我们去访敦谊堂。小东街的地面与中大街的地面小石块略有不同,前者大小毫无规律,后者大小相差不是甚大。我请教唐老师,娄塘古镇更老式的弹硌路在哪里,唐老师指着脚下说,小东街的弹硌路最原始。朱氏住宅是个大房子,据唐老师说,它被一位估计有不少银子的人租了,租户偶尔过来,总是带着一群人像度假来了一样。娄塘纪念坊的造型比较别致,四个黄色顶柱外围装饰着云纹,黄柱底部左右各伸出似乎一胖一瘦的手指,佛陀是手指朝下,这个造型是啥意思,我忘了请教唐老师。娄塘主人和唐老师都称它为牌坊,我看它也是牌坊,但纪念坊确实与众不同,它的纪念意义在正中两柱上有所显示。唐老师说,纪念坊中间的立柱原为方形的,后来被车子损动,四根立柱便全部改造为圆形。

娄塘主人也难得见敦谊堂。唐老师推门,不应;敲门,亦不应。唐老师拨打电话,文物里电话铃声顿时响起。过了一会,一位老者出门。敦谊堂中西合璧,传统木结构发挥得淋漓尽致,西洋风格一点点渗透出来。主人也姓唐,86岁,前面他正在与其夫人在楼上打麻将,他说这有利于活络脑子。他耳不聋眼不花,只是背有些弓,他带我们从一楼转到二楼,和我们随意交流。唐老告诉我们,这老宅原来的题字挂在二进房子的南壁上,在某个年代被毁了,"敦谊堂"三字出自复旦大学首任校长马相伯之手,因为唐老的伯父唐文进是该校的学生,老宅前主人王伯琦(音)因为其账被查得紧,于是赶紧脱手房产。屋内花草打理得生机勃勃,换下的门板窗棂堆放整饬,一排八仙桌紧密排放。

娄塘有位名人叫印有模,印家住宅即印有模的住宅。印家住宅南边临河,二层之上有花园,可惜河道截断,积水混沉。印家住宅内部不同凡响,水井就有两口,桂花树粗大且郁郁蓊蓊,娄塘主人说,桂花盛放时,室内外空气一直甜津。印家住宅先后经众色人用过,但房屋结构没有变更,更可喜的是地面上的花色地砖完整如初。西头"我嘉书房"的老宅为印有模兄弟的房子,目前开放使用,宽阔大气,更兼古香古朴,是读书沉思的好处所,有几位老叟在看书阅报,我们一行在二楼的长条桌子上调研娄塘塌饼的制作技艺,茶水飘香,阳光从西窗溜进来。娄塘主人指着西窗下的房子说,今后那里就是塌饼博物体验馆。

夜幕来临时,我们一行看中了上海老风味的金海缘面馆,我邀请唐老师继续边聊边聚。小馆里坐得人满满的。白天娄塘古镇住户不少,夜晚娄塘古镇烟火气浓厚,娄塘古镇见人见物见生活,这样的古镇自然与众不同。

俗话说:"教化嘉定食娄塘","娄塘街,条条歪,七曲八弯十七八个天井堂",娄塘原属苏州府,点心补苏式点心的乡土一类,逗人探食。娄塘有文物保护单位4处(娄塘天主堂,印家住宅,敦谊堂,娄塘纪念坊),不可移动文物17处,全国文物普查登录点28处,其中后两者在嘉定中特别突出,民国风显著,也吸纳了西洋元素。娄塘老式平房卫生条件欠,因而新建公厕随处可见,人员必然聚集,去年疫情在此爆发严重。娄塘原有一河,名桃溪,这名字该多诱人神往。娄塘建筑尚未大力伤筋动骨,仍保持原生态,处于活态传承中,所以非常值得观光调研。不过,上文中提及的几个地方,没有熟人难进去。

条件允许的话,我们组团再赴娄塘,考察食娄塘、娄塘民国建筑、娄塘风物。

跨　　界

　　跨界有时很容易，也有意想不到的收获。

　　我白天跨进了浙江省地界。山塘景区不收票，过了山塘桥，我就从金山进了平湖。阿拉一小步，跨界一大步，名人金句这么说的。北山塘和南山塘合为明月山塘。我歪解"明月"，两山塘亲密无间，有天可鉴，于是被高人以"日"与"朋"为意，炼成"明月"二字。界河是东西向的山塘，东西向为塘，那么山呢？据说这山指秦望山，塘则指六里塘。秦始皇跨得够远，曾蹿到小土坡上望海。

　　我们在南山塘茶舍里闲看，不料里面有三人在谈工作，主人殳总拉我坐下，我们拉弓射箭，纵谈两个山塘的联系和区别。殳总把大把的真金白银打造南山塘的动产与不动产，他兴致勃勃地带我们参观半亩方园和各样民宿。浙商的精细和成功，在适时开采竹笋和能把农家猪圈改造成闲叙空间上展露无遗。过去怎么样，如今怎么样，将来怎么样，书中不曾有，但浙商脑子里全装满着。我们完全改变了原田野调查计划，随殳总听他娓娓道尽商机。

　　廊下山塘村吕书记和苏主任接待了我们。我们听吕书记谈资源谈特色谈文旅结合。我们谈观感谈想法谈计划安排。宾主尽欢,阳光和蓝天见证了我们的笑逐颜开。我们叩响一百年的山塘小学的地面,我们重踏两百年的老街石板,我们反复用脚在三百年的古桥上按摩。桥北我们站着合影,桥南我们坐在石栏上合影,桥上我们对着河中的影子合影。山塘,被我们唤醒活了。

我们决计设计山塘八景,把山塘唤醒在大众眼里心里,让人们从春到冬,从少到晚,奔走相告,日里夜里在山塘安放平静的烟火生活,如同信众虔诚往普陀山朝拜观音。

19点,我跨界,一头扎进合唱的音乐氛围里。我饿着皮囊,在校园音乐厅,享受到一顿音乐盛宴。施院长特赠2张票,我和老堂客送上了无数的掌声。音乐专场视宴后,我回味着音乐盛宴的美味,不知不觉间多食下些米饭。

阿拉一小步,跨界一大步。因为有了跨界,所以我们的欢乐就多起来。人间四月天,人间应紧紧抓住四月的天。

回忆的场景

给春天一个回忆，回忆的场景在明月山塘。

我们赴山塘考察，没想到山塘村和廊下镇高度重视，几位领导拨冗接待。我们看到了又一番鲜艳的景象。村部没有围墙，村民办事，一个门进去全搞定。边上是廊下儿童活动中心，老少欢腾。室外是百姓大舞台。我们进了明月山塘游客服务中心，有个画面很吸引人们，听过歌的水蜜桃鲜红硕大，优生优育者宜食用，虽说五六十元一只，我这辈子如果吃它，肯定会被人说成轶事。

"英雄山塘"的雕塑前，人们热情地交流我们赋能团队制作的"山塘八景"之一"英雄山塘"的视频，赞誉声在山塘桥边此起彼伏。不虚此行，必需的。沿着塘北岸，我们去参观毗邻党建展示厅。牡丹花、绣球花、月季花，竞相开放。水草、毛竹，低低高高错落。明月桥卧波，一桥三拱，登台阶，纳百福，至最高平台，前步迈入浙江，后脚还在上海。清水、绿野、蓝天、白桥，美如仙境。

沿山塘河的南岸走，两边花草有情，踮起脚尖的，挤在一块的，躲在树丛后的，一齐打量着我们欣喜的眼神。烧烤的用具正在，宜食。农家餐桌正在，宜用。来到南山塘街，我们走在坚实的石桥上，穿行在改造的农舍而打造成的精致且有烟火气的民宿中。左拐是"半亩方塘"，墙上镌刻着一个大"囍"字。在一家怀旧收藏屋里，我们顿时把童年、少年和青年一同唤回来了。

登上十二条石板构造的古桥，我们返回北山塘。我请了一株牡丹，用去五元。又购干菜尖，用去十元。明年春天四月，请您到农民的儿子的小院看牡丹花开，如何？

又赴山塘

5月20日，一车子人去了山塘。但到了很晚的时候，大家还没有看见我关于山塘的趣事记载，自然会怀疑我又在把时光抛给了金樽。怀疑有效。

地球在运转，但凡周末，人们可以前往山塘，在此逗留。我们一车子15人，另外加上司机1人，出现在山塘。南北山塘的一些原住民都知晓我们，因为"山塘八景"的视频制作，把我们与山塘紧紧地连在了一起。这次，我们调研重点是沪乡文化，我们分成四个小组开展活动，参观、访谈、交流等等必不可少。喜欢我们的项目的人越来越多，所以这次成员比上次多了，当然还有4人因为时间原因没有跟着项目组，有人为没有亲眼见到视频制作和朗诵的真人而倍加遗憾。项目组成员都要求写1500字的杂记，视角不容许雷同。

吃在廊下，在廊下山塘，在南北山塘，吃是常态。下车了，就有不少人在老街上吃得贼开心。中午，我们在饭馆里吃得最开心。下午面对面交流请益。花开五朵，在此只表一枝。

《山塘村志》的编写者姚积荫老师兴致很好，他向我们介绍姚家廊下的由来，并以山塘小学的"末代校长"身份介绍百年小学。就在上午，姚氏宗族一行造访山塘。在山塘村部，我们愉快地交流山塘村的文化教育话题。

在志书中，有两部志书非常特别而且成就很高，一部是孙诒让《温州经籍志》，一部是姚光《金山艺文志》，后者由张青云先生校点。姚老师说，姚光是他的祖父辈。姚氏始祖是姚重华，也就是舜帝。姚氏是金山的望族。廊下一名，即来自姚家廊下。廊下山塘沪乡文化调研，不从宏大叙事开始，是不可能的。

山塘河，西起六里塘，东至秦望山，流入张泾河，山塘河流经廊下镇、金山卫镇和张堰镇。山塘村靠近廊下镇所在地，山塘河自然穿过山塘村和廊下镇所在地。金山一支的姚家，其祖上居住在南陆。松江天马山上有"三高士墓"，三高士即杨维桢、钱惟善、陆居仁。廊下南陆村因陆居仁而得名。南陆与松江"二陆"陆机和陆云遥相呼应。据说，明代刑部尚书姚士慎从京城返回南陆，坐船在山塘河上，见两岸风光俱佳，便生羡慕之意，于是筑居在此，在房舍边造廊，大家俗称它为姚家廊下，后来就简称廊下。姚光是南社第二位社长，他的名气很大，他又好善乐施，曾疏通山塘河。在山塘河之北的集镇上，如今只有姚老师一家姓姚，但他把山塘的文脉留存下来了。姚老师编《山塘村志》，与其祖父辈姚光撰《金山艺文志》一样，以志存史，功勋永在。姚老师说，《山塘村志》每一句话、每一个数据，都是能找到出处的。

姚老师在山塘小学执教，后来成为山塘小学校长。随着时代的变化，他开始学汉语拼音。在南北山塘乡音中，于是出现了山塘官普，此后，南北山塘人与外面的交流越来越多，南北山塘人与外面的交际越来越畅。山塘小学办得越来越有影响。1998 年春节期间,由团市委、市少工委主办,中心校协办,山塘小学参与的上海市少先队吃苦冬令营在山塘活动三天。1999 年上半年,山塘小学被列为上海市八所农村学校改貌试点之一。2000 年 5 月,山塘小学荣获"金山区农村村小基础管理工作先进学校"。8 月,山塘小学撤并至中心校。山塘小学办学共 85 年,培养沪浙孩童数以万计。2016 年开始,在学校旧址引进非遗项目,此地成为金山区学生课外实践教育基地。

山塘小学白墙黛瓦观音兜尚在,就在村部对面。在遗留物中,缺少姚光编写的《金山乡土地理教科书》,有待寻觅补充。我们在村部听当地风光往事,村里还精心准备了廊下菜饭、莲湘糕。老灶台、老柴火、老阿婆烧出的菜饭,烟火气在微焦的锅巴中沁出来。莲湘糕香糯软绵,一口咬下,豆沙纷纷渗出来。其实,还有每人一个可口的红番茄,色香味俱全,我本来想拿回家献殷勤,但看见边上的博士垂涎不已,就割爱了。好在办公室里还有毕业学生送的一束花,正好为 520 特殊的日子有所交代。

山塘之行,所有的人都开心。回到市区,三人结伴,以酒佐欢。酒瓶见空,热情见长。路灯之下,人影歪歪斜斜,醉美江南夜未央。

唐镇之行

唐镇之行,故事多。

主人说金山也在地铁里,我便与金山约同时出站,在 3 号口。金山答应了,但接着让我等,因为他坐回去了。2 号线到广兰路,全体乘客下车,我是乘客我下车,金山没听见就继续安坐,地铁把他往回驶。花一样的钱,享受不一样的交通。

主人盛情接待我们,我们有从飞机上来的,有从铁路上来的,有驾车来的,有从地铁上来的。许多年没见,吹牛和热情依旧。主妇把树叶和高粱制作的高端液体端上来,主人签名赠书并带领参观书房。茶过三巡,酒过五匝。主人好客,把两瓶酱香型塞进各人嘴里后,还不罢休,又回府再换新茗,我们且饮且叙。要不是有人得乘高铁,要不是有人得再战酒场,多主题不知切换多少,老故事新故事不知冒出多少。出门时,见墙上"接种新冠疫苗,共筑免疫长城",各人黯然神伤。

我们离开唐镇的时候,徐在车上介绍唐镇的楼盘。说者有意,听者动心,我没钱但我的内心充满着对美好生活的无限向往,大房子和乡村空气得买,所以我们得为之持续奋斗。房子越来越多,房子会找我们么?

回程地铁上,美籍华人说,飞机上不流行戴口罩了。金山仍戴口罩,我早就不戴口罩了。

"吴根越角"究竟指?

2019 年 11 月,长三角生态绿色一体化发展示范区开启,沪苏浙交界的上海市青浦区、江苏省苏州市吴江区、浙江省嘉兴市嘉善县凝聚为一体,催发此"江南腹心"的向心力与一体感,赋予"吴根越角"更新的时代意义。

唐代大中二年(848)春季,杜牧(803—约852)所作《昔事文皇帝三十二韵》中有"溪山侵越角,封壤尽吴根",其并称的"吴根""越角",指的是睦州。

自晚唐并称"吴根""越角"后,"吴根越角"所指有所变化,包括了北起扬州南到绍兴的苏浙沪广大区域。

连称"吴根越角",始于元末陈樵(1278—1365)。其《北山别业三十八咏》之八《越观(在岩顶)》有"吴根越角两茫茫",此"吴根越角"所指与李孝光(1285—1350)《鉴湖雨》"越角鉴湖三百曲"中独称"越角"所指一样,都为绍兴府。

晚明时期,陈邦瞻(1557—1628)《郑使君招饮严之西湖仍移席思范亭二首》之一中有"越角枕吴根",此"吴根越角"为杭州。清初,钱谦益(1582—1664)《西湖杂感》诗序"登登版筑,地断吴根;攘攘烟尘,天分越角"中,并提的"吴根""越角"皆为杭州;王端淑(1621—1701)《吴山春望》一诗中有"越角吴头一望开",此"越角吴头"亦为杭州。《(乾隆)杭州府志》所谓"数经营于越角",视杭州为"越角";李富孙(1764—1843)《登吴山顶》所谓"吴根削得翠芙蓉",则视杭州为"吴根"。阮葵生(1727—1789)《吴根越角集序》中有"所谓《吴根越角集》者,即往日与紫坪游吴越时作也",一并把杭州、绍兴府看作是"吴根越角"。

康乾时期,"吴根越角"又有了新的所指,即扬州。程世绳(康熙丁酉年举人)《送缣三之扬州》一诗有"越角吴根去路赊",厉鹗(1692—1752)《焦山看月分得声字》一诗有"吴头楚尾兼越角",1757年乾隆二巡镇江时所作《金山叠旧作韵》有"一带吴根将越角"以及所作《驻跸金山》有"吴头越角才经揽",其"吴根越角""吴头越角"等悉为扬州。乾隆时,往往视"吴根越角"为扬州,如成书于乾隆元年(1711)的《(乾隆)江南通志》其序表明"故吴头楚尾、吴根越角悉隶扬州",李尧栋(1753—1821)《圣驾六巡江浙赋》有"吴根越角之乡",谢振定(1753—1809)《皇上八旬万寿赋谨序》有"自西秦度吴根与越角,修职贡于扬州"等。

清初,嘉兴人视当地为"吴根",收录清初嘉兴词人词作的《浙西六家词》都用"吴根"代指嘉兴,最为显著者是李符《钓船笛·效朱希真渔父词》起句"生长在吴根"。清代乾隆年间,李稻塍作《檇李怀古》一诗有"俯仰吴根几时换",檇李在嘉兴。《(雍正)续修嘉善县志》说"嘉善处吴根越角间",《(乾隆)乌青镇志》称"乌青地当越角吴根",嘉兴府属下的嘉善、青镇以及湖州府属下的乌镇都表示它们与"吴根越角"关系紧密。

1923年,柳亚子将分湖(湖水半嘉兴半吴江)纪游之稿结成《吴根越角集》。如今,嘉兴、吴江都以"吴根越角"自居。

2012 年,韩和平在《档案春秋》上发表《吴根越角话流年》,回忆他在金山枫泾的生活工作经历,而其第三篇误作"吴跟越角话流年",枫泾随之以"吴跟越角"相称至今。

走，到田野调查

农民的儿子扑向田野，油菜花和水田都乐滋滋。当我第一眼看见金黄的油菜花时，是在3月24日13点时，但车子在野外比我还兴奋，没有红绿灯，车子总是野得欢，我好容易捕捉到一张菜花闪飞图。

开会的地点在枫泾，车子在新泾的田野欢跃。在绿茵田野里，一簇簇的菜花戴着金黄的帽子在野风中抖擞。菜花生怕田野调查的一群人不兴奋，踮着细长的脚尖远远地招呼着人们。河水被绿草黄花内卷得瘦白，不时愁眉皱额。这儿是三泖之一的泖区，水系发达。车路路面硬化，而往日这些地方也许会是行船帆帆点点，摇橹声不歇，就在田泖之间，田山歌互答，我想起去年出版的《新浜田山歌》一书，里面的《姚小二官》《刘二姐》《庄大姐》的故事似乎扑面而来。她们在船舱中奔波，悲惨的命运在一唱三叹中流淌。

新浜属于松江区，我们往金山区的枫泾，车子在香塘村傻眼了，因为前路限高，面包车通不过。于我而言，窃喜是不可少的，高有啥好处？包括身高。某老师不解限高为何，我说村民怕他骑上高头大马突然微服来访。突然间，我想旅游达人乾隆帝是否来此打卡过,查问度娘,度娘说乾隆帝去过亭林。面包车停在路口,边上是条河,叫什么塘。我问某老师这条河的走向是怎样的,阴得欲雨,面包车都找不到北,某老师说这个塘如何走向好像你知道,我嘿嘿卖弄,民间很讲究,塘是东西走向的,如廊下山塘和对面平湖山塘一河之隔,廊下的叫北山塘,浙省的叫南山塘,那么中间那条河岂不正是东西走向的嘛?面包车退回,边上有河叫什么泾,某老师考我泾是什么走向,我回答南北。

面包车转向香长路,路从香塘到长什么呢?谁都不知道,但面包车知道听导航小姐的。大事不好了,前面又是限高,面包车开进了赵王村党群服务中心。新浜人实在好,开私家车导引面包车,直到前面就是高速路才结束临时地陪业务。

车入枫泾,路边房屋墙上有"潘家浪"三字,"浪"是什么东东,面包车清醒了,我却糊涂了。田野调查大有必要!

怀念孙老师和孙先生

2012 年 11 月 2 日 16 时 08 分,孙菊园老师病逝,享年 72 岁。2020 年 12 月 11 日 11 时 06 分,孙逊先生病逝,享年 76 岁。庚子初冬,沪上阴雨后落叶飘零,我用枯涩的笔怀念我的硕士生导师孙菊园教授及其先生孙逊教授。

1996 年秋季开学,我顺着铁路南下,来到了上海师范大学古籍所注册报到。在古籍所资料室,第一次见到孙老师,孙老师的优雅美丽震惊了久居乡下的我。一番随意的问询后,孙老师认真地听我介绍读了些什么书。慢慢地,她优雅美丽的形象在逐渐变化,她终于说出一句:"你读的书太少了!"孙老师有力的高跟鞋声音一个一个地敲打在我空白的脑海中。从此,我在古籍所资料室里成天看书。偶尔,孙老师进入资料室,看到我在翻阅做笔记,她就和别人谈笑风生,原来孙老师说笑的时候声音柔和悦耳,听苏州话是一种无上的享受。

我是孙老师的开门弟子。一天,孙老师让我到孙府上吃芋艿。开门的是高大儒雅的孙逊先生。我恭恭敬敬地、不知所措地在客厅里坐下。孙先生爽朗地笑开了:"孙菊园哪,你看你对你的学生太严格了,戴建国都不敢开口了。"孙老师在厨房里回应着:"我说孙逊,到底谁对学生更严格?你的博士生还不敢进门呢。"那天,在孙府里,二孙讲了许多文坛轶事,只是我紧张得要命,脑子严重缺氧,没有记住多少。

大年前一天,我从老家给孙老师打了一个长途电话。接电话的是孙先生:"孙菊园,你的学生戴建国来了电话。"我在冷风中问候:"孙老师,祝您和孙先生及全家新春快乐!"听得出来,孙老师先笑了,她说:"很好很好!也向你父亲问候。"我赶紧回应:"您给我父亲的酒,我父亲很感动。谢谢老师!"孙老师似乎顿了一下后说:"回家可看了几本书?早点回校读书写文章。"我听见话筒里传来孙先生的声音:"孙菊园,过年了,谈过年的事。"接着是回驳的声音:"你不是也让你的博士生过年看《资治通鉴》吗?"我在老家冷空气中,茫然地望着东方。

第一学期跟着风度翩翩的曹旭教授读书写字做文章,我写了一篇小文章交作业。那时,曹老师任校研究生部部长,要出版一期《上海师范大学学报》研究生专辑,看中了我的学期作业。文章如发表,需要导师写上一些文字。孙老师听说后,在资料室里宣布:"戴建国,你的关于戎昱的文章不能发表!傅璇琮先生的论证还不信服?你初生牛犊不怕虎!曹老师那边,我去说。"孙老师有力的高跟鞋声音一个一个地敲打在我苍白的脑海中,我也不知道怎么飘回了宿舍。隔壁,孙先生的博士生正埋头在《资治通鉴》中。

第二学期跟着循循善诱的蒋哲伦教授读书写词做文章,我写了一篇小文章交作业。暑期里,逐字逐句修改。后来,经过《安庆师范学院学报》编辑汪祚民的润色,得以发表。我拿着样刊送给孙老师看,孙老师用眼神看着我问:"是不是要送一本给老师呢?"我心花怒放点头奉上。孙老师边收下边说:"是自己直接投稿发表的,这样好。"孙老师有力的高跟鞋声音一个一个地敲打在我莫名的脑海中,而孙先生的学生一篇又一篇发表论文不嫌多。

第三学期我在校内上课打工的消息不知怎么传到孙老师的耳朵里去了,她一直追到东九宿舍,从一楼到二楼说个没完,大意是:不要以为发表了一篇文章就了不起,你的基础不好,读的书不多,要抓紧时间干正事。孙先生的学生听到孙老师的声音,吓得全躲起来了,包括藏好简陋的锅灶。以后有人问到我去哪里的时候,同学们爱会心一笑地说:"到图书馆去找他。"等着我又发表了一篇文章的时候,她面如桃花,点点头后她就和别人谈笑风生。我毕业以后,一天晚上,孙老师来电叫我回学校参会。原来是参加一个因论文获奖的奖学金颁奖会。在场的,有孙先生的博士生。我们一边回首过去求学的日子,一边感慨万千。

求学那些年里,孙先生有一个项目热热闹闹地开展,项目"队长"是孙老师。孙先生的学生全参加了,都兴奋地说在"队长"的领导下做项目很愉快。我心向往之,终于吞吞吐吐面述请战书。孙老师杏眼圆瞪,说着:"你把张寅彭老师交给你校点的《石遗室诗话》只许做好!想着从中写出毕业论文。我要请陈伯海老师做答辩委员会主席,陈老师很有威望的哦。"我从哪里进门又从哪里退出。我答辩一结束,孙老师就欢心畅快赴美去和她心爱的小外孙会聚了。临行前,她掏出一个信封,抽出一张彩照,柔和地说:"拍毕业照,我请孙逊和你合影,博导与你合影没问题吧。我送一张我的照片作为毕业纪念。"照片中,孙老师笑容灿烂。后来有一天,古籍所办公室老师告诉我,派我参与带队,带领古典文献学专业本科班学生赴河南陕西文化考察,并说孙老师临行前说过,相信我能胜任。圆满完成考察后,奖励了我一些车马费。在拍毕业合影时,孙先生意味深长地说:"你的老师放心了。"

　　我工作后,孙老师回国了,送给我一件衬衫和一条领带。我提出补个谢师宴,孙老师对孙先生说:"孙逊,把时间腾出来,我们必须去。"在柳州路田林路的"上海人家",我们谈笑风生。那晚,孙先生点餐。美得令人欢欣;孙老师唱昆曲,嗲得令人发颤。

"长舌妇人"黄九如

1936年9月1日,向明社刊行、生活书店经销碧遥所著的《长舌两年》。书前有著者写于1936年6月的"自序",著者说:"我们不该为封建道德所缚而耻作'长舌妇人',我们应该长舌并学习长舌。"碧遥以自己的笔为舌,关注妇女问题并为之不断发声,成为二十世纪三四十年代的"长舌妇人"。

碧遥,是黄九如的笔名。黄九如,女,1900年11月5日生,湖南资兴人。据周育民教授《关于黄九如的生平》博文(2011—06—08 17:07:48)介绍,1953年4月黄九如在华东速成实验学校任教,1954年9月该校并入上海师专(上海师大前身),她在地理系任教,于1964年退休。

黄九如既然在上海师范大学(1984年10月,上海师范学院改名为上海师范大学)地理系工作过,于是我请教老同事王维新先生,他曾在地理系工作过。很快,他回复了我:"你的询问让我搞清了一件多年来一直存放心中的疑惑。八十年代,有一次在东部礼堂看电影,见有一老年妇女由二个人搀扶着进了礼堂,坐在我们后面的位子上,她那样子几乎已经不能行走了。这时卢正言老师轻声对我说,她是王独清的老婆,我大为惊叹！回馆后查过多种资料,也未能证实王独清有这么个夫人,几年来,我问过学校很多人,包括档案馆的老师,都说不知道,但我坚信卢老师是不会瞎说的,所以就一直存疑,今天查百度,看了张树容老师的回忆,才知道那个老妇人就是黄九如,她是与王独清同居过的。"所言的"八十年代",据王先生回忆,在1983年左右。"东部礼堂",即现在学校东部校园中的音乐厅。卢正言先生熟稔现代文学史上的人物掌故,可惜2019年初去世了。

1940年,王独清病死。在现代文学史上,自有学者研究王独清。王独清病故后,黄九如也被《申报》称为文学家、女作家。《申报》1948年3月19日第4版《文化界小新闻》报道"文学家黄碧遥女士,在麦伦中学教史地课,课暇在家抱小孙子嬉笑,祖孙三代,欢聚一堂",1948年4月3日第4版《文化界小新闻》报道"女作家黄碧遥移住施高塔路,日来正忙搬家"。但从学术论文中,我们几乎看不到有学者关注到黄九如,只是在李建中《王独清后期史实新证》(《宝鸡文理学院学报(社会科学版)》2006年第5期、《新文学史料》2007年第4期先后发表)中稍微提及到黄九如:

> 关于王独清的婚姻,1992年1月10日郑超麟先生给笔者的信件中说:"我在国民党逮捕以前,知道他在恋爱,对象为黄碧瑶。王独清死后,我才看见黄碧瑶,看见几次。一次,她来找我,要我写一篇纪念王独清的文章,收在她编辑的《王独清纪念集》中,我答应了,但未写成,那本纪念集似乎也未出版。"又说:"黄碧瑶,湖南人,是有名的女作家白薇之妹,她的丈夫死了遗留一子,与独清结

婚后未生育。她不是托派，……她改名黄九如，十一届三中全会已（以）后，在上海师范学院教书。……黄碧瑶已于八十年代中期死去。"

郑超麟先生的信件存在一些不确切之处。"黄碧瑶"，当为"黄碧遥"，从1936年出版的《长舌两年》上的署名就可以证明。说"她改名黄九如"，这显然不符合事实。《知难》1928年第49期上有"黄九如女士"照片，《学校生活》1930年第9期上有"黄九如女士与所爱之弦乐器"照片。二十世纪三四十年代时，她发表作品时，多用"碧遥"的笔名，有时也用"黄九如""黄碧遥"，如《菊池宽戏曲集》（中华书局1934年9月出版）注明"黄九如译"，《中国十大名城游记》（中华书局1935年6月出版）注明"黄九如编"，《外国十大名城游记》（中华书局1935年6月出版）注明"黄九如编"，《中国名胜游记》（中华书局1935年10月出版）注明"黄九如编"，《中国女名人列传》上册（中华书局1936年2月出版）注明"黄九如著"，《中国女名人列传》下册（中华书局1936年6月出版）注明"黄九如著"。黄九如"是有名的女作家白薇之妹"，这个没有什么分歧，但说黄九如"已于八十年代中期死去"则有误。1987年，白薇在北京去世。前述周育民教授的博文，据张树蓉回忆，分析道："黄九如因大叶性肺炎死于上海市第八人民医院，生前曾告诉她，她姐姐去世了。从亲属登记栏中只填白薇的名字推测，她所说的姐姐应该指白薇。白薇死于1987年，那么黄九如当在1988—1989年之间去世。"

作为"长舌妇人"，黄九如在《妇女园地》提出"旧式婚姻戒严运动"，参加上海妇女节制会、上海妇女运动促进会，发表演讲,也作为上海市妇女界名流参与日本女记者关于妇女问题的座谈(黄九如曾留学日本),发表的有关妇女问题文章,除《长舌两年》中的 27 篇外,大约还有百篇。这么说来,"长舌妇人"黄九如颇值得我们关注。

碧瑶与碧遥

　　白舒荣、何由合著的《白薇评传》(湖南人民出版社 1983年 11 月出版)写到白薇晚年已行动不便,有时她对侄辈们说:"今年秋天我就带你去上海看五妹和老朋友。"白薇在上海的五妹是谁呢? 姊妹兄弟七人(六女一男),白薇居长。在《白薇评传》中,其姊妹只具体出现过二妹、四妹和五妹,在衡州第三女师范和长沙女一师时,她的四妹、五妹也和她在一起读书。书中明白记载,四妹叫九思,而五妹叫什么呢? 书中从未交代过。

　　1948 年,四妹去世,白薇写就一篇五万多字的《九思祭》。她晚年还想着在上海的五妹,但是在她的文章中很少提到五妹,偶见《文学月报》1932 年第 1 卷第 1 期白薇《我的生长和发落》一文,发现白薇并提及"爱妹九如和九思":"进师范是脱破牢狱第一步,死里逃生追着爱妹九如和九思到衡州第三女师范插班的。"这个九如就是白薇的五妹。白薇作《九思祭》,这表明四妹正名为黄九思,那么五妹的正名则为黄九如。

　　白薇小名碧珠,四妹小名碧诚。黄碧珠的母亲平时叫她珠珠,白薇平时叫四妹为诚诚。入学时,黄碧珠的父亲黄明

（后改名为黄晦）给她取了学名为黄彰，给四妹取的学名为黄显。赴日后，黄彰给自己取别名为白薇。1926年第17卷第1号《小说月报》和同卷同号《语丝》上，刊登了同一个剧本《苏斐》，系素如女士所作。白薇有许多笔名，素如女士是她的第一个笔名。综上，黄碧珠为小名，黄彰为学名，白薇为别名，素如女士等为笔名。

中国作协白薇同志治丧办公室发布的《白薇同志生平》（《新闻学史料》1987年第4期）介绍：白薇同志（原名黄彰）是左联时期的著名女作家。女作家白薇，原名黄彰，这里原名采用的是其学名。过去，人们起名有小名、学名、族名之别：小名，有的后来也直接用作正名；学名，有的以学名为正名；族名，大多是在结婚时命定的，通过子女在名字上的字可以用来序辈。四妹、五妹遵循了传统婚嫁生育，其实，白薇也经历过传统婚嫁只是没有生育，按道理，白薇也有一个族名，如同九思、九如一样，即是其正名。

黄九如是正名，这个没有什么大的分歧。她从初始著述时，就采用"黄九如"其名。1954年6月，地图出版社出版的《祖国的山岳》为"地理小丛书"之一，其封面和版权页上都清楚地印着编著者为黄九如。其时，黄九如已经在上海师专地理科工作。李建中《王独清后期史实新证》（《宝鸡文理学院学报（社会科学版）》2006年第5期、《新文学史料》2007年第4期先后发表）一文中，引用郑超麟来信，信中说，后来"她改名黄九如"，殊难理解这是怎么个改名法？

大姊小名碧珠，四姐小名碧诚，那么黄九如的小名是什么呢？胡山源《文坛管窥——和我有过往来的文人》（上海古籍出版社2000年9月出版）中有篇《黄碧瑶》的短文，它写于

1974 年 1 月 1 日，文章开头是这样写的："她在学校里叫黄九如，自称黄颂，而她的爱人王独清则一直叫她碧瑶或黄碧瑶。碧瑶是她的笔名。我在王独清的地方与她相识，此后亦时常往来。"这里出现三个名字：黄九如、黄颂、碧遥或者黄碧瑶。胡山源以上所言，确切么？

"黄九如"第一次出现在报刊媒体，是在《知难》1928 年第 49 期中，刊登了"黄九如女士"的照片。《学校生活》1930 年第 9 期中，刊登了"黄九如女士与所爱之弦乐器"的照片。《自治月刊》1931 年第 2 卷第 2 期发表的《经济绝交之前途》，用的是"黄九如"的署名。《大陆杂志》1932 年第 1 卷第 2 期发表的《浙江学术源流考》，用的则是"碧遥"的署名了。《艺风》1933 年第 1 卷第 2 期发表的《苏州的月亮》，其作者署名则是"碧遥"，该刊还刊发了其手稿第一页图照，手稿作者处正是"碧遥"二字，该图照标题为"碧遥女士为本刊写文，此其手稿"。解放前，她的几部书中，除了《长舌两年》署名"碧遥"外，其他著者均标注为"黄九如"；在报刊上刊发文章时，"碧遥"的署名相当普遍，而在公开场合，"黄碧遥"的叫法比较通行。在她解放前所发表的一百多篇文章中，署名"黄九如"的甚少，"九如"的更少，绝大部分为"碧遥"（含极少的"黄碧遥"），甚至在她主编的刊物栏目中也注明"碧遥主编"，署名"遥"的极少，署名"碧瑶"的约有 10 篇，署名"黄颂"的极少。

黄九如的父亲曾留学东洋，在子女的起名上按道理有所讲究。大姊和四姐的学名分别为黄彰、黄显，以此类推，我们主张，黄颂是黄九如的学名，这样的看法是完全可以接受的。大姊和四姐的小名分别为碧珠、碧诚，起名上以颜色相区别，那么碧遥或者碧瑶是黄九如的小名的可能性是挺大的。那么,到底是碧遥还是碧瑶是其小名呢?从前述她所发表著述的署名而言,"碧遥"是其小名,这样的说法是较为合理的。《悼四姐九思》(《女声》1948 年第 4 卷第 10 期)一文,她用的是"碧遥"署名。她在《女声》1945 年第 3 卷 23 期上发表《八年来的上海妇女》时,用的是"九如"的署名。《悼四姐九思》没有用正名而是用小名,我以为,这不能简单地理解为其时她已经普遍使用"碧遥"这一名字发表文章,这里多少也蕴含着一种情感的寄托吧。

碧瑶是菲律宾的一个城市。黄九如史地知识丰富,1935 年 10 月中华书局出版她编的《外国十大名城游记》,该书作为"初中学生文库"之一。但是,随之而来的问题是,她确实有署名"碧瑶"或者被称为"碧瑶"的记载,这是无法回避的事实。

"碧瑶"或者"黄碧瑶"的名字,出现的情况到底是怎样的呢?《申报》1937 年 5 月 7 日第 10 版《日女记者石源清子女士昨邀妇女界座谈》中两次提及到"黄碧瑶"。《申报》次日第 12 版《沪妇女界昨宴日女记者》中,以及 1937 年 11 月 7 日第 9 版《妇女促进会新任职员就职推定各部负责人员》中,都提及了"黄碧遥"。当然,上面的"黄碧瑶"就是"黄碧遥"。

"碧瑶"这一名字,集中出现在 1938 年《上海妇女》中,同年,她在《上海妇女》《妇女生活》等刊物上也常用"碧遥"一名。由于刊物的需要,编者适当把刊物中文章比较集中的同一著者的名字进行适当改造,这种做法极其正常。譬如《女声》1945 年第 3 卷第 23 期连续刊登了黄九如的三篇作品:《站在妇女的地位:庆祝胜利》(署名"碧遥"),《致上海姊妹》(封面上为"同上",内页为"遥"),《八年来的上海妇女》(署名"九如")。

《现代妇女》1948 年第 12 卷第 5 期上所发表的彭慧《论

妇女解放问题并质潘光旦先生》一文,有"观察有碧瑶和李超先生的文章"的话。《观察》1948 年第 5 卷第 8 期发表了黄碧遥《读潘光旦先生妇女问题的论文后》,这里著者署名为"黄碧遥",而彭慧则写成了"碧遥"。

由上可见,所谓的"碧瑶"或者"黄碧瑶",一方面,"瑶"字是极富女性化的名字,他人在写作时难免存在着认识上的误区,由此导致笔误;另一方面,出于刊物出版的需要,而对同一著者署名予以适当的调整。胡山源所言"她的爱人王独清则一直叫她碧瑶或黄碧瑶。碧瑶是她的笔名",无论王独清如何叫黄九如,"遥"与"瑶"的读音总是一致的。至于胡山源说碧瑶是黄九如的笔名,似乎说不过去。持"碧瑶"为是者,还有郑超麟,郑超麟说王独清的"对象为黄碧瑶""黄碧瑶,湖南人,是有名的女作家白薇之妹"(李建中《王独清后期史实新证》);比较难能可贵的是,郑超麟没有提出黄碧瑶是笔名,但是,他基于黄碧瑶是原名的前提,于是他主张黄九如是后来所改的名,由此滑向了另一个错误。

胡山源在《黄碧瑶》一文中还说过,黄九如"她很不以其姊白薇的'浪漫'为然",从《白薇评传》中记载白薇逃离长沙第一女师时认为五妹背叛她,再到后来上海小报中的偶尔风言风语中,俩姊妹的是是非非大概是不免的了。既如此,白薇小名碧珠,黄九如甘愿舍弃"碧遥"而用"碧瑶",名字上与其大姊同为"玉"吗?

综上所述,我以为,黄九如,小名黄碧遥,学名黄颂,黄九如是族名也是正名;在著述署名时,黄九如使用过"黄九如""九如""碧遥""黄碧遥""遥""碧瑶""黄颂"等;"碧遥""黄碧遥""碧瑶""黄碧瑶",大可不必算作是她的笔名,"黄碧遥"可以说是其曾用名。

徐光启著述整理的五次高峰

　　明代中后期,浦东和浦西先后出现一位名人,他们分别是陆深(1477—1544)、徐光启(1562—1633)。陆家嘴、徐家汇的得名,分别缘于上面两位。徐光启是中西文化会通第一人。近百年来,上海纪念徐光启形成五次高峰,每次大型纪念活动在著作整理方面推陈出新,卓有成效,也形成五次高峰。

　　清光绪二十九年(1903),纪念徐光启逝世270周年,上海鸿宝斋出版《徐文定公墨迹》不分卷附《题咏》一卷,石印本,一册。徐光启殁于崇祯六年(1633)11月8日(农历十月初七)。徐蓬轩撰《上海名迹志略》(原载《旅行杂志》1948年第22卷第7期)一文"徐光启墓"则说"公殁于崇祯五年壬申十月初七日",有误。崇祯五年十二月,张岱住西湖,连续三日大雪,后来张岱在《湖心亭看雪》中有所记载,其时,徐光启还健在。

　　1933年11月24日(十月初七),上海举行纪念徐光启逝世300周年大型活动。就在当年9月,清人李杕编辑、徐宗泽增补《增订徐文定公集》收诗文集五卷附《李之藻文稿》一卷,由徐家汇天主堂藏书楼编印,一册。卷首有著者本传、年谱、行实及诸家序文多篇。徐宗泽为徐光启第十二世孙，自1923年起主编天主教《圣教杂志》，兼任徐家汇天主堂藏书楼主持人。1934年4月，上海圣教杂志社出版徐宗泽编《徐文定公逝世三百年纪念文汇编》，一册。共收文30篇：《徐光启行略》（张星曜）、《徐光启传》（黄节）、《近代科学先驱徐光启》（竺可桢）、《徐光启逝世三百年纪念》（向达）等。

1962年，徐光启诞生400周年。徐光启生于嘉靖四十一年（1562）4月24日（农历三月二十一日）。1962年11月，中华书局上海编辑所影印上海市文物保管委员会编《徐光启手迹》四种四卷，一册。1963年12月，中华书局上海编辑所出版王重民辑校《徐光启集》十二卷附录二（1984年1月，上海古籍出版社重印此书，增加补遗部分，为梁家勉校补《徐光启集校记补》），上下册。同月，中华书局出版中国科学院中国自然科学史研究室编《徐光启纪念论文集——纪念徐光启诞生四百周年》，收竺可桢序言以及其他人文章6篇。

1983年11月7日（农历十月初六），纪念徐光启逝世350周年学术研讨会在上海开幕。就在当年10月，上海古籍出版社影印上海市文物保管委员会辑《徐光启著译集》，收录徐氏著述十八种，二十册。所辑各书，汇集徐氏在接触西方自然科学学说之前和之后未刊或稀见的专书以及佚文。

2012年4月23日，徐光启诞辰450周年纪念会在上海举行。早在2010年12月，由朱维铮、李天纲主编《徐光启全集》由上海古籍出版社出版，共十册。此次整理在原来上海古籍出版社《徐光启集》《徐光启著译集》《农政全书》等书的基础上增加了许多海内外新发现的佚著佚文，吸收了学界最新的研究成果。其中《毛诗六帖讲意》《徐氏庖言》《测量法义》《灵言蠡勺》等十多种专书属首次点校排印出版。2011 年 11 月，上海古籍出版社又对此套全集予以出版。

双孙遗珍

    会上,孙公子回忆起孩童时的两件事:在 12 平方米房间里,父亲就着五斗橱写《红楼梦脂评初探》;陪父亲大清早乘 43 路往城隍庙淘书画。前书出版于 1981 年。孙逊先生夫妇酷爱书画乃至庋藏,应该也是很早的事情了。据孙公子吐槽:父亲开始淘了些书画,请名家过目,名家说,旧书摊上鱼龙混杂,淘的假货不少。于是,孙氏夫妇就用心于书画,与书画家多有交往,并潜心探究书画名品。我印象很深刻的是,双孙斋的客堂正中,曾装裱悬挂着刘旦宅先生所绘的大幅丽菊图。我的老师孙菊园教授美滋滋地给我介绍过。"孙逊先生与古代小说学术研讨会"资料袋中,有一份装帧精致、印刷精美的小册子《双孙遗珍》,由贞石编,刘一闻题署,上海师范大学人文学院出品。封面仿用古书外封面的那种靛青色,沉稳雅致,端庄大气;"双孙遗珍"竖排,四字及"刘一闻书"均用了烫金,二枚印章印制精细,宛见朱砂色泽。封底居中稍上,钤印"双孙/斋"(朱方),我疑为沪上篆刻名家贞石先生专为此书所篆刻的。前后勒口分别为双孙简介,各有黑白人物图像一帧,为双孙生前最爱照片,拍摄者为池洁先生。前后均有衬页,用皮纸;透过前衬页,可见扉页文字,如封面;透过后衬页,可见印制文字"限量印制贰佰部/此为第 部",下为彩图《长春》,是另外加贴上去的。

内页用铜版纸印制,文字用繁体。先后收录冯其庸、刘克、刘一闻、朱东润、苏局仙、吴绍烈、沙曼翁、洪丕谟、施南池、秦得儒、秦锦章、黄玉峰、阎毅千、曾昭旭、蓝玉崧、子军、民宪共 26 件上款作品;据所署年代及作品中相关信息,大体得知作品时间,最早为 1976 年,最晚为 2015 年。附"孙逊书法作品三件"及"孙逊书画论文两篇"。从三件书法作品而观,孙逊先生谙熟瘦金体及汉简体。所附论文,具体是《风义感人能泣下——评清初词人纳兰性德、顾贞观书扇合册》和《刘旦宅绘画艺术三题》。孙逊先生因缘巧合,得纳兰性德、顾贞观书扇合册,先后请冯其庸、袁行霈、刘旦宅三位先生题署,孙逊先生特别看重该藏品,"自己收藏的不只是古人的两幅书扇,而是他们倾注于其间的精神气息"。后文所论"刘旦宅绘画面面观""刘旦宅的红楼人物画""刘旦宅的诗人画"要言不烦,精深独到,故而孙先生与刘旦宅先生相交才能深厚,上海师范大学校训的撰写就是经由孙逊先生邀请刘旦宅先生题写的。《双孙遗珍》册子弥足珍贵,诚然不为妄语。我因与会,得第一六册。又观赏"双孙遗珍"展,另见黄铁池先生作品,以及孙逊先生的自书扇面、所用的钢笔和毛笔、撰写的论文原稿。睹物思人,宛然见到:先生手持一把扇子,坐在书案前奋笔疾书。

朱湘到底没于何处

　　1933年12月5日清晨约六时,朱湘沉江。但朱湘到底没于何处呢?《新文学史料》1982年第3期上,先后发表了赵景深的《朱湘传略》、罗念生的《忆诗人朱湘》,前文说在采石矶,后文则说在大通。后来者大多认同前者。《安庆师范学院学报(社会科学版)》2004年第6期上,发表了方族文的《朱湘研究中的几个疑点问题》一文,其中"关于朱湘沉江确切地点",力主大通为朱湘沉江确切地点。

　　"关于朱湘沉江确切地点",是这样论证的:"其实吉和轮乃是从上海往返南京的班轮,朱湘此次也只到南京,采石矶在南京上游安徽马鞍山江段,吉和轮作为上海至南京的定点班轮,不会来此。这只是个地理常识问题,不知怎么阴差阳错,这一简单问题却被弄糊涂了。在众多的研究者中,惟有朱湘挚友罗念生教授力排众议。他在《忆诗人朱湘》一文中说:'朱湘于1933年12月1日,向薛琪英借得二十元旅费,4日由上海乘吉和轮赴南京。次日清晨,船快到南京时,他喝了半瓶酒,朗诵德国诗人海涅的原文诗,六时许在大通附近跃进江流'。就是说,朱湘是在吉和轮快抵南京时在附近一个叫大通的江段跃入长江的,而决不是在安徽马鞍山的采石矶江面。"这里,薛琪英是朱湘的二嫂。朱湘长子朱小沅《诗人朱湘之死》中说,二嫂时在苏州,并未提及此事。罗念生所记此事存疑,此处不论,方族文沿用罗念生所言朱湘沉江地点,并进而申明"朱湘沉江确切地点",这里下笔似乎过快了。

一、吉和轮往返申汉

我们可以先不去讨论朱湘沉江确切地点到底在哪里,而是看看方族文的立论重要依据"吉和轮作为上海至南京的定点班轮",不过,这个重要依据确实不堪一击,我们只要随便从《申报》中去考察,就能明白,吉和轮往返于申(上海)汉(汉口)之间,1934年以后偶尔有意外,如1937年6月15日吉和轮由沪开往汉口途中在通州触礁,1938年7月16日吉和轮从汉口运送难童至长沙。

通州触礁这次,《申报》1937年6月17日通讯《轮船失事续讯》中说:"先将船内全部旅客尽数驳出,改乘本行之长江船隆和轮上水,赴汉口各埠。"怡和洋行将吉和轮船内全部旅客改乘本行长江船隆和轮上水,赴汉口各埠。显然,从上海始发的吉和轮,其上行终点港口是汉口港。

既然吉和轮往返申汉,而方族文慨叹"这只是个地理常识问题,不知怎么阴差阳错,这一简单问题却被弄糊涂了",那么方族文实在没有必要兴叹。随便查阅《申报》,方族文本来设想的这一立论重要依据就完全可以避免表述出来的。

二、吉和轮晨离上海港

前述吉和轮1937年6月15日由沪上行在通州触礁,《申报》是这样披露其触礁时间的：

> 怡和行吉和轮十五日晨，在通州狼山江面触礁，前舱
> 进水，客货日卸出。（1937年6月16日《吉和轮触礁》）
>
> 《字林报》云：怡和公司轮船吉和号星期一日午夜，由
> 沪开往汉口，昨晨（十五日）在距吴淞口约六十哩处触礁，
> 致一号舱洞穿一洞。（1937年6月17日《吉和轮触礁后
> 旅客安全无恙》）
>
> 怡和公司吉和轮船十五日晨九时，由沪驶经狼山江面，
> 突然触礁，前舱破裂进水。当由港划营救，客货均无恙，轮
> 在小洋港口修理。（1937年6月18日《吉和轮在通触礁》）

从《申报》连续三天的跟踪报道看，吉和轮离上海港时间，
在6月15日晨或者午夜。从晨九时在通州触礁而看，结合通
州至上海港的水上距离，吉和轮离上海港时间不可能晚于晨
六时。《申报》1933年10月至12月刊载的《招商局船期广告》
显示，招商局前往汉口的快轮于晚间始离上海港。既如此，前
往汉口的吉和轮于晨或者午夜始离上海港，也就不见得奇怪。

沪宁之间还有火车可以乘坐，而从武汉、九江、安庆下行
到南京乃至上海，当时达官要人们把乘坐吉和轮作为首选。
综合《申报》有关吉和轮下行抵达南京的信息，得出抵达南京
时间一般在中午，有时到了下午一点，而吉和轮从南京下行到
上海，《申报》中也有一则短讯：

> 国民党孙总理夫人宋庆龄，前因病赴牯岭静养，兹以
> 事于昨日乘怡和公司吉和轮，由九江启程返沪，十二时在

公和祥登岸,宋氏之亲友前往迎迓,有其弟及弟媳等数人。(1932年12月1日《宋庆龄昨日返沪》)

南京港是大港口,轮船停留时间相对长一点,抵达上海港时轮船靠港也会有一段时间,而吉和轮十二时在公和祥登岸,那么从南京到上海,吉和轮用时不会超过一天。当然,轮船下行一般比上行要快,吉和轮从上海上行抵达南京,时长也在一日内,问题不是很大。

朱湘自沉于1933年12月5日清晨约六时,这个时间没有谁提出过疑问,那么我们就不妨坚信它。从上海港到达南京港需要用时一日内,那么12月4日,朱湘所乘的吉和轮离上海港时间不可能晚于晨六时,这是说得通的。

三、吉和轮晨抵南京港

1933年12月4日晨或者午夜,从上海港前往汉口的吉和轮,抵达南京港的时间会在次日清晨约六时吗? 我们还是以《申报》里的有关信息来推测:

> 吉和轮于昨晚十一时启椗,今晚当可抵京。(1932年4月17日《林森昨晚返京》)
> 林主席十七日由沪乘吉和轮,十八日晨九时抵京,即乘汽车返私邸。(1932年4月19日《林主席昨晨抵京》)
> 交长陈铭枢十七日晨由沪搭吉和轮返京,十八日晨可到。(1932年5月18日《陈铭枢昨晨返京》)

以上三则信息都发生在1932年,也就是朱湘沉江的前一年。

前二则,林森乘吉和轮由上海抵南京的日期和时间有所矛盾,前者报道说的是 4 月 16 日晚十一时乘吉和轮由虹口东百老汇路华顺码头驶离港口,17 日晚到达南京。17 日"晚"到达南京,肯定是不对的,只能是"晨"。吉和轮于十一时启椗而于次日晚抵南京,是错误信息,不需考虑。有可能是记者记住了船名,但误把别的班次时间搬来了。后者短讯说的是 4 月 17 日由沪乘吉和轮,18 日九时抵达南京。按道理说,林森实际成行日期以后面的短讯较为靠谱,但这里离沪时间没有显示,而"十八日晨九时抵京"似乎不见得确指抵达的就是南京港,否则此班次的行船也太慢了,不过,记者这里所言的"晨"还是站得住脚的。

陈铭枢乘吉和轮,是在 5 月 17 日晨从上海出发的,于 18 日晨抵达南京的。这里,出现了两个"晨",吉和轮从上海上行的时间是晨,抵达南京的时间也是晨,时长在一日内,这大体讲得过去。

综上推理,1933 年 12 月 5 日晨,从上海港前往汉口的吉和轮抵达南京港。如果 12 月 4 日朱湘所乘的吉和轮离上海港时间不可能晚于晨六时,那么次日清晨约六时吉和轮出现在南京江面也就很自然了。

四、没于采石矶

1933 年 12 月 5 日晨,吉和轮从南京港上行,接着进入安徽境内。从当今的地理常识而言,采石矶和大通也还都属于安徽省内,沿长江,前者距离南京不远,与南京燕子矶、岳阳城陵矶并称"长江三大名矶";后者在铜陵境内,民国有"小上海"

之称,中国第一艘小火轮在这里诞生。清晨六时,从上海出发的吉和轮上行船,是不可能来到大通的。

据余世磊《朱湘年谱》(安徽教育出版社 2019 年 12 月出版)记载,在朱湘出事后不到三日,朱湘的夫人刘霓君收到吉和轮账房的一封短简:

> 本月四日有一客,买三等船票,从上海到南京,讵于次日(五日)约凌晨六时投江。急放救生船捞救,但已无踪影。遗有皮箱一只,夹袍一件。夹袍内藏有一信,方知死者名朱子沅,内有贵处地名,故特函来报。希于十三日前持信往敝轮可也。

短简明白告诉我们,朱湘持的从上海到南京的三等船票,这暗示了朱湘把一生行程终点定位好了。贫寒诗人不可能舍得多用船票钱,就购买了从上海到南京的三等船票,没有在南京港下船,而是继续前行了一段,到达诗仙李白纵情的采石矶,相传李白在此因酒醉赴水中捉月而亡,于是朱湘吟诗饮酒沉江,追偕诗仙去了。

1933 年春天,朱湘没有买船票,行李被押在轮船上,轮船上的茶房跟着他,朱湘形容憔悴不堪地来到北新书局向赵景深解困。当年冬天的这次,朱湘虽然购买的是上海到南京的三等船票,但是乘船多坐了一段。如果我们被朱湘由上海乘吉和轮赴南京这一船票的表面现象所迷惑,那么,我们就无法理解诗人的浪漫。

1933 年 12 月 5 日清晨约六时,安徽诗人朱湘乘船到在长江边上的采石矶,竟然走上了不归之路。是年,朱湘 30 岁。

诤人刘王立明

在大别山与长江之间,有个禅源之地。明人胡缵宗称这里人物特征为"太湖诤"。近现代,太湖出了赵朴初、刘王立明、朱湘等。赵朴初主张"互助无诤,团结第一"。朱湘终赴清流,够诤了。刘王立明远非平庸女流之辈,是位女诤人。

刘王立明,生于 1897 年 1 月 2 日,原名王立明,小名杨顺,随丈夫刘湛恩而姓刘。刘王立明是杰出的中国妇女运动领袖,能说,能写,能演;敢想,敢做,敢斗。"太湖诤"完美地在她的身上体现出来了。这里重点参照陈琳主编《刘王立明年谱》(安徽大学出版社 2018 年 6 月出版)"刘王立明的一生"一文而述刘王立明之诤,以纪念刘王立明诞辰 125 周年。

一、为妇女鼓与呼

1920 年秋,刘王立明从美国学成归国,加入中华妇女节制协会,四处发表演讲,宣传妇女节制运动,呼吁妇女解放。她参与组织第一届妇女节制协会全国代表大会,任青年部干事,有力扩大节制会的影响。1922 年,她发起成立上海女子参政协会,力争女子权利。1923 年,她组织成立上海妇孺教养院。1924年,她与张琴秋、向警予、刘清扬、杨之华等女共产党人共同组织成立上海女界国民会议促进会,发表《致全国女界书》。1926年,中华妇女节制协会改组,她被推选为总干事。1931年5月,她主持召开中华妇女节制协会第二届全国代表大会,当年还联合上海妇女团体,开展改良服装和促进国货运动。

二、积极抗日救国

1931年10月,刘王立明筹备成立妇女救国同盟会,举行万余名妇女参加的抗日救国大会。1933年,她组织中国航空协会女子队,募捐购置女子号飞机,以实际行动支持抗日。1937年,上海各界统一救国大同盟成立,她当选执行委员。"八一三"淞沪战役前,她召集妇女节制协会举行抗敌大会。1938年4月7日,丈夫刘湛恩为国捐躯,她撰写文章,揭穿日伪卑鄙行径,歌颂丈夫大无畏精神,号召国民投身救亡。之后,她秉承丈夫遗志,继续抗战事业,离开上海,来到武汉,与爱国人士一起发表抗日演讲,看望军人,后转往香港,最后定居重庆。在香港和重庆期间,她分别组织成立中华妇女节制协会华南分会、华西分会,团结、发动广大妇女抗日救国。

三、争取团结进步

1943年,在第三届国民参政会第二次会议上,董必武痛斥国民党的反共谣言,刘王立明紧接着发言,严责国民党颠倒黑白、混淆是非,揭露反动派蓄意制造摩擦、破坏团结抗战的阴谋。在这次会议上,她还向蒋介石当面质疑"自由"问题。1944年,她加入中国民主同盟,增选为中央委员。她多次撰文和与人共同发表宣言,反对国民党的独裁和内战,呼吁实现民主政治。1946 年 11 月,为完成陶行知先生遗愿,她主持成立中国国际人权保障会。1947 年,民盟遭反动派非法解散,她离沪赴港,继续从事反对国民党反动派、争取民主自由的斗争。1948 年 6 月,她与何香凝等 232 名妇女,发表响应中共"五一"号召的宣言。1949 年 3 月,她离开香港到北平,参加中华全国民主妇女联合会成立大会,当选常务委员。6 月,她代替张澜,参加新政协筹备委员会第一次会议。9 月,她出席全国政协会议。10 月 1 日,她参加开国大典。

四、坚持和平正义

新中国成立后,刘王立明当选中央人民政府政务院政治法律委员会委员,中国人民保卫世界和平反对美国侵略委员会委员,全国妇联第一、第二届委员会常务委员。1956 年 6 月,她应邀率领中华妇女节制协会代表团赴联邦德国参加世界基督教妇女节制会第 20 届大会。在会上,有人诽谤新中国,她予以坚决的回击。回国后,受到周总理的赞赏。1957 年 3 月,全国政协二届三十次会议增选刘王立明为常委。6 月,她被划为右派,她坚定地说:"我生为中国人,死为中国鬼,我哪儿也不去!"1964 年,她当选全国政协四届委员会委员。"文革"中,她被指控为"美国特务"而遭逮捕,1970 年在狱中含冤去世。1981 年,全国政协、民盟中央、全国妇联为刘王立明举行追悼会,充分肯定她光荣的一生。

哦，是吗？

"哦，是吗?"她一向是似醒非醒的样子。我突然知道，她已经再也不醒了。

我于 2003 年春天来新单位，与她做同事。我买的房子与她在同一个小区。断断续续，我们同在一个部门有些年头了。我在办公室供职的时候，她退休了。

她的运气似乎很好。买彩票，她中了大奖，是当时那种真正的大奖，外人都不知道。她买股票，赚了多少，她没有说过。每年联欢会，她都中奖，等到主持人问了好几遍，我提醒她，她反问:"哦，是吗?"她每期《申江服务导报》必买，为的是填里面的方格，她中奖的机会很多。我后来知道，她是复旦大学毕业的高材生，她编著的几种古籍出版了。

她负责修复古籍，也写写挂签。每天中午雷打不动，要"阿弥陀佛"(她说这话，意思是高卧)，我们不提醒，她肯定会睡到下班的。她每天中午，用微波炉热饭菜，那饮食极其稀松平常，是些蔬菜，少油寡味的。下班，她肯定正点刷卡走出去，出校门，等公交车。无论她坐哪路公交车，她都只需要坐一站，然后走回家。我说，我们一起走吧，她说，她走不动。有一次，她竟然陪我走到华联超市门口，但她说走不动了，于是她打出租车回家了，出租车司机准会惊呆的。单位有时发点物品，可苦了她，她必须打车回家，还早早约好她的爸爸等候。

她的爸爸是离休干部，在《中国古籍善本书目》里面可以找到他的名字：郭群一。我也常见到他，他有时骑电瓶车送他的女儿郭曼曼上班，晚饭后父女俩在小区里散步。偶尔我父子俩遇到他们，她会装扮一下小动作，说："我是大老虎。"一点都不威武，造型也稀松平常。单位每次组织旅游或者活动，她当然不出去，不去就不另发旅游费，她"哦，是吗？"后也不多说，别人眉开眼笑说外面多好玩，她说天天睡觉多舒服。

后来，她的妈妈去世了，她搬家了，再后来又搬家了，两次搬家，进进出出，抓住房价高低位，应该赚进了不少。我说她口袋装不下了，她笑笑说："哦，是吗？"有时，刮风下雨，父女俩就在食堂里吃饭，这样她饭卡里的钱就可以用去一些。

有次，我写一篇文章，觉得没有像样的文献，路上正遇到她的爸爸，就随便聊起来。过了些时间，也就是她要搬出我们小区前，她的父亲在路上等着我，说送我书，好像是魏晋南北朝史中的那段，红色封面的。我的书全在床底，我试着找了找，暂时没有发现，倒找到了四册《史记》，中国史学要籍丛刊中的，2011 年 11 月上海古籍出版社出版，前言落款为"郭逸　郭曼""1993 年 5 月"，该书扉页郭氏父女题署，竖行"戴兄正之""郭逸""郭曼"，横行"2014.9.18"，署名分别由两人分别执笔。

郭氏父女相依为命。有时，她的父亲给我透露她的一些事情，当然，我没有对外提及过。我总是称呼他为"离休老干部"。她退休后，我们见面极少。偶尔见到，是他们一起到食堂吃饭,她端坐在她父亲的老人车里进进出出。

我怎么也没有料到,从别人发给我的信息里,得知她于2022年12月25日在家严重摔伤,入六院抢救,于27日走了;2023年1月10日,外界接到有关来电知晓此事;11日,外界也知晓她的父亲离世已经三天。别人只知道郭群一的大名,当然不知道他女儿的真名。

呜呼,我的老同事郭曼曼和她的父亲郭群一先生先后离开人间了。

灯下读书鸡一鸣

放翁有诗句"天涯怀友月千里，灯下读书鸡一鸣"，如今，读书的人在城里，鸡鸣在乡下，而先卖书后卖鸡的老赵则永远在户上书友和吃货的怀念中了。

20世纪90年代，沪上的书报亭铺天盖地，大约到了2015年，书报亭就悄无声息了。老赵就在上海师大新村钦州南路左侧门口弄文化之潮，直至潮水退落得干干净净时，才净身出沪回归无为以养鸡为业。

在漕河泾地区，马槽书店还是很有名气的，读书的人、看报的人都知晓它。马槽书店很小，建在新村围墙拐弯处，朝北和东边是围墙，南面是卷帘门，西向砌了半面，留了能容一个人进出的门。说是书店，书其实并不多，东、北靠墙的书架放满了二手书，大多是教授学者们家里放不下的图书；地上也堆了些，西北角堆得最多的是2008年出版的《上海·雪米村民俗志》，它是作者陆新民寄放在书店里的，能卖就卖，想要的就送，直到书店拆除时，还没有送完。卷帘门收起后，就摆上东拼西凑的桌椅门板，然后放上报刊之类；理好报刊后，挤放东拼西凑的桌椅门板，然后卷帘门放下。书店每天就是这样营业的。

厮守在旧书和新报之间约 5 平方空间的,就是书店唯一的伙计老赵。老赵中等个子不到,虚胖,前额亮堂,面庞黑瘦,嘴唇厚实,眼睛总是笑眯眯的样子,动作缓慢,说话不紧不慢。

老赵没有账本,也没有收银台。报刊有定价,顾客给的钱吹走了他也不知道。二手书没有定价,顾客愿意给多少他也不言语。他和所有的人都能谈得很投机,如果是上班路过的人还记住不能上班迟到的话,或者是下班回家还牢记着烧菜做饭的话,就要特别自觉少搭理他。静下来的时候,大体是他在和人下棋的时候,或者中午他蜷缩在躺椅里酣然入眠的时候。其实,他很忙,王鲁彦的儿子王恩琪就一直和他谈笑风生,新村里的人、师大里的人总是交办事情请他中转。2009年过年的时候,我把老婆孩子撵回娘家而独自疯狂地赶写毕业论文,每到夜晚随便吃过饭后,我就出门让痛苦的大脑和可怜的双眼休息一下,而此时,平常喧闹的魔都中人群似乎一下子全蒸发了,唯有老赵在书店里发抖,我们就在昏黄的灯下东扯西拉,我顿时忘记了疲劳,但往往忘记了辰光因而为当天将少写一千字而愧怍不已。

在大上海,老赵竟然生存了一年又一年,也许有 20 年吧。所以,凡有人对上海有居住不易的抱怨时,我就想到用老赵作为生动的例子,满满的正能量啊。老赵无欲又无求,在书报之中谈笑,莫非是隐于市的大隐之士?马槽书店夷为平地的时候,老赵茫然地看着四散杂乱的书报,大隐之士无栖息之地了。

后来,他在无为创业,与鸡为伴。每月,他开车来到漕河泾看望他的妻子和二子以及后来在沪上读大学的女儿,他多数时间站在上海师大新村钦州南路左侧门口看人来人往,熟人们见到他时常报个数字,他就奉上土鸡或者土鸡蛋,后来还捎带些野黄鳝野鲫鱼野甲鱼之类。今年7月后,也许是他最后一次来漕河泾地区送土特产。与其说是他极其缓慢地推着自行车离开,不如说是自行车扶持着他往回赶路,他笑眯眯地说他刚从病魔那里逃了出来,身影逐渐消失在路的那头。

大雪节气的那天,他彻底抛下了书、抛下了鸡。2天后,他的女儿在微信里这么说:"我是他的女儿,我爸爸前两天因病过世了。我们家鸡蛋目前没有,可能天太冷,不怎么生蛋,我过年会来卖鸡,要是需要鸡可以再联系我。"

"谈不上什么好东西,只是农村所特有的一种产品",这是他今年3月19日在微信中给我的留言。今天,我翻看他的微信群,发现老赵在3月12日上传了一张他自己的照片:中等个子不到,虚胖,前额亮堂,面庞黑瘦,嘴唇厚实,眼睛总是笑眯眯的样子。

年 轮

　　康健园是个免费开放的公园,这些年成了上海师范大学师生的后花园。2020年疫情期间,康健园失去了来自全国各地的一大批铁杆的高校游客,住在附近的高校游客唯恐康健园花开花落独自沉寂就带上口罩来探望它。一次次行走在康健园后,我把我的所思所想所见所闻分享在云端,增添若干春色吧。

　　1949年4月清明前后,康健园落成并对外开放,这一个时间已经得以澄清。接下来,我们再追问康健园的创建问题。

　　《上海园林志》《上海通志》、康健园导游牌的说法基本上没有什么大的差别,它们分别是:

　　　　此园系上海魔术师鲍琴轩(艺名科天影)集资创办,始建于民国26年,至民国36年才略具规模。

　　　　上海魔术艺人鲍琴轩筹办于抗日战争爆发前夕。

　　该园的前身为游乐场性质的私营康健园农场,始建于

1937 年,系上海魔术师鲍琴轩(艺名科天影)集资创办。

三者都把创建时间说成是 1937 年,创建者认定为鲍琴轩。说法如此整齐划一,事实果真如此吗? 1937 年的漕河泾,经历了历史上从未有过的劫难。4 月 18 日星期日,沪上名园漕河泾黄家花园(今桂林公园)的主人黄金荣邀请沪上军警政商学各界名流设筵欣赏百年牡丹,盛况空前。但是"八·一三"后,漕河泾的景象就极度荒凉了。1937 年 12 月 25 日《时报》上有一篇题为"杨心正获得许可亲到漕河泾巡视"的报道。杨心正时为市政委员,其巡视所见乃"完整房屋全镇十不及一,黄家花园仅四教厅尚在"。12 月 6 日《申报》题为"黄园尽付劫灰"的报道,称黄家花园"断垣残壁满目凄凉,异草奇花悉归乌有"。黄家花园尚且如此,漕河泾更无生机。所谓康健园始建于 1937 年,在"八·一三"战事后创建是绝对不可能的。

《上海通志》所言康健园乃"鲍琴轩筹办于抗日战争爆发前夕",又说康健园是"1947 年,落成并对外开放的",两个时间点说得都比别的文献有眉有眼的。它所说的对外开放时间已经证明有所讹误,那么它所说的创建时间是否依然有所讹误呢?《上海通志》这里所取的资料,来源于非公开印刷品《漕河泾志》(1989 年漕河泾镇志编写组自印)。该志分列"康健公园""上海科普公园"二目,其中在"康健公园"的介绍中,有"由上海魔术艺人鲍琴轩(艺名科天影)筹建于抗战前夕,落成于 1947 年"的文字。抗战前夕,漕河泾的冠生园农场、黄家花园、曹家花园都有名气,如果在此创建一所新的农场或公园,报刊中必然有蛛丝马迹,直到 1947 年,这种蛛丝马迹才在报刊中有所透露。

1947年9月27日《铁报》有一篇报道,题为"漕河泾开辟郊外公园",全文悉录如下:

漕河泾开辟郊外公园
崇山

在漕河泾黄家花园对面,有人预备建造一个郊外花园,规模十分宏大,动工迄今,差不多已届一年,因为经费筹措的困难,便请求与工务局合作,这个郊外花园也就改为郊外公园,日前虽然在继续工作,但因为经费困难,比较艰巨一点工程,只好陷在半停顿状态中。

建造这个花园的发起者是一个姓曹的商人,他觉得上海四周没有山水之胜,春秋佳节,上海是化费很大代价出门旅行,何不在上海近郊辟一个有山有水的花园,一定可以吸引游客的。于是,他化了四亿的代价,在漕河泾购了数百亩地,动员了很多人工,计划是很伟大,在这片空地上,先掘一条河,将河中泥土堆成一座小山,山脚下建造宫殿式的大门,进门是一条曲折的长廊,还有亭台楼阁,预备作咖啡室和茶室。河中还预备了游艇,同时在河上再架小桥,过桥便是一个露天舞厅。再过去是一片大草地,备了马匹,供给人们驰骋之处,使都市里的人到了那边,可以游山玩水,骑马,喝咖啡,及跳舞等,一旦完成,上海的摩登男女当然是十二分欢迎的。

动工迄今已经化了七亿另五千万元,再加上工务局的合作,经费上还是感到困难。本来预定今年六月中完工,但照目前情形估计,还得化上一年多的时间,因为工程是太浩大了。如今已经筑上大门和走廊,大门已经照预定计划缩小十倍,咖啡室也在建造中,河掘好了一大半,水色青青,河边已经种植树木,游艇也系在里边了,那重小山堆得比龙华宝塔高些,是经过一番设计的,以后还预备把河再掘成环形,将掘出的泥土再去堆高那座小山,那末一出上海郊外,便可以看到一重小山耸立在田野间了。

至于露天舞厅,跑马场等都还没有动手,那位商人正在设法筹措经费中,这个郊外公园,何日能建成,完全是财力的问题。不过,那个商人的雄心,倒是很值得钦佩的。

按照文字所叙,这就是康健园。1946 年里,曹姓商人始建郊外花园,因为经费困难,就与工务局合作,改为郊外公园,原拟于 1947 年 6 月完工,由于经费筹措困难,"照目前情形估计,还得化上一年多的时间",即大约于 1949 年完工。1949 年 3 月 30 日的《申报》上的一篇报道"康健园农场一角"所言康健园"预定于农历清明前后竣工","合农场,公园,住屋之设备于一处",与《铁报》这篇报道内容相应,如此联系起来,可以得出康健园创建于 1946 年。

《铁报》《申报》的这两篇报道除了为我们廓清了康健园的创建时间,还点出了康健园的创建者,分别说是曹姓商人、抱琴轩!我们把创建者的信息合起来看,将能得出抱琴轩是曹姓商人的结论。那么,他会是谁呢? 有可能是曹家花园(即曹园)的创建者曹钟煌吗? 1935 年曹家花园建成时,棉布商曹钟煌到安徽宁国采购牡丹,还有亲友赠送他牡丹,这些牡丹都是清代古树。2002 年,漕溪公园(前身即为曹家花园)有八株百年牡丹,康健园有290年的牡丹,都得到上海市绿化管理局的认可保护。《申报》又说"除曹园今年因为部队借用尚未开放外",康健园如在1949年清明前后开放,将迎来牡丹盛开的丽景,——必然弥补曹园主人曹钟煌家园不保、珍爱牡丹的心绪,如果康健园的创建者也是曹钟煌的话。这一年4月24日,黄家花园主人黄金荣欣然举行欣赏牡丹园游聚餐会。牡丹之爱,宜乎众矣!

长期以来,人们看走了眼,一直错把康健园创建者"抱琴轩"视为"鲍琴轩",此可增补《世说新语》。

比赛吹牛

有人问木芙蓉怎么个吃法，问者肯定是云南人。我在康健园边吃板栗边看木芙蓉时，没料到木芙蓉会是一种食品。

我爬上康健园最高峰，其实这儿也没有最高峰，只是一座亭子。我不是鸟，自然占据不了亭子之巅俯视全园。我看一人与一对夫妇大侃好了，就续话，他转用普通话和我这个新上海人闲聊。后来，他的老婆来了，看到我们谈得欢，就坐下听我们纵谈。

谈话中，多是我问，他答。问：附近碉堡为什么有的不在河边？他回答不全不准，我专门田野调查过，钦州南路还有一条河，薛家宅里也有一座碉堡。问：康健园为什么有石人石兽？他回答的有目见证据，当年拖拉机把万年公墓的石人石马搬到康健园和桂林公园，万年公墓原在八院南边，桂林公园只有一座石马，还有一座石马不知到哪了。问：康健园大草坪一带有桃园，桃子很有名。他说没听说没吃过。问：漕宝路何时有的？他说四五十年代，我说四十年代肯定不会有，解放上海时解放军从七宝进攻是从蒲汇塘乘船下的，当时没有漕宝路可走。问：漕河泾电影院是现在哪地方？他说在钦州路桥北沿的东边,过去是石桥。问:冠生园菜场往漕河泾也有一座石桥,桥在哪?他说是如今的柳州路桥位置。问:康健园外冠生园路给人阴气很重的感觉。他说过去这儿坟场多。问:蒲汇塘近沪闵路有个上海县农资公司的牌子,上海县的大体范围在哪?他说从华亭宾馆,过零陵路、天钥桥路、中山南二路,过黄浦江,从北桥、纪王、苏州河、中山西路,到华亭宾路。我们一问一答,见招拆招,他的老婆和一对老夫妇,以及新上来的新夫妇,均只有当听众的份。

我赶紧告别他去上班,我听到他和大家说:"我们根本不认识。我也不晓得这个新上海人怎么晓得这么多,好在我是本地人,平时多关注了这些。"关于康健一带和漕河泾一带的边边拐拐,我愿与他比赛吹半天牛,嗨嗨。

鸣蝉之惊

　　知了在声声地叫着夏天。天真热，天真蓝。7 月 5 日，在蝉鸣中，我进了办公室。思念如夏日蝉鸣般热切，我左拍拍右拍拍，惊动了树上唱歌的知了，知了喷了液体长嘶而去。年轻无知的知了神气过啥？我都快 30 年工龄了！

　　打开办公室门之前，我实在想不起办公室里会是怎样的精神风貌。哈哈，还是老样子的，桌子还是桌子，杯子还是杯子，没有任何位移过，盆栽植物在尽心尽职地为桌子杯子们吐露着绿色的生命，但是她已经伸展不了头颅。窗台上的花朵再也不能活色惊艳，但她葆存着春之魂，依然形体俏丽，在那里等待着主人的归来。我凝目注视，3 月 11 日至今，你不离不弃，把美丽永远凝固下来了。我靠近她，一点微风过去，她知情地俯下身躯，向我道了一个"万福"，我摆正她的衣裾和头颅，她又亭亭玉立。

　　窗外，康健园里没有了大妈们的晨曲，知了在声声地叫着夏天。天真热，天真蓝。我打开空调，让空调风和花草们交流，告别春天的寂寞，唤醒夏日的热情。我为绿植灌注活水。洗刷罢，我烧了一壶热水。茶水下咽，酣畅淋漓，热意弥漫全室。后来，还是同事提醒我，空调模式没有调整到"制冷"状态，过去的日子竟然如此长久！

后来，我们把办公场所里的绿植们修饰、添水。有的花草凝固了美丽，我们也舍不得舍弃和打扰她们。

16 时许，群里内外长鸣"核酸"。天真热，天真蓝。夏天的样子，夏天的宁静，顿时被打破。我拷走电脑中的文档，收拾了一些图书。我把办公室的门也擦了一遍，也许不久我们还相见。"太阳落下去，月亮升起来，我走在小区里，嘴巴张开来。'谢谢侬！'我和酸酸医务人员说。7 月 5 日预记。"回家的路上，我写下上面的话。

"今晚不看房子，要全员核酸。"房产中介的老板娘在电话中说。采样亭前面，牵引出一条逶迤的队伍。知了惊窜到树巅，声声地叫着夏天。天真热，天真蓝。夏天，求你无恙！

春天惊艳的一瞥

多云转小雨,18 至 13 度。三九第四天。太阳照常升降,且有适宜的温度。苍天哪,您为什么这么温善? 您痴想让冯天瑜、年广九等再感受三九的暖阳和彩霞么?

我到校园取快递,这个快递寄出又寄回,中间的变故不说了。我沐浴在阳光中,往桂林公园去寻蜡梅。公园门卫在门口恭候,他不查不问,站在石狮边。不让他显得滑稽,我干脆滑稽起来。我格门口的两只威武庞大的石狮,她们分别是用一块完整的石头凿成的还是有所拼接的呢? 我左转又转,也看不出个所以然,门卫给我解围:是整石,但时间久了,有些风化。石头也经不起不到百年的风水侵蚀,况生民乎? 这不是门卫的解围语,是我格石狮的感悟。

桂林公园的石头,以太湖石居多,公园造型丰富多样,大半归功于太湖石的鬼斧神工。太湖石是鬼神,她所到之处,足显诡异奇妙,尤其悚人之处是,太湖石间隙处没有生命出现! 这石头不能存储和输送水分,不让植物贴着她共生共荣。蜡梅含苞的,初放的,自然美丽动人,悠悠的清香沁人心脾,不奔放,不土豪,她是雅致的仕女,连戏蝶也不敢贸然靠近她。低矮处，红艳艳的是茶花，她在红梅翘首企盼心上人儿飘舞而来前，大红大红地出场，千呼万唤年味的到来，人们于是开始挂红灯笼，剪窗花，备红包，红红火火地忙年了。茶花怕人们笑她村姑样，红花绿叶间不时窜出其他颜色的花朵。

九十一岁的老先生照样又聪又明，笑着与人自如交流，听边上歌者陶醉的乐声。歌者说，他唱坏了三个麦，每个五千多元。他这歌喉，不坏麦，必坏听者。老先生接纳了他的乐声，长寿者的长寿是有充分理由的。我包里藏了一本书，想在蜡梅的花色下潜心展阅，但石板不可久坐，我只好冲蜡梅示个歉意，往康健园而行，康健园提供开水，喝茶看书岂不妙哉！

康健园人头攒动，朋友圈多，因为儿童乐园开放了，小火车小飞轮活跃开来。一个小男孩冲进草丛中，对小火车上的伙伴说："我终于看到你坐上火车去旅行了！"他们异常兴奋，喜形于色。一位老人从草丛上跨过来，大声说："是垂丝榆。"湖边树下有个牌子，他看清了，神抖抖地向小推车上的小孩说。小孩仰着头，向远方做诗："那个白云走得快。"蓝天在看白云飞奔，白云在蓝天的怀抱里撒欢。接着，高挑的年轻妈妈走过来，她对骑着童车的男孩说："比喻和拟人是这样的。她就像个娇艳的姑娘，冲着我笑。"公园里，寓教于乐的情景教学不少呢。

我在湿地吃小京花生喝茶，看鸟儿们飞来飞去。两个小姑娘银铃般地笑过来，惊飞了浅水中嬉戏的一只白鹭。一对男女在倾心谈朋友，忘记了边上的坐者和行人。湿地边有株桃树，在阳光中舒展出虬枝。

我不免多看了她许久，她开红花，间开白花，煞是美丽，她永远是春天惊艳的一瞥，但由于众所周知的原因，去年她错过了领受人们的称誉,她错过了治愈人们压抑的机会。

湖边,有大块的梅林,红梅尚在等待远方的情书,蜡梅正情窦初开,我摘下蜡梅上的残果,把它和嫩黄的花合影。

格桂林公园窗玻璃

在桂林公园，是可以尽情白相的。这个秋老虎的日子里，我们一起去桂林公园白相窗玻璃吧。

格桂林公园窗玻璃，必须从漕河泾港边上的南门（门向实为东南）进，从北门观瞻必然索然无味。南门巍然肃穆，古香古朴，白墙墨瓦，对狮把门，上有名家题额，这还不是最胜处。白墙上对称有两大圆窗、两小扇窗，造型独特，关键的是它们里面嵌的是彩色玻璃。不要小瞧这些彩色玻璃，您在上海滩上见到过这样的彩玻璃吗？这种民国时期的彩玻璃，如今很是罕见的。我曾在新场南大街著名盐商宅院里看见过，用财气十足来形容盐商老宅的彩色玻璃不为过。但是，桂林公园门口彩玻璃则以细致为美。在窗棂中，不同颜色的彩玻璃结实组合着，多样精巧。在白墙墨瓦中，有了彩玻璃灵动闪现，桂林公园让人第一眼就从江南园林中惊喜跳跃而出。这样的韵味，在悠然走过曲曲折折的甬道抵达甬道尽头时，在左边，您会发现古香古朴的西门，沉重的木门、多重的镂花，都是值得称美的，当然，您这时会被如同南门这样的对称彩色窗玻璃所叹服，仿佛在领略着《诗经》中的重章叠唱之美。

西园的点睛之笔是宫殿式建筑的四教厅。环视四教厅一周，四周玻璃门七十二扇，落地玻璃长窗十六扇，窗玻璃呈现一体化趋势：在木制窗棂中，全然配上白色图案的玻璃。图案左边为木雕底上安放有"囍"字的古瓷瓶，花瓶上插着月季花，寓意为四季有喜。图案右边为精致小巧的木提盒，其侧面各有"福""孝"等吉字，其旁摆放了满盘寿桃与食品。从四教厅往外看，图案如同立体剪纸。如此密集窗户中，有了这些白色图案，使得整个四教厅呈现出轩敞俊朗的特点。

四教厅东有水池，池北有个三面环水、两层重檐的石造般若舫。石舫四周安置了窗户，可以外开，清风徐来，赏心悦目；闭上窗户，则自成居室，任凭窗外风声雨声此起彼伏。石舫采用的是碎花玻璃，外人无法窥视到里面的情景，石舫里可以采光，如此增加了石舫的实用和观赏价值。我从来没有见到过石舫里有人，每次看到碎花玻璃总觉得石舫特别神秘。

四教厅西也有个水池，建了座两层楼的湖心亭，题额为"颐亭"。当年，楼下为会客厅，二楼为卧室。据说，会客厅六扇落地长窗安装的是彩色玻璃，如今颇见寒碜，用的是普通的透明玻璃。坊间传说，当年一寸玻璃一寸金，颐亭气派非同凡响，这里自然不用赘言了。

西园鸳鸯楼是重建的，东园飞香厅是后建的，用的都是压花玻璃。桂花飘香的时候，鸳鸯楼的工作人员会出售桂花糕点之类，很精美诱人，应该可口怡人，我目食过。飞香厅是一个茶寮，虽然它面对满池绿莲，但它的茶客比较起挂着茶文化中心的四教厅，差别还是巨大的。至于西园中的观音阁、醉月亭，我看到的是常见玻璃。观音阁玻璃从里面贴上了磨砂膜，还挂着一张"公园古建筑修缮中"的告示，其风韵是全然没有了。醉月亭的窗户外围为八角形,两扇窗户对开,每扇的窗棂形成变形的"王"字,园丁在里倒也自得其乐。

今天,专门格致桂林公园窗玻璃,其他不予理睬。参观后,虽然不用提交游记,但还是要留下一份作业:查找颐亭和鸳鸯楼及观音阁窗玻璃的老图片。

哪儿有桃花

　　在桂林路 64 号对面桥头，石教授饿着面试我："哪儿有桃花?"饿夫都思慕着春游，诗人能不忆江南?

　　脑雾是必然的。我说，康健园湿地边缘有一株桃树，红色中夹杂白色，煞是惊艳。石教授复问："就一株，如何结桃?"只问过程不问结果，即使有桃我也怕摘，我从没关注桃果压满它的枝杈。桃李不言，下自成蹊，大家都在桃李下面走来走去，窃果之心路人都是，却个个装着欣赏一幅画。人总是虚伪得要命的吃货。"附近可有多些桃树的地方?"石教授不格法学竟对桃花如此感兴趣，我只好说去新场桃园了。边上的梅花退场，石教授丝毫不知梅花早已来过，他的自白必羞愧苦争春的红梅。

　　校园里，不觅不知道，花儿们正潜滋暗长。南门一带，迎春花鬼鬼祟祟地在丛中探头探脑，一会儿随风往上澳塘港倾看吹皱一河的春水，一会儿随车风往校园里倾听行人相见时依依语。门卫看得紧，没有一朵迎春花私闯进校园。几朵迎春花涨大面孔，快贴近门卫的面孔，不过，迎春花再论理求情也没用。

进南门右边，有个绿化场地，往昔这儿花草喧闹，如今还有遗珍，我在它的周边发现了不少春天繁华景致，如桃红的皱皮木瓜，如连翘的金钟花，如满天星的珍珠绣线菊，当然还有山茶花和杂种杜鹃。山茶花单调泛红，杂种杜鹃则红白相生。人们贪看白玉兰、李花、海棠花、樱花、紫荆的时候，忘了这老绿化园地风韵犹在。

　　盛情的中环绿廊夜来邀我和老堂客春游。白天里，无数骚客礼赞过这儿的郁金香和樱花，我则独赞紫玉兰一株、连翘一株，它们都在采样亭遗物对面的坡上。紫玉兰就是王摩诘庄园坞里的辛夷。连翘就是稼轩想念新妻从春想到夏的那个春物。

　　迎面吹来温润的春风，我脑中突然链接到中环绿廊桂江支路北端西坡有片长桃子的桃林，以及康健园大草坪东首湖边有若干株桃树。

格　花

　　出门俱是看花人。昨日余大师将了我一军：哪个是雄花哪个是雌花？为此，我得继续开展田野调查。

　　午饭后，我刚出文苑楼，保安问我是不是出去拍花。莫负春色好时光，我与春光同行。文苑楼前面的银杏树，我在二年前已经多角度格过它们的雄雌。保安指着这些银杏树：这是雄的，开始发芽了，那是雌的，还没有动静。银杏与人不一样，人类是从母系氏族社会开始的，女孩子懂事总早些，而雄银杏先出来探路，发现没有倒春寒，就体贴地唤雌银杏闪亮登场。在文苑楼当保安，颇不容易，也得多识草木虫鱼。

　　我赴桂林公园对春花雄雌进行专题田野调查，没想到，桂林公园里花很多，但偏偏没有樱花。甬道到底，右门两侧是紫罗兰，紫罗兰热情地迎候着游人们。三色堇正对东园，营造出花团锦簇的样子。南边是市花白玉兰，白玉兰缀满树上，妆扮地面，呈现一片圣洁的景象。垂丝海棠粉粉白白，在草坪小亭溪边探望游人。沿着竹径，来到东园中部，雪花彩灯红红火火闪耀，李花、垂丝海棠、花叶蔓长春花高高低低娇羞地四处张望着。诸葛菜、红花檵木、迎春花、金钟花，围着东园后部水池周边群舞,把水池镶嵌上一道五彩秀丽的边。

人们往往只看重东园的荷花、桂花和梅花,没有太关注东园春色堪回首。正园的景致也迷人。靠近东园西墙,正园里有粉红的花儿正在招引着蜜蜂裹着花粉翻飞。不是桃花,不是海棠,不是李花,不是樱花,这花却似乎都有它们的倩影。我被这花深深地吸引了,它的珍贵和美丽独占正园春色,正园里的山茶花、三色木瓜花、李花、垂丝海棠、花叶蔓长春花、诸葛菜、红花檵木、迎春花、金钟花等等都无法赛过它。它就是榆叶梅!梅花迎春来,如今已归去,但榆叶梅竟然枝叶茂密、花繁色艳,还傲然立在枝头。就在正园入口石公石婆边上,也有榆叶梅欢快地怒放。这么有品位的花儿,我来格一格它的雄雌。花盘正中,一根花柱比它周边所有献媚的花丝要长,正中由花柱和柱头组成的是雌花,边上由花丝和花药组成的是雄花。有许多花像榆叶梅的花一样,如李花、海棠花、桃花、樱花、杏花、蔷薇、百合、郁金香、月季等植物,都是两性花。

一番田野调查下来,我得知,两性花鲜艳,春风吹一吹,它就完成自身花粉授粉,蜜蜂在两性花中穿行,原来它是好色的吃货!银杏本身分雄雌,银杏开的是单性花,需要外界来帮忙授粉,此时蜜蜂是辛勤的劳动者。

今天,让阿拉来将看客一军:乡野中美丽动人的油菜花,会是两性花吗?养蜂人该出现在单性花还是两性花的花丛边呢?

骗　术

　　眼前这朵妖媚的红花是什么？玫瑰。恭喜你答错了。是月季。人总爱被自己的盲目自信而受骗。

　　前天中午，我从桂林公园回来，在桥上看到一只鸟躲藏在夹竹桃中，时而跳跃。我看它到底想玩什么把戏。中午也不休息，如果不是为食物就是为爱情，只有一只鸟存在，所以它当为口中食而奔忙。我因得赴会，没有耗些时间深度田野调查，观望它多长时间在哪儿抓了一条鱼。我往回走时，边走边想，鸟在中午的时候守候在夹竹桃，应该说其时空选择必有原因。生态学告诉我们，钓鱼者如此也选择该时空垂钓，收获将满满。我去年曾见钦州南路中环附近河边桥畔有水鸟假寐，边上垂钓者收获不错。今晚前些时间，我见朋友圈有人发桂林公园前的漕河泾港垂钓收成好，看来我的判断还是不错的。大自然中，人嘲笑鸟时用"笨鸟"一词，或许，大众当是标准的傻瓜。

　　上午在微信群我看到硬桃的时候，嘴巴和牙齿一起蠕动。小时候我家有很多桃树，贫下中农家唯一值得骄傲的是桃子随便吃。中午我必然田野调查脆桃，走过一店又一店，不是油桃便是水蜜桃。这时节,这两种桃子色香味都不好讨好,但价格不见得低廉。硬桃吃起来,自带声响,脆甜脆甜的。可能太寻常,卖不出好价,商人们便不青睐硬桃。水蜜桃的广告总是很好。这不正同酒水吗?货真价实的酒水进不了货架,广告酒充斥眼帘。我们的钞票和虚荣心总被富有心计的商人们巧取豪夺而去,而美酒反而在民间沉沦。

听说时下有两种乱象。一者说两杠的多。桃子熟了的时候,将进入六月,也将进而阴历五月,阴历五月俗称恶月,瘟疫当流行,两杠逐渐多起来,这很正常,无需专家们饶舌。有的人很崇拜专家。民间智慧很早就知晓恶月,端午的出现乃应时而生。一者说 AI 诈骗的多。我早安装了反诈骗软件,我当然不怕,更主要的是,除了喊我吃茶喝酒我会欣慰应答,其他我一概不会有所反应,没钱的人胆子小也是一种美好的防骗术。

天把雨水送进了周末,度周末最好的方式是躺平,其他都枉然。听雨水唱着五音不全的破歌吧,少到外面穷折腾。

樱花大道

（一）

2020年5月1日，康健街道居民喊您来樱花大道畅游游。到2020年五期建成后，整个中环樱花大道将成为上海中心城区最集中、面积最大的开放式绿地公园，是居民休闲娱乐的又一个好去处。

中环樱花大道一期位于沿桂江路西侧的平阳路与江安路之间。我们的游览从此开始。

平阳路从闵行区一直东来，邂逅桂江路后，换名百花街，然后曲曲折折，在康健街道曼妙生姿。平阳路北沿中端有一个进口，外来车辆由此进入，左转为绿荫停车场，19个车位静待有车一族，车辆出口在停车场靠平阳路处；进口右边有用绳网圈围住的2片篮球场，午后这里人声鼎沸，水泥地上随处是运动员们肆意挥洒的青春汗水。顺着进口朝里，是回环往复的健身步道。簇拥着步道的是香樟、银杏、玉兰、枫香、桂花等乔木，而以樱花和银杏为主。樱花以福建山樱花、河津樱、大渔樱等早樱品种为主，辅以染井吉野樱、日本晚樱等中晚期樱花。眼下，樱花已收藏在周边居民的眼中、手机里，游客们好好享受一下樱花树翠绿的叶和难觅的果吧。

矗立在绿地中央的是高压塔，它们巍峨挺立，俯视着南起梅陇路、北至漕宝路、东临桂江路规划桂果路、西接中环线的全长3.28公里的中环樱花大道。高压塔底部凹处黄沙漫漫寸草不生，蔷薇和月季随意地点缀着塔的边延，使伟岸的高塔活色生香，相形之下，光秃秃的高架和高楼逊色不已。

贴着高架的步道离铁网格围墙最近处约一米，其间密载了较为高大的树木。继续往前走，有一座新桥跨过河面，但是桥面被阻隔不通，所以无法直接前往对面的绿化带，游客只好右行。呈现在眼前的是一个偌大的弧形花坛。大片大片盛放的杜鹃花出现在大弧形的花坛外圈，东部花坛外圈则为弧形空廊，廊顶上紫藤缠绕；中间圆形花坛上杜鹃花姹紫嫣红。花坛内外，于斯为盛，有妇人焉，音乐声起，大妈欢舞。2016年2月15日，“上海发布”称原来全是违法经营、层层转租的这块地方拆除后将全部作为绿化带，大妈们听到这个嘉讯时就开始喜不自胜舞之蹈之。花坛之外，就是南北方向的桂江路了。

往左北向是桂江路桥，从闵行区流出的张家港塘潺湲经过此桥。曾经违建连片的河道边被大片二月兰所取代，河道两侧有隔离栏。一期北区靠桂江路没有围墙，如同南区，绿地空隙处就是所谓的进口。桂江路西边有一条深长的杜鹃花带，杜鹃花正争抢着开放，盛情欢迎夏天，毕竟立夏将临而杜鹃花就快谢幕了。对面有个豁口，也就是绿地近中环地面那里，有个进出口，门口左右有嶙峋的太湖石，两边为铁网格围墙，稍北的地方则是遗留下来的砖墙，一直延伸到浦北路。绿地用三条杜鹃花带妆扮着自身，红扑扑的，煞是轻盈可爱。步道离围墙最近处也约一米，而东部绿化带宽度较大。健身步道分流汇合,在浦北路南沿中端收束,而这里原来正是一家大型花鸟市场的门口。

桂江路浦北路交叉口,是个热闹的地方。外面是突兀的高压塔,西边是高耸的香樟。拾级而上,有折形的绿廊,紫藤攀附在廊顶,光线从藤蔓间渗漏下来。偶有人坐在廊下,似想非想,似听非听,似看非看,似饮非饮。倘若到了晚上,这里举办舞林大会,舞者济济,乐曲连绵不断。平时,这个三角地带总是人来人往,因为旁边有个 Toilet,里面极度整洁,还播放着悦耳的乐曲。Toilet 的三面竖立了铁网格,蔷薇缘此上伸,五月份正是蔷薇为悦己者容的大好时光,北区的蔷薇在此大放光彩。

2016 年 10 月 6 日,"上海发布"称徐汇樱花大道桂江路绿地一期(平阳路至江安路段)率先华丽变身,成为开放式绿地。其绿地长 343 米,面积为 4.7741 公顷,张家塘港贯穿其中。人行道 0.3038 公顷;种植乔木、大灌木 1420 株(其中常绿 558 株、落叶 862 株、樱花 330 株);樱花道长度 1450 米(其中路宽 3.6 米的 500 米,路宽 2.5 米的是 900 米),健身步道 1 公里。绿地格局为西高东低、西密东疏,在西侧城市快速路一侧避开高压线,以高大乔木和灌木相结合,组成高郁闭度的植物群落,起到生态防护作用;东侧靠近居住小区部分以开敞、开放形式。建成以来,樱花几度盛放,树木已经郁郁葱葱,在此漫步、健身、赏景,我说挺适合于您呢!

(二)

2016 年底,中环樱花大道三期(江安路至桂江支路段)完成拆迁。2018 年 5 月 20 日,"上海发布"称三期即将于近期竣工并验收开放。同年 10 月 19 日，"上海徐汇"称三期已正式对外开放。与一期、二期相比，三期建成开放历时最长。用数字说明原因吧，三期绿地面积为 7.5995 公顷，其中人行道 0.4368 公顷；种植樱花 700 多棵，樱花道长度 1200 米。

一到晚上，徐汇区康健街道的居民和闵行区古美街道的居民不约而同在三期绿地相会，健步走出健康美丽好生活。江安路、桂江支路各有 2 个进口；江安路、桂江支路的东入口和桂江路浦北路口，进出的是康健居民；江安路、桂江支路的西入口和中环路地面小入口（在西围墙留出一个开口），进出的是古美居民。不过，如是白天，古美居民甚习惯走沿桂江路一侧的东入口。2019 年 11 月 23 日，"上海徐汇"称桂江路西侧路段是当年徐汇区新增的一条落叶不扫景观道：春有樱花大道，居民在樱花中游；秋有落叶不扫，居民踩叶子散步。

五一期间，游客到此，走哪个入口是有些讲究的。这里，推荐从桂江支路进入。古美居民从天桥东游，目力所及，可见沿中环路西围墙铁网格已经成为悠长的蔷薇锦带，蔷薇花从桂江支路一直往江安路撒欢；经过中环路高架、地面的驾驶员们岂不为之动容吗？绿地近桂江支路有个小型停车场，可以解除驾车一族的后顾之忧。

快些从桂江支路南端西入口进入吧。请留意西走道两旁的树木，有杉树、棕榈、玉兰、银杏、枫香，走慢点，开着红色花朵的 3 株树木，左边坡上 2 株，右边坡上 1 株，地上落英缤纷，您看到了吗？走过去，拍照吧，整个樱花大道还有 3 株晚樱痴情地盼君来！绿地一二三期，共种了近一千多株樱花，唯有这 3 株晚樱情深意浓，虽因凝神久候而略显疲惫之态，但是它们不负与君！

三期原先是一处大型市场,拆违结束后,运来了十几万立方的新土,这就使得三期不同于之前的一期、二期,在西半构成忽高忽低的缓坡,免除长条绿地平铺划一而带来的简单乏味。西步道一路蜿蜒迤逦,两旁缓坡中部不时出现一大片低矮植物,使缓坡上高大树木、低矮植物、浅草有了层次感,并形成一定的隔离。缓坡边沿绿草成茵,天气好的时候,到处是帐篷,大人们任随小孩子们在草地上打滚。

　　西半部地势稍高,容易看清整个桂江路高压绿化带上空四排高压线横过狭长的绿地。东边第二排高压线正好位于东半平坦和西半起伏之界;约在南北方向的中间位置上,4个高压塔冲天而起,然后往四期方向继续前行。

　　分支步道3次从左边闯过缓坡并入西步道。西步道左缓坡高时则右缓坡低,右缓坡高时则左缓坡低。右缓坡逐渐被逼窄,这时围墙上成百上千的花朵映入眼帘,甜津津的香味一齐袭来,沁人心脾。西步道接着慢慢地往左荡去,后来,纵贯南北的西步道与东来步道相会,在三角地围成一个景致小品。此时,倘若坐在高低错落的石块上临时休憩或者取个景,也是不赖的。西步道继续曲折南行,两旁缓坡逐渐抬高,右缓坡增宽且树木密集。西步道与从左边斜插过来的步道交汇后,径直前向江安路进出口。

　　三期靠近江安路桂江路口的地方,用竖木板围成了一块高地,高地里面有2颗杉树。顺着它的两边,东步道、中步道并行向北。三月底到四月初,樱花进入赏花期,游者在这两条步道之间攒动。东步道绿化带外是笔直的人行道,人行道靠近桂江路的绿化带里是清一色的杜鹃花,五一期间杜鹃花正在吐露芬芳。人行道与东步道之间、东步道与中步道之间、中步道之西全是樱花树的领地。樱花盛放的时节，人们尽情感受浪漫的樱花雨，男男女女、老老少少乐此不疲，日复一日。越往前，人行道与东步道之间还有绿化带，樱花盛开之时，绿化带里的郁金香、油菜花热闹非凡，汇成上下涌动的花海，浓郁的色彩构成一幅美好的画卷。当前，这些绿化带已经平整过，嫩芽冒出了头，似乎召唤着人们莫忘来此寻觅难忘的夏天。而在东步道与中步道之间的绿化带中，杜鹃花还在怒放。

桂江路浦北路丁字路口之西，有一个 Toilet，它是三期唯一的房屋。它的三边外围用铁网格围住，蔷薇花爬上了铁网格。不到 Toilet 的时候，从人行道上往内分叉出一条步道，东步道跟着往内折行。过了 Toilet，有绿廊两架，一者从东步道斜着连接外步道，一者靠着东步道笔直朝北，两架绿廊没有缝合在一起，廊柱右边都有红白相间的杜鹃花。外步道的绿化带也平整过，种子开始发芽。经过一个豁口，外步道的绿化带突然抬高了位置，里面种植上高大的香樟。中步道外折与东步道汇合，与外步道一左一右前往桂江支路进出口。一左一右出口处之间是用竖木板围成的一块高地，高地里面有 3 颗杉树，高地右边、前面分散植上 6 棵樱桃树。

在景观设计中，三期绿地引进了海绵城市的概念，雨水能够环保再利用，完好处理了绿地浇灌的日常工作。西半部的缓坡显示出流线的美，不仅在其外形变幻多姿，还在于它的景致错落有致和四季常新。绿地以樱花为主，花期有时，而辅以香樟、杉树等，终年常绿，这些恰到好处地协调了变与常的关系。

湖心岛

　　雨水初润湖心岛，那是昨晚的事。今儿中午从食堂拎盒菜经过湖心岛时，我突然想起久未走过这地方，下午便先往这转悠一下。

　　学校是花园式单位，江南园林没有山水相济，必将空自许。上海师范大学徐汇校区东西校园均有小湖假山造景，便有江南诗意。学思湖之西有湖心岛，它由东之成蹊桥和西之学思桥牵连，其周遭假石驳岸，湖岸南端由假山堆砌而成。岛中有水泥曲径，草坪一大块，其命名为行知园，乃皖人张劲夫于1986年所题写的。行知园之北，汉白玉石像为陶行知坐像，底座正面镌"人民教育家陶行知"几字。先生戴副眼镜，右手下部执卷，从卷帙版式而视，当为新式印本，非线装图书。先生凝神远眺，其后左侧则有一树红梅正含笑相伴。

　　陶行知坐像之东北近湖畔处，一座仿古六边亭翼然耸立，其内沿顶檐处题额"桃李亭"墨字，为从左到右的新式横排的写法。上台阶两阶，即入亭内。两楹有墨迹，上联隐隐约约，难全辨清，下联倒完整，我琢磨反复，以为楹联为"道之以德齐之以礼，尊其所闻行其所知"。下两阶即近湖边，回望桃李亭，则见两柱亦有墨联,上联大体完整,下联墨迹黯淡略有痕迹,我揣测再三,以为是"天清小城捣练急,石古细路行人稀"。桃李亭两楹联内容大于形式,对联甚好但书写不够书法艺术之美。师范院校,向以书写为尚,有待能人挥墨成就。

我印象中,我们毕业时,皖人同学力邀梅子涵先生在行知园合影。算过来,时间一晃近 24 年了。

起　　舞

在环湖东路,饭后我们一群人没有看见翩翩起舞者。湖之南,人头攒动。第三教学楼里,姑娘们各自刷着手机。广告说,"学思泉渊"12时在"环湖西路—学思桥"演出。观众在,演员在哪?

紫藤花在湖边等候,蔷薇花在墙角等候。世间总有痴情者,蔷薇为了观赏在学思湖一带的演出,竟然这么早就光临人间。从小桥上过来一个女生,我问她演出在哪?天下就有奇怪事,人们不相信自己的眼睛,但又不甘心。女生用手指指西北角,说在那。我屏气一听,似乎真有音乐声袅袅传来。在文苑楼大草坪,无人机盘旋飞翔。看看景象,正是上次节目"上序书声"最后一个场景,当时我被人墙挡住没有看到实况,今天得补课。桑哥端着相机在喊我,我说:"桑哥,这儿在重播呢。"桑哥移步换机,当然没拍观众,例如没拍看不懂艺术却喜欢凑热闹的俗民。8个演员边舞边用身体做抽象画,他们的舞服和头脚上都是油彩。他们玩得差不多的时候,音乐不奏了,他们赤脚站立在石路上,玩木头人不许动。他们不动,我动,就近用手机拍一拍。他们要是小时候也这么涂抹,回家肯定要挨揍的。"盼望着长大的童年",原来有道理,长大了玩小孩子的把戏,这叫艺术。

重播完了,新节目"学思泉渊"开播。"桂鱼"表演在我前面问女生经过的桥上。几个女孩穿着与人体肤色高度相似的衣服,远看似未着上云想的衣裳。我远远地眺望。她们在桥上撑着花伞,艺术地走过每个台阶,走下去又走上来,把台阶走遍。桂鱼这么走着,如果累了倒可以坐在石栏上歇会,再照一下湖面,我默想出一个馊主意。人群往桥边涌去,不是因为桂鱼入水游弋,而是湖边驳岸飞来一只轻盈的鹭鸶。一个小姑娘以羽为冠,身着羽衣,在驳岸上时而静思,时而纵跃,细长的腿在石径上一探一点,鹭鸶肯定有一个"天鹅湖"朋友圈,今天她代天鹅路演一次。有个摄影者在湖边从各个角度拍"鹭影",就他最活跃。湖中鱼虾也不组团出水观瞻,桂鱼和鹭影一定很惊艳,令湖鱼沉渊而自惭形秽。

桂鱼桥舞罢,鹭影岸舞过,接下来姝丽结伴从三教来到湖边林间。"桂鱼鹭影映清荷"在湖边林地展演。两两三三的姑娘一出现,立即映照出动人的湖光林色。她们每人都有一把会抖动的花扇子。午时温度是高,但她们一直不用扇子唤风凉快,却让扇子流动出异彩多端的轨迹。她们舞得很优美,但她们在众目睽睽之下似乎有些娇羞,还把扇子遮住大半个面庞。树上一只鸟儿都没有,更不用说有落雁遗憾自卑技不如人貌不如人。

"学思泉渊"公演,让学思湖风光出镜。学思湖浸润在微歌舞的余韵的时候,湖中的学思岛也按捺不住蹦蹦乱跳的心,观众则被学思岛感染了,从环湖东路和环湖西路伸着脑袋往湖心岛探望。看一补一,看一还送一!我来到环湖西路,欣赏加演节目"行知弦歌"。高挑的学思桥上有不少演员,他们是已经演出过的演员,演员在看学思岛上的演出,我在看桥上的演员看学思岛上的演出。起初一个男生在陶行知坐像前捧着书看,后来一个男生和一个持小提琴的女生追举起来了,再后来一群五彩男女从亭子里跑出来又是举手又是拍手好像很欢快的样子。整个舞剧剧情,我看蛮像演绎着"关雎"的情节。后来,我看宣传广告上说,她们各自的学名分别是"笃行""弦歌""笃行弦歌颂韶华"。

他日,沉浸式实景微舞剧专场"校园之约"还有一场演出,我想又值得去看。外行看热闹,图个乐,岂不美好吗?

书院镇的石雕

凡事太认真,就没有故事可说。田野调查的时候,如果像演戏一样,必然索然无味。

到书院镇调研石雕王大师,这是事先联系好了。看到书院田野早秀的甜芦粟的时候,我的口水咽了一口。水蜜桃和8424西瓜在何处呢?我用眼神打量大地,大地交了我一张空白卷。王大师的子女热情地接待了我们。我们先看工作间。工作间有原石加工痕迹,竟然还有木材。一打听,王大师原做木雕,后来改作石雕。我们立即去看家庭木制品,红木的桌椅自然讲究雕刻,就连三个高大碗柜上也精雕细刻。一个碗柜在厨房间,厨房内正散着浓香的猪油味。土灶没灶花,我说怎么没见风箱,大家说原先有,但不知弄哪儿去了,如今已换作了鼓风机。

作品间有三百多件作品,粗看下来,分成五六大类主题,渗透着当地浓厚的海洋文化,如贝壳雕刻细致入微。柜上墙头一圈挂着书画赠作,苏局仙、杜宣等的墨宝都有,正中是"神石"二字，龙华寺方丈明旸题，不具送达者姓名，落款没署时间。据说，王大师认识龙华寺一和尚，和尚去求明旸法师，说石雕王大师想求一字。法师进内，很快取出"神石"二字赠给王大师。当时二人听法师讲了一件奇事。一年前，有人说有位石雕大师求字，写好后法师忘了索取者是谁，上款没法写明受赠者姓名，下款便不好落时间。这次，正好有人来取，便立即赠予。王大师说他以前没向法师索取过字。我们一行，听得神了。王大师的石雕作品如此被开光为"神石"，我是听得感动了。

我们去新场镇调研王大师前，在书院镇王大师家，我们被邀请吃了一顿土灶菜饭。有的人看见过灶里烧的啥，便觉得吃一碗是个好主意，我怕影响主人家用餐，见铁锅里饭不少，而且实在诱人，就不矫情，取了只碗让主人添大半碗饭。我们一行中矫情的人也归依俗性，愉快地捧着饭碗。我突然想起锅中的饭，便厚着脸皮问："能吃口锅巴吗？"主人大方地铲了一块，弄得我害涩不已，也有个别人学样。油汪汪、黄灿灿的锅巴，当地人叫饭粢，真叫人放不下碗，我把饭碗舔刮得干干净净。

饭碗舔干净了，见碗底有"金根"二字，字笨拙。一问碗底，王大师夫人不好意思，承认是她刻的。她女儿说，她母亲不认识字，但偶尔刻下字后，再多长时间，这些字她母亲还认得。我突然请教王大师夫人一个问题：您比王大师是否大些，或许大三岁？王太太说她90岁了，比王大师大三岁。大家惊讶我们的问答。我解释说，王太太会做木雕，能力这么强，是家里进账重要的一员，父母舍不得嫁。在上海郊区和当时苏南，女嫁得晚，所以女比男大三岁很正常，多数女的在家织布，娘家怎么舍得嫁呢？当然，女儿出嫁时娘家的嫁妆也较厚，所以上海郊区和苏南出嫁女在婆家地位也高。长期下来，这也造成如今上海女的又能吃苦又能嗲的现象。

车子在田野里蛇行，大棚里是西瓜，属二茬瓜，我们放了西瓜一条生路，没有把瓜纳于后备厢中。水蜜桃还不属于出嫁阶段，听说下周它们就可以光彩宜人嫁出，目前处于定婚阶段。

新场的故事也没按我们预想的发生。不过，今晚夜已深，我不陪您再聊，让您干着急。

新场镇的石雕人

在书院镇王大师府上吃土灶菜饭,有个特别的地方,即他家的筷子成对地竖插在墙排孔中。厨房在东厢,是老房舍,瓦片盖在长木板上,烟囱从后坡伸出。

见到王大师时已经 12 点多了,我们在新场古镇石笋街店堂里。石雕铺子开在石笋街,得其所哉!王大师高高大大,戴着眼镜。打过招呼,我邀请王大师和他的第 31 个徒弟移步昂刺鱼饭铺用餐。王大师摆摆手,说饭已经好了,昂刺鱼不怎么样,于是,我们一行五人就聆听王大师从雕与刻开始叙起,把吃中饭的要事搁一搁,大家暗喜前面幸得在大师家里吃了土灶菜饭。电风扇被热浪逼得呼呼直喘气,王大师精神十足。有人在外面溜的时候买不到瓶装水,王大师一下抱出 5 瓶水,我趁机往随身带的热水壶中注了热水,喝下热茶,真个爽快。铺子里有一百余件作品,还有两把纸折扇,红红点点,画了不少红梅,有大师的题署。我不敢随便摇摆它。当我问这折扇可否出卖,第 31 个徒弟也不好做主。王大师正在展示他不看石材能在石材上刻写自如,他雕刻时不用转动石材,左右上下横竖正侧都没问题。

王大师对传承很有感触,从他学徒娶师傅的女儿开始讲起,到他石雕从业经历,再说到他这些年收天南海北的徒弟,想学徒,他得考试,"你们站起来,我要考考你们!"我和学生同时顺从地肃立听令,旁边坐着的瓷刻张大师打量着我们,曾二孔老师向我们瞅着。王大师把硬纸折成弓形,放在玻璃柜台上,用劲一吹,弓纸往前跑,"不许用外力,吹这纸,让纸往自己怀里跑。"我不会,学生也不会,边上没人应答,除了电风扇胆子大发出声响。王大师说,不用外力,可以用手势,脑筋急转弯。他把双手臂在弓纸前围成圈,用劲吹一口气,弓纸碰到手臂返扑到怀里。所有的人大失所望,像泄了气的皮球。"收徒弟,我会出五道题,第二题!"王大师继续考。他随便找了一张宣纸,用记号笔画图。"两个人一齐走,前面是路口,路口处有位老人坐在石头上,两人问往哪条路上走能发现甲石,老人没说话,仍然端坐在石头上点了点头。一人明白了,往右边走,对了。"曾二孔老师率尔而言,以右为尊,往右走。王大师表示:右算对,愿收曾二孔为徒。我仍然呆若木鸡,朽石不可雕也。王大师慈悲为怀,解释说,老人在石上点头,"石"上点个头,不就是"右"吗?

　　也许王大师见我调研而来,对石雕还是用心的,突然说最低价给我一个石雕茶壶,我受宠若惊,连忙从支付宝中挤出1500元。然后当场请王大师刻诗镌名,我要求把我的大名也刻上,喝茶人的大名与治壶人的大名并美,当为盛世壮观。我要买折扇,王大师坚决不卖,说这是随缘送的,一共十把,剩下两把,今儿竟然送了我一把。8月31日,王大师得听令关店走人,"你要呼吁!"王大师赠扇时定睛地看着我。王大师也将落难,这如何是好?我欲问苍天,苍天热疯了。

我持着折扇,为张大师驱暑,石笋街上我们急着走,慌着行,中餐补考势在必行。没有一条昂刺鱼能活着游出新场老街,但此时食铺都关门歇息,我们终于在桥头发现了一家开门的面馆。走进去,又惹出有趣的故事。

新场调研后续

新场古镇有"接驾"的传说和遗迹。姚桐城老师第一次到新场古镇,按照其身份,接驾是不够格的,虽然我一向尊重他,加上昂刺鱼没有吃上,于是他忿忿然吟诵"长铗归来兮食无鱼"。他看中了熟食铺里的猪头肉,说用作晚上佐酒恰到好处,却被我硬硬拽离熟食铺。姚桐城老师和猪头肉之间只有一块玻璃隔着,而他和我之间的距离直到在三林塘老八样饭店酒过三巡后才逐渐缩减。

石笋里往南走,桥头有家面铺开着门,我们需要连汤带水的食品,快速地点了三碗馄饨二碗面条。曾二孔老师要在面条上压个荷包蛋,姚桐城老师觉得没有菜吃面很没有面子,叫了一份辣椒肉丝。学生当天生日,这是第二天我才知道的,本来我们当时都应该随喜吃面加上荷包蛋的。一共73元,老板开始算少了,这样算账开面铺的人也是少见。学生和瓷刻张大师在一桌,他们吃好后,赶紧抓进时间调研。吃面的二位临窗而坐,一会捞面,一会夹菜。

我吞下了馄饨后,接了热水喝茶,老板赠送吃面的二位和我一份免费聊天。我们四人就吃呀喝呀吹牛。从饮水机开始谈起，老板爱养生，专门买了一个万余元的饮水机，随便谁进来都可以取水喝，外面闲聊的人随意进来取了热水，招呼也不打就出去继续和别人闲聊去了。面条、馄饨，统统9元一份。老板是退伍军人，白纸黑纸写上：凡军人进店一律免费。当老师的开店，今后我也一律赞成拥护，如家多好！老板讲了他的故事，故事是从去年的疫情开始的，他的母亲在疫情中一去不复返，他从市区来到准备让母亲静心养息的新场古镇上，他喜欢上这里的风和人，还有石板老屋和小河小桥小花小草，于是开了一家面铺玩玩。我问他，如果我进来说，我饿了但没钱，您怎么办？不就是一碗面吗？大不了两碗面。我们立即加了微信，成为了朋友。他的姓有些特殊。他娓娓道来他的家世。他本姓不是这样的。他爷爷在上海滩上名气非同凡响，其中四姨太前些年去世，其名气大得吓坏了姚桐城老师，姚桐城老师张大嘴巴，一根肉丝悬在空中。老板对新场古镇有自己独特的认识，他想赋能，但到目前为止，他的规划还只是在电子文档中，没有人来接驾。新场古镇熙熙，皆为昂刺鱼来；新场古镇攘攘，皆为昂刺鱼往。老板告诉我们，眼下的昂刺鱼蒸一蒸，有啥好吃的？昂刺鱼烹饪技艺需要抢救，我第一个念头就是，当申报非遗项目了吧。我暮然回首瞧一眼面铺，看到店外墙上"免费加面"的消费语。

我更喜欢新场古镇的南大街，因为它冷清落寞，所以它把历史沉寂下来了，给滚滚红尘中的人们一个暂时逃避的空间，但我还是一个俗民，走在热闹的北大街上，毕竟曾二孔老师的私家车停在停车场里，必须要通过北大街才能抵达。没有臭豆腐的古镇，就不是古镇，新场古镇大街上的臭豆腐臭到极致，游人免费闻过来闻过去。在一位老妇面前，我把硬桃和盒装水蜜桃全要了,刷付了 50 元。她的小毛豆很是鲜灵,但我没有办法带走。同行者在出口等我,见我拎着虫啃豁口的桃子,不断数落我。越数落,越集体数落,我越开心。虫啃豁口的桃子,表明桃子没有打过药水,虫子都喜欢吃,这些桃子才是最好吃的仙品,你们看不上眼,我独自享受更加心安理得。

姚桐城老师拎着一包咸鸭蛋,新场的"场"因盐场而名,这儿的鸭蛋用盐腌制过,应该是绝品。他还买了一本旧书。这里有些旧书摊,他来不及一一格过。姚桐城老师恋恋不舍的眼神,留给了新场古镇。

三林镇的瓷刻

　　三林塘调研,地点在文昌阁。瓷刻张大师工作室在文昌阁。文昌君也姓张。张大师每天在阁楼上敲打。姚桐城老师敬佩无比,偏要目证瓷刻是啥回事。他退休尚早,学徒提不上日程。

　　张大师展示新近宏大叙事之作,将褐黄色酱香型瓶底切割刻上字画,又在一个瓷瓶上刻上字画。我趁大家齐说好的时候,抓取瓶子近观,第一感觉妙极了:瓶中贮藏着酱香型,摇一摇,我的心里顿时能漾出幸福之赤沙河水。艺术品如何发挥实用功能? 这是一个艰难的话题。好在我们将一塑料桶崇明老白酒放在后备厢中。

　　龙王电话刚来,人就从楼梯上出现了。三林塘谁都知道龙王陆大杰,同行的人立即向龙王致以敬意。龙王衣服上有汗迹,我连忙持折扇向龙王送上凉风。龙王高兴极了,于是邀请我们去观瞻他的工作室。张大师令我们抱着"8424"向饭店进发,进发的路边有个戏台,戏台上是大龙头,戏台后上下层是龙王的工作室。龙王的照片和奖杯数不胜数。我能从同行者的举止中,深深地感受到:龙的子孙们今天不虚此行!

我们从龙王工作室出来时,两位美女站立在我们面前,我连忙介绍。一位姓施,方人也的"施",后来她介绍自己时说是"西施的施",如今美女一点不低调,我一向矫情,从不会介绍鄙姓是"爱戴的戴"。另一位美女以朝代为姓。浦东新区人人高度自信!正走着,沪谚大师周曙明矜持出现。我另一个学生下午专程过来见周老师,一下子见到众多大师,在浦东新区享受超值增值。

龙王出面,我们占有一个朝南的包间,可以俯看河水。大家建议我占据买单席,但后来朝代偷偷买了单。我带了太湖正宗高山野茶,由毛香姑娘艰苦爬山越岭采得,大家先喝茶等上菜。太湖的乡亲们在梦里都会夸我好样的,因为席中所有人都认为天底下竟然有这么好的茶叶,但很可惜,它没有列入县级非遗名录中。非遗保护任道重远呀!我们形成这个共识。龙王捧出三林崩瓜,我们变作可爱的吃瓜人。中医人何鑫渠老师来了,他拎来一瓶葡萄酒和冰酒,还有三样精致养生食材,还在我座位后放了什么养生品,好像是甘薯和什么干货。开车的喝茶,女孩子喝冰酒,其他人传承非遗喝崇明老白酒。在龙王的加持下,菜品丰富精良。我们在友好愉悦的氛围中把暑气对我们的影响降为零。酒喝干,再斟满,不胜酒力的张大师和陆龙王共说首次喝这么多酒。

三林塘老八样给我们带来无限欢乐,丁惠中老师匆匆从机场奔来,见证这欢乐的场景。不知是哪个没吃上老八样的家伙调拨了时钟,我们最后只好把珍惜和道别同时说出来。丁老师请周老师上车,送上一程。龙王一转身,抱出一大堆三林崩瓜。"8424"没机会吃上,张大师坚决要求我们带走,我把这个吃瓜任务交给两个学生去落实。

姚桐城老师的弟弟来接他。曾二孔老师把我送到美丽坊门口。在开家门前,我把崩瓜等轻轻地放在地上,我听到清脆的响声。进门一看,崩瓜崩了!

青浦的棕编和烙画

坐上地铁 17 号线的时候，我想 17 号线不就是 2 号线的西延伸线吗？原 2 号线向东延伸，还叫 2 号线。2 号线东入浦东新区，西入青浦区。青者东方主色，对应于五行属木。这么说来，2 号线和 17 号线俱为一体。

上午调研的地点在天地健康城，朱家角站下车，转公交坐 3 站即可，但我正巧错过一班，下一班在一个小时后，我只好打车。我第一次用手机打车，一个选项是预付费，我放弃了这个玩法，换预约出租车模式，一看价钱抬升，我果断遗弃这个奢靡风，再回到原来的预付费选项上。雨中，一辆白色小轿车轻盈地停在我的边上，我们对上暗号，就出发了。第一次使用手机打车，多退少补是真的，下车不久就收到多退银两。

棕榈叶编织大师叶老师夫妇热情接待了我，他们似乎觉得灼热的暑气是他们没关照好老天爷一样，给先到的学生和后到的我左递上茶水右递上"8424"。我们好几年没有见面，除了在微信朋友圈中偶尔相遇。在六楼，透过西窗，可以看到佘山上面的西洋建筑，当然这是天气晴好的条件下。我们聊了调研内容，必然也聊了故事。要不是姚桐城老师在楼下友情提醒用膳的时间到了,我们不会下楼,叶老师正在津津有味地向我们描述建设全市非遗博物馆的宏图。地主庄老师轻盈地驾驶着一辆电气化的小轿车出现了。我们一行分坐两辆车,让铁骑在乡野撒欢。曾二孔老师正驾驭着偌大的地铁而来,我们让他把地铁甩在淀山湖大道站,然后弃车而下,进上海申阿婆歇息。

庄老师有特别珍贵的贵宾卡,得到一份饮品,交学生独自享用了。我们做出重要决定:把清香型青花瓷瓶的琼液见底。姚桐城老师的弟弟以及朋友要驾车,警察不让酒驾,所以他们免酒。庄老师的府上就在附近,铁骑随时提取,所以也应该属于留其名的饮者。曾二孔老师前面一天在浦东新区驾车亿分辛苦,这次被安排在最佳座位上,虽然他不免矫情一番,但还是接受了金樽美酒。四人觥筹交错,我们光荣地完成了将酒瓶见底的任务。

我和学生在滴酒不沾的司机加持下,来到胜利路附近烙画大师陆老师的府前。三只小犬兴奋地迎接我们。陆老师听见外面热闹声,就出门请我们进去调研。陆大师接受过高等教育,有不少的独特见解。我们肯定不懂烙画,但我们看了似乎看懂一些烙画;我们听了陆大师的精妙见解,似乎一下子开拓了眼界。跨界和融合是非遗项目守正创新的路径,陆大师分享他成功的经验。

据说,我们下午调研的时候,餐桌上其他人员吹牛不已。淀山湖甚美,他们真是柳下惠,竟然坐怀不乱,没有出门一步,去给淀山湖一个青眼!由于当天的调研对象临时有变,我们本来想在朱家角观看夜象,吃着扎肉喝着啤酒的愿景,只好化为乌有。

奉城镇的木雕

中午,雷划破天,雨刷破云,梅雨举行隆重的告别仪式,2023 年的江南梅雨死不要脸终于滚蛋了。我在 5 号线地铁里听到梅雨掀刮地铁的噪音。

出了 5 号线终点站,雨水微弱。我们去洪庙调研奉城木雕非遗项目,奉贤礼待万分,诚心洗尘,尘土不飞舞,灼浪不肆虐,满目青绿,空气清鲜。奉贤公交站分路边和中道两种。我在路边觅不到公交车信息,但手机显示我的定位结束了,而手机上告知班车到站了,但进站的班车不是南团快线。我连忙请教路人,被告知回走过马路到中道。中道也有公交站,还分不同停靠点,宛若交通枢纽。孔子的弟子言子来过之城,做法别致多样。公交车有卖票员,我报"洪庙",卖票员让我刷交通卡。后来我想讨票根,但怕被别人笑,卖票员不扯票给我,该叫什么员呢?我一直在思考这个变化问题,卖票员没扯过一张票,她用奉贤话报站和问有谁"我测"(下车)。沿途停靠站头真勤快,公交车从南奉骏威(公路)转到川南奉骏威(公路),往大团方向前进。我在洪庙下车,回头一看,公交车真是威武,是辆巨龙车,后面还有一个门。我才明白,前面那么多站没有一位是享受站票待遇。奉贤是好，上巨龙车不用担心被人道德绑架而让位。

奉城木雕传承人住的地方在天苍苍野茫茫的地方。我在乡野大道上走呀走呀，见洪西村标牌，又见乐田 SOHO 村标示，一村两名，乡野复名。学生正从后边走来。我们在 14 点半前到达调研点，路程用时 3 小时。

传承人见到我们时，惊讶了，说走这么多路，说一声我来接你们。一路吹吹乡野之风，闻闻动物积肥的味道，田野调查真不错。专用刀具不少，上刻"兵"字，传承人说这是他雕刻工具的标记。我们参观了原材和加工间以及展品间。徐大师木雕作品倾向于佛道题材。对神仙之类，我不敢多言，怕神仙听得懂我的左县官普中的不敬之辞。我们就提纲调研。木雕非遗项目存续状况不甚理想，出路如何，我们也在尝试思考。

雨完全收了，天也凉快了许多。徐大师带我们在田野河道屋舍小径中行走。河水较清，但鱼虾不及以往多了，河水也不能如以往直接取之家用。水稻纯由机器操作，除草施用除草剂。村民用房改造后租给城里人作民宿，徐大师告诉我，每平方每天按六角计算。道路将硬化改善。村民出行用电驴或者小轿车，农夫不在田，田交给大机器生产收获。有位老人拔山芋藤走上地头，徐大师说，喂兔子用。城里人也吃的粗纤维食材，乡野却拿来喂兔子。玉米棒长出来了，徐大师想摘几个给我，我说还嫩，莫浪费了。

徐大师启动小轿车送我们回，他想送到新场地铁站，耗时40分钟，我说还是乘巨龙车有气势。回程，晚霞绚丽多彩。莫非是我们见神仙木雕，神仙兴奋而作法布景于天穹么？

杨行镇的吹塑版画

地铁一号线，我经常坐，但一下子坐到宝安公路站，我还是第一次。出站时，我请教工作人员往杨行镇如何走，工作人员从"大都会"中导引，我第一次知道"大都会"有这个功能，我安装"大都会"后但几乎不碰它。"大都会"里查地图，需要转到"百度地图"，看来"大都会"开发和使用的价值不大。问路是幌子，我主要是想请教服务人员"为什么叫宝安公路"，正好有人请教更重要的问题，支支吾吾的工作人员就忙别事去了。

我没有听从工作人员的指点，下了楼梯照直走，再左拐，因为我发现很多人从那里过来乘地铁，人多的地方必然买卖早点。我的判断还是靠谱的，不过早点摊不是很多，品种也平常。继续走吧，高楼如同雨后的春笋，一片片展现在眼前身后，有人从桥上迎面走过来，拎着冬瓜和油条。我顺着宝杨路东行，除了高楼大厦和汽车如流外，我就是没有寻觅到早点藏在何处。白花花的太阳沐浴着我，我在杨行饿着走，走着还是饿，终于到了松兰路 826 号调研点对面，时间还早，所以来得及填食。饭店偶尔可见，这边人们早点都在家吃泡饭吗？城市的发达和友善，就在于随时找得到进食的场所和收纳秽物的场所。环卫人员对地方最熟悉，她手指着说"那里就是"，我以为是社区食堂，社区食堂没有早餐，我左右芒之，往回走，觅到一家气派的点心店，肯定有早点。一份生煎，二只烧麦，一碗豆浆。生煎里的肉把生煎撑得毫无缝隙，烧麦开口米粒饱满，豆浆是现磨原浆。16元，我吃得无怨无悔。我电话问学生是否吃过，学生早用过了。在杨行过早，不吃亏，不过需要稍安勿躁。

杨行镇社区文化活动中心的领导接待我们，我们先参观。非遗传承人龚大师也出现了，我们进工作室，里面三位阿姨正在创作吹塑纸版画，领导做的一件作品快成功了。看得出来，龚大师的领导能力和号召能力很强，阿姨们创作很投入，获得感写在脸上。领导一直陪着我们。我们在会议室调研，另一位领导也全程参与调研。龚大师原是文化馆馆长，退休后全身心扑入吹塑纸版画，应该说，从地方文化和群众精神风貌上来说，杨行吹塑纸版画可圈可点甚多。我们动辄喜欢提非遗项目的经济效益和存续状况，龚大师觉得目前大家都乐于玩吹塑纸版画，创作劲头大，精神层面的价值是无法估量的。原领导和现领导的并肩携手，这是非遗传承开展得有声有色的一个法宝。我们一下子欢叙到12点，主人留我们共进工作午餐。黄瓜葱绿新鲜，茭白甜爽可口，一块诱人的大块红烧肉，我让学生食用了，我早点的食量直接影响了我中餐份量。听说，在工作室学习和创作吹塑纸版画的人员可以免费享受工作午餐。这个做法是否值得推广，各地见仁见智吧。

我们骑着小黄车往宝安公路地铁站返回，我突然想起前面请教工作人员的问题，龚大师说"宝山到安亭，所以叫宝安公路"。宝杨路两边的房舍围墙上，喷上的一幅幅艺术品，正是吹塑纸版画！

沪西的海派写实石雕

12日下午长宁区武夷路，13日上午闵行区红卫路和下午普陀区平利路，我们调研的都是海派写实石雕。

位于武夷路上的上海市皮肤医院很有名，陆大师的石雕店铺就在它对面。开家食铺或者鲜花水果店，这是正常人的思维，但陆大师和他父母在自家老房子里经营曲高和寡的石雕。陆大师工作室在嘉定工美。为了接待我们的调研，他从嘉定赶来。每天的生活就是工作，每天的快乐来自于石雕创作。午后为什么不能吃茶或者来杯咖啡吃点点心呢？我看他们一家很有老克勒的派头，而且，趁机休闲放松一下不是更好吗？陆大师没有这个习惯和爱好，但适当走一走，挪动身体，有益于身体健康。石雕艺术，我当然通九窍只有一窍不通，不过在一件将参加近展的作品中，我领略到了海派写实的风格，写实中其实也有超现实。剖开的苦瓜，里面的瓜子和瓤栩栩如生，陆大师说，海派写实重在表现肌理，原石的枯败也能巧妙地传达出实物的生长状态和环境，如虫蚀裂变。赋予每一件作品以灵动的生命，艺术的美与生命的律动是紧密相连的。由于原材料各自不同，所以创作出来的作品很难一致，几乎每件作品都是唯一的艺术品。什么斋、什么店,等等之类,各自标出的价格不会一样,甚至有店铺名气大价格高的销售套路。我在陆大师店铺买了 5 支善琏湖笔,各 20 元一支。

陶大师的工作室和店铺本来也在长宁区,后来由于什么什么原因,搬到了闵行区华漕镇红卫村 41 丘(徐家 46 号)他曾买下的房子中。其居室和石雕工作室属于宅基地房,上下三层,共七间。我坐地铁 13 号线,一直坐到工作人员清客下车的终点站金运路站,然后坐华漕社区班线 2 路的定时专线。前面一班没有等我就开走了,我在站头接受半小时的日光浴。一巴掌的乘客数,快速钻进空调大巴中。我陪着司机从嘉定区坐到倒数第二站的闵行区,比其他乘客厚道多了。倒数第二站叫"繁兴路",终点站叫"开兴路",我直接称之为烦心和开心。到了繁兴路友谊河桥,正好有 13 号线在建站。国家级大师就是牛气,工作室在这个地方真威武呀!陶大师给我们洗盏烹茶点茶,"首先闻一闻,分三口饮尽,让每口茶水在口中回旋再饮下。"陶大师指导我们用茶之道。我们参观了作品和工作间,展品室有的宝贝与众不同,我们傻眼了,陶大师说是他收藏的汉晋物品。架上、地上、角落里,都是作品和包装盒,许多上面积下了灰尘。陶大师是个爽快人,但他的心上也积下了灰尘:一张盖上红印的强制动迁的黑字白纸放在一楼。他希望有个地方能接纳他,让他静静地和石雕艺术为伴,他表示,生后可以把艺术品无私奉献出来,留给接纳他的地方;如果有人愿意建立石雕博物馆,他也乐于合作。他留我们用餐,我悄悄付了费用,其实费用不大,我请店家送盘花生米,店家是陶大师的租户,店小二立即免费送来一盘红皮花生米。陶大师弄了好几瓶冰冻啤酒,我说下午还有调研呢,他说我还有很多话跟你们说呢,下午那边我熟悉,是我留你们的,普陀区石雕不会怪罪。直到2点多,陶大师才放行我们,在桥头,在路边,他和我们有说有笑,我们在网约车里朝外望时,他还伫立在路边看着我们。再见了,陶大师的居室和石雕工作室,不久房子安在哉?

3点多,我们一路换乘抵达了普陀区石雕工作室和展陈室。刘大师欠安,接待我们的是刘夫人,以及甘泉路街道的分管领导。毋庸讳言,这些年石雕的销路不景气;原材料由于禁止开采,各石雕大师都在吃老本。刘大师囤了一些原材料,一只肥猫在石材山庄中避暑,我们惊搅了它的午梦,它飞快地跃出围墙。生活的压力,刘大师被迫将一些作品出手,目前他手上有70件个人觉得特别满意的作品,他珍惜它们但又想出手,处于窘境中。我们围绕着提纲访谈。刘夫人沉浸于石雕很久,自从嫁入刘府,她也就与石雕技艺和石雕艺术结缘,她如数家珍地向我们讲述石雕的故事和想法,石雕人家的奋斗时而甜美,时而辛酸,时而艰难。对非遗项目的执着和痴迷,谱写出无数传承人可歌可泣的动人故事。非遗活态化传承,传承人也要活出精彩,生活上有质量,为此,我们在交流试图走出去的路子,如进校园和在社区的方法,带货直播的新方式,甚至作品中凝聚的地方文化元素和折射的时代社会气息,使传统的文房四宝熠熠生辉。时间一点点过去,刘夫人邀请我们吃客饭。美团套餐,再加两个菜。我让学生在我们交流时走出包厢买单,由于套餐与手机绑定的原因,学生只能为两个加菜买单。刘夫人惊讶谁买单了?我说是田螺姑娘。饭后,刘夫人津津有味地为我们介绍几件珍品,石材经过艺术大师的手就令人惊叹其巧匠神功!

沪上非遗项目"石雕"有四位大师,除了上面三位,还有前面我们首先赴浦东新区调研的王大师,他们各有特色,各有故事,各有想法。海派写实石雕如何走远,这不仅是关涉石雕项目和石雕人的案例分析,也是沪上众多美术类非遗项目存续所共同需要面对并化解的问题。

踩　点

　　身负着几亿人对土灶菜饭的绵绵思念，我又一次赴山塘踩点，也为着"跟着非遗去旅行"而筹划线路。

　　姚桐城老师为支持我的壮行，亲自赠送一个甜烧饼、一块粢饭糕和一杯原豆浆。直到莲廊专线下车，我和着中华村清甜的空气，滋滋有味地吃喝。吃在廊下，就这么开始的，我不空喊口号，用嘴巴直接打开了吃货的快乐食旅。

　　廊下什么最多？当然是廊！廊之下，村妇们在鬻土货，我看中了甜芦粟，它比城里便宜一半，但才开始旅程，就把一捆食材亮在包中，吃相欠佳。我只好哄哄村妇们，等回程再来吧，四点左右吧，但届时她们散场了。趁牙齿咬得动的时候，人还是多干些咬牙切齿的事情好。

　　锦江小楼共两层，一层四间，正堂靠里有张饭桌，朝外有一条宽的长条凳，两边的清白型窄凳子比酱香型饭桌和长条凳逊色不少。据说，当年就这样摆设的，李阿婆的土灶菜饭就上了这桌的。西边朝里第二间的西北角灶台依旧，有绚丽的灶画。土灶菜饭之妙，离不开灶画之美。

　　青檐的版画空间很适合于亲子体验，地方足够大。版画大师又带我们参观他三年精心打造的民宿。我用手指和脚指也没数过来房间数。艺术大师打造的民宿没有一处雷同，每一处都让游子为山塘停留而深深陶醉。如果哪个单位搞团建开展得一蹋糊涂时，我完全可以说，是没有选择青檐民宿。清静雅致，无凡尘之累，这是青檐民宿独特之处，大门一关，顿悟入禅，大门一开，清风徐来。

莲湘馆是私宅。城里人听见一只蝉鸣就以为拥有了一个夏天，而在莲湘馆二层向外纵目，山塘河水静静流淌，绿野草树蓊蓊郁郁，行云在蓝天散漫插图。莲湘馆主爱莲湘，廊下是莲湘之乡。莲湘馆主又爱土布旗袍，当然也爱美食制作，一桌饭能卖出 3000 元。莲湘馆有天下第一小桥，三步正好跨过；还有一个老唱机，也许它能放周璇的黑胶唱片。乡下没有喧嚣，日子闲逸宁静，游客来与不来，不会惊扰乡野的恬静之美。

百年山塘小学没有了儿童的跌跌撞撞，这里如今是青瓷的聚集地。云消烟散，历史和名人都藏在书中，而青色的泥土在人间发出晶亮的光芒。体验室里，可供儿童们再把青瓷换了一个个时辰，泥土制了烧了，成就了一个个艺术梦，瓷器上面嵌着稚嫩名字，"饭碗牢牢地把握在自己的手里"，自己造出了自己的碗，人生起跑线铁铁地赢得了！

家在田野，田野在家，这是五柳先生的村居模样。我们一行来到田园果园家园融一体的某庄主家时，宾主共同欣欣然。五口可移动大灶，分春夏秋冬什么，庄主说也忘了叫什么了，这里是体验做土灶菜饭的理想地方，毛豆田里随便采摘，土鸡正在树下随便逮，还有甜李甜蟠桃甜葡萄足以让游客嘴巴合不拢。体验打莲湘，制作莲湘糕，在这都能一气呵成实现。"还可以捉泥鳅"，庄主说。庄园还缺啥？缺吃货纷纷而来！

以下省略三万字,有关在富阿姨饭店用餐的记录。读者尽情去补考。还有节令食俗传承人携食物和果物,另外加分!

平湖的领导们说,莫忘了我们浙江这边走一走。在我的撮合下,平湖领导与金山领导愉快见面。我们一行在铗子书场欣赏表演,并交流沪浙两地非遗体验的想法。听说街上平湖糟蛋也属于非遗项目,蛋在酒糟中,吃喝两相宜,浙江吃货也够出众了,能与"吃在廊下"一家亲!

英雄山塘,明月山塘,非遗山塘,南北山塘。吃在廊下,孆来兮山塘。为山塘停留,食食在在。再透露一点机密信息:廊下蟠桃和水蜜桃,沪上敢居一流!

仪　式

　　高温下的非遗温度，在沪浙交界开展的"跟着非遗去旅行——研学潮玩"首次点燃了一群非遗爱好者的激情。

　　"戴老师还没有上车吗？别忘了告诉我哦。"6：57，吕巷茶姑娘在友情提醒。我答："7 点发车。"7：50，我发微信短信："车到干巷了。"吕巷茶姑娘说："好的，已经到地方等你了。"她说的地方是莲廊专线终点站廊下农家乐。8：20 前，我和姚桐城老师下车与接待我们的吕巷茶姑娘阿玲见面啦。我们奔向廊华路 5098 号位于廊下镇山塘村的青檐版画艺术中心。

　　青檐版画艺术中心院子里停满了小轿车，亲子活动正在室内热火朝天开展了。8：00—9：00，在青檐版画艺术中心集合，进行分组和破冰活动，提高团队的凝聚力和活跃气氛。策划孙老师把一群小朋友和家长引导得一会紧张得要命一会儿激动得欲仙。上海千穗香食品有限公司的张总亲自驾车送到两大箱子糯米饭糍，我们愉快地交流。

　　分组后，各组成员拟团队契约，我凑上去看提交上来的团队契约，孙老师趁机把我介绍给大家，说今天的评分人员来了，她低声告诉我："不好意思，没有提前跟你打声招呼。反正你都不认识他们，这样评分公平。"我只好"哦哦"，于是我被感染上一会紧张得要命一会儿激动得欲仙的 600 号综合症。小朋友本领不小，团队契约富有创意，不过高下还有比较分明的，但我的柔肠像糯米饭糍一样香甜诱人，我就专选三个小组中其他小组的优点。只要有一双发现美的眼睛，美无处不在，于是三小组的分数是 2、1、1。世上最难开口的是说人坏话。最优的一组，没用"禁止"一词，"要""不要""不能""不许"，措辞雅致而且明确，尤其有一条"不许看手机（家长）"令人震撼！小朋友憎恨家长沉溺于手机中。非遗亲子体验需要小朋友和家长都共同参与和互相分享。孙策划眼睛一扫全场，走到一位家长面前，严厉批评家长低头偷看手机，"这组要扣分的，违背团队契约"，这招立竿见影，家长们从此像家长们了，于是后面的活动中家庭和团队间的关系如鱼得水。

孙策划老师接着让各小组设计队旗。"廊下潮童"画了沿着河阶而上的半截长廊，还有伟岸交叉的两茎翠竹，其口号是"廊下潮童，坚韧不拔"，还宣传"学习非遗""热爱非遗""传承非遗"。"潮女队"画的是一个小女孩在偌大的莲蓬上欢跳，其口号是"非遗之旅，潮女无敌"。"糖果队"画了一座五彩的桥，桥边有绿树红花，两只小蝴蝶结伴舞来，还有一个橘红棒棒糖和一颗大白兔糖果，其口号是"明月山塘，糖果最棒"。这么好的队旗，人间难得几回见！非遗体验还没有开始，各小组才艺大 PK，让我们这些人欢喜不已。

我原先不理解用一个小时的时间来进行分组和破冰活动，到此才明白仪式感是多么重要。3 个小组队长举着队旗，雄赳赳气昂昂到空旷的室内另一地方体验打莲湘。廊下是"莲湘之乡"，莲湘的种子将在这些生力军中播种下。这时候，我瞅了一眼手机。王老师在微信中问我："建国兄好！在文史楼吗？我来拜访你，方便吗？"王老师退休已久，把文苑楼与文史楼混淆了。我回复说："我在廊下。"又补上一句："一天都在。"王老师连忙说："好，我穿了衣就出发。"此廊下非彼廊下。在打莲湘的沸腾声浪中，我干脆与王老师通话，告诉他我在廊下见证"跟着非遗去旅行——研学潮玩"活动。

山塘史上的第一次旅行团，将开启山塘农文旅融合的新篇章，推进长三角文化发展一体化。后面系列非遗体验活动，当然还是很精彩的。

组　合

　　"跟着非遗去旅行"接下来进入正题,与非遗项目亲密接触了。

　　在青檐同一个地点,研学亲子团分组开始第一个组合"棒与刀"。廊下是莲湘之乡,远方的客人来了,梆梆梆,莲湘棍动起来,响起来。打莲湘重在打,打地,打人,打天,还打人,这真是个自贱的非遗项目?打自己的左脚、右脚、左臂、右臂,这是娱神的舞蹈吗?小玲老师开始教了,一二三四五六七八,二二三四五六七八,……,这不是体操吗?打莲湘也是体育运动。看得我头都大,我就喝酒幅度大,一上体育课就迈不开步子。研学团各组飞舞彩棍,按节踏步,好不欢快。然后分组复习,互相提高,因为后面是热闹的现场表演赛了。大人小孩一同上场,紧张的表演赛中,所有人铆足了劲,就是最小的一个男孩也高度紧张,不敢上场,唯恐拖了小组分数,我们立即安排他摇旗呐喊,他甩着细小的臂膀,还一直为小组山呼。最后一组来个小创意,围成一圈,起始增加一个动作,击打莲湘向观众示意。小玲老师没有意识到,这些新传承人不仅传承,还会创意。这个体验活动,必将成为廊下莲湘活动中值得人们骄傲的一个。

　　身动，心也热，这时需要安静下来。研学团坐下来，听陈老师讲版画制作要求和诀窍。每人面前放一个敞口的长条盒子，里面有铅笔一支、尖刀三把，以及手套一幅和木板一块。陈老师话音未落，下面就操刀创作了，孙策划大喝一声"手套戴好，保持尖刀和木板15度，左手不要靠近持刀的右手"，效果还是真不错，毕竟安全第一。木板一面操练好了，反面就可以先绘图再镌刻。小孩子们各显神通，家长们比较笨拙，从手机中寻找图案。涂色，压模，小朋友们使上吃奶的力气，转动压模机，"卡登"一声，翻开纸张，自己的艺术作品刷印问世啦。孩子们欣欣然拍照。也有粉丝，赖着要艺术品的，小朋友自然很开心。

　　趁艺术家们沉浸在艺术殿堂中的时候，我们几人去景红林业种植专业合作社看安排如何。上海鑫儒鑫实业有限公司的夏总正等着我，他赞助我们的活动，开车特意送来"清风泾"精酿鲜啤。夏总认识上海千穗香食品有限公司的张总，张总正从车上搬"铲刀汤"糯米饭糍。合影后，夏总往回赶，张总请我们先过过饭糍的瘾，毕竟中饭还没有开始，而时间在11点多。饭糍香香糯糯，泡上热水就可以安神补胃了，老味道的麦乳精迷住了女神们。

　　人们陆续过来，三个灶头做土灶菜饭，土灶菜饭和糯米饭糍都是非遗项目，另两口灶上做菜，景红林的朱总安排五只土养肥鸡，姚桐城穿上厨服，吆喝"油呢盐呢酱油呢生姜呢"，他把锅铲悬在半空不动，我连忙给他拍下威武的厨姿，他这才大秀厨艺。"火要大，烧火的不行。"景红林的工作人员立即到位，姚桐城终于把五只肥鸡一锅烧熟了。一对父子炒冬瓜和烧番茄汤,配合默契,小朋友的妈妈在认真拍亲子景像图,——每一个上海家庭中,厨房都是男人们最快乐的地盘。菜锅铲呀铲,菜饭锅也铲呀铲,土灶菜饭香啊,焦脆的锅巴美啊。我们一浪又一浪地搬着菜盘,桌上还有园子里新采的蟠桃、葡萄、李子、梨子等。开车的人多,只有姚桐城和我属于喝酒自由人。此乐只应廊下有,人间难得有几回?看着我们畅饮精酿鲜啤的神仙样子,茶姑娘说"让我舔一舔",然后她也迷上了精酿鲜啤。

第二个组合"铲呀铲"在愉快的吃喝中圆满完成,张总返程,我们往山塘古镇进发。在那里,我们将与青瓷对话,还将一脚跨两省,与平湖的小朋友们"'浙'里三三七"进行第三个组合,第一次演习国家级非遗项目"平湖钹子书"。

非遗山塘

据说山塘很好玩，14点中饭后，车子向山塘络绎进发。一下车，我的个天哪，热得实实在在，山塘怎么这么热情接待我们呢！

从后来小朋友的游记"我们非常喜欢这次活动"来看，山塘的热度还是不错的呀。从百姓大舞台穿过去，面前是江南建筑，白墙黛瓦，观音兜婀娜远眺，让我们很想在青石板和小桥流水上欢跃，但我们被琮璞文化苑朱老师引导入了园林般的院落。这本是百年小学，沪浙小朋友当年在这里学习玩耍，南山塘的小朋友过桥入沪读书，北山塘小朋友放学后跟在南山塘的小朋友后面到南山塘小店吃上小点心。琮璞文化苑清幽泛青，龙泉青瓷这种高雅的非遗项目在此展陈和体验，恰到好处。踏上"烦恼消除中心"的地毯，就可以玩泥巴。朱老师比划着泥巴从原土如何拉坯上釉烧制成青瓷。中午亮晶晶的米粒能变为焦黄的香物，下午灰黄的泥土能成为温润的青器，万物皆可烧，没有夏天蒸暑，稻米和高粱无从取得，人生也是如此，磨难历练才见璀璨之光。朱老师带队伍看展品，或者说卖品。小女生双手反复摩挲，最小的小男孩缠着妈妈要买肖形陶罐，他的妈妈就是不松口，他当然不会挪步罢休的，他仰着小脸蛋说："给爸爸买个烟灰缸吧。"他一副不买不罢休的样子，实在惹人怜爱。

从青石板上，队伍走过山塘老街。老街上，没有什么商业气息，当地居民若干随意摆卖，所以看起来轻松欢快，阳光也斑驳跳跃。在古桥前，我们决定全然拍一张在沪合影，冲上古桥跑到浙江的人被喊回来了。我们往西，沿着山塘河，看到明月山塘的明月雕塑和新造拱桥，我们拾级上桥，景色越来越美，视野越来越大，至最高处请停留，再跨一步就进入了浙江！不信，看手机显示的所在地。绿色的浙江，青葱蓊郁。小男孩说："我过去洗个手。在浙江洗手了。我会告诉小朋友。"就奔到水龙头下。老码头，老饭铺，老物什，影像中的情景一一出现。半亩方塘一带，荷花高擎，曼妙无比。

转过屋角，就是钹子书场。传承人徐老师穿着鲜艳得体，张罗着大家歇息。空调间里，好适宜哟！"南山塘太热情了，热得确实有些吃不消。"我和徐老师说笑话。徐老师为了我们队伍前来演习国家级非遗项目"平湖钹子书"，特意从外地赶来，当地一群大大小小的小朋友纷纷到来，家长们也跟着来了。不一会儿，沪浙两地的钹子书传习开始了。双方小朋友登台，徐老师分发每人一钹一筷，敲敲打打。徐老师说一二三、一二三、一二三四五六七，敲打就是这样的节奏，逐渐由缓到紧，由演练到传习，还一同唱起来，我隐约听出"南山塘北山塘，两地一家亲"的唱词，徐老师评比出几名优秀学员。接着再上去一波，亲子家庭上场，又评出几名优秀家庭组合。

孙策划在问我全天观察结果，我说效果不错，难分伯仲。南山塘村干部热情招呼在场人员，把氛围弄得很融洽。孙策划在前面转悠,估计她又有什么点子在生成。她请徐老师在台上为获奖人员颁奖,然后请所有参演人员上台,一律赠送上海千穗香食品有限公司的张总提供"铲刀汤"糯米饭糍,还为徐老师和南山塘村干部准备了礼物。孙策划的应变能力和策划功夫真是叫绝!

看着南山塘的小朋友和家长们欣喜地回头向我们招手,我们也乐不可支。我们这边的小朋友和家长们跟"平湖钹子书"传承人"徐奶奶"道别,然后我们集中总结评比,我们评比出最佳体验、最佳配合、最佳家庭,所有的人都喜笑颜开,看得出心服口服。

"愉快的一天完美结束,期待下次非遗之旅",这是孩子们的呼声。从前期踩点到实际活动,我们终于可以放松了,这是山塘第一次研学活动,它为今后的夏令营、冬令营以及学校研学活动提交了完美的答卷,也为山塘农文旅如何融合提交了答卷,也为长三角文化一体化提交一份答卷。美好即是开始的,也是永远的,因为我们确信:在世界行走,为山塘停留!

清风泾邂逅匠心

　　从上海西南汽车站乘坐枫梅线，到枫泾古镇，45分钟够了。我们一向以为金山多远多远，其实这种根深蒂固的错误观念非常可怕，金山要发展，金山给我们美妙享受，首先需要屏除这种不靠谱的时间观念。

　　牌楼站下车，司机说古镇到了。时间尚早，我和姚桐城不约而同说吃早点，虽然我带了三片面包，姚桐城用过早点。一家早点店里，人头攒动，甜豆浆必须有，再来油条和甜烧饼各一。我取出面包，中西合璧式在枫泾古镇外填食后，起来走走，不答应茶姑娘接我们。姚桐城定位。慢点过马路，上面写"白牛路"，枫泾因白牛居士而起名，范仲淹把女儿范顺嫁给了范的陈同学，陈同学十七岁时娶了大他一岁的范同学，他们都是胡瑗的学生。潘家溇，溇这种名称越来越少，枫泾还能发现几处。一位妇人在剁甜芦粟，姚桐城问我又想买么，我否认了。走了一些路，左拐，过桥，鼻孔里吸进甜津津的酒味，怎么回事？韩世中的酒瓶还在溢香？再近些，到了"跟着非遗去旅行"的集合点石库门酒业公司。

　　酉时用水，酒也。早上就上金枫酒事馆，酒味激活某些细胞,我有些手足无措。亲子体验非遗,先破冰组队。制队旗、队口号以及队徽,三队名称分别叫枫枫火火队、枫泾寻画队、枫泾探索队。了解酒事,看制酒流水线,还品酒,可惜的司机家长们无缘分辨干黄酒、半干黄酒、甜黄酒、半甜黄酒。我的舌头告诉我,我酷爱甜黄酒。酒事馆门外有个石碾,据说是2002年挖掘时发现的,一块放在此,一块置于品牌博物馆,一块碎了。我和别人说,我第一感觉是这块石碾是今人假造的,别人不信我的话,说边上牌子上清楚地这么说发现的。不过,黄酒是真的,味道甜糯有回味。合影时,众人高喊"跟着非遗去旅行"。

亭林与枫泾交界往南不远,是金山丝毯厂。我们见到国大师和市级传承人。小朋友和家长们认真听国大师发出的洪音,又体验丝毯制法,还震撼地参观丝毯作品。大幅作品,多人历时几年完成,有立体效果,价格不是一般人能想象出来的。买不起,但玩大了,合影时众人喊了"感谢程大师"!

在枫泾古镇里的枫泾河边,我们用了午餐,肯定享受了丁蹄和当地有名酱干。枫泾古镇旅游集散中心集队,导游率领队伍观赏古镇景色和景点。先过举人坊、进士坊和状元坊,没有上海最美的长虹坊,从人文的角度,长虹坊似乎比枫泾差了不少。丁聪馆真大。过桥,看品牌博物馆,馆的外角正好有一巨型石碾,也有"日进斗金"四字,全繁体,而酒事馆的"斗"字不用繁体,这个石碾有残破处,但残破处雕刻完整,所以我也以为这个石碾是新造的所谓古迹。主办方本安排参观三个点,导游兴致好,一下子让看了七个点,超值。我们看到了"吴界""越界"界石,2019年底,我写过"吴根越角"的文章,枫泾即属于典型的吴根越角之处。姚桐城念食不忘当地的粽子,他小时候,桐城是不吃粽子的,桐城莫非不属于楚地?次日才回程,所以我劝他别买,他闷闷不乐,也不想再陪我们看程十发故居。天甚热,古镇游告一段落,车夫们往古镇旅游集散中心找爱驾。我估计时间还有一会,返泰平桥,走长廊,停在一家铺子前,终于买定三样物品:姜糖、麦芽糖、糖生姜,各 10元,心中很得瑟,幸好姚桐城不在旁边可能话碎。路见马迭尔冰棍,15 元一支,立即付账。姚桐城问我在哪,茶姑娘开车子来了。我急匆匆吃着马迭尔,看他们来了。"这里的马迭尔,怎么没有哈尔滨的好吃呢?"我自言自语,姚桐城说他没吃上,怎么比较事实和认同我的判断呢!

在中国农民画之村,一代艺术新人将在这里诞生。小朋友们有板有眼创作,然后装框,18 个家庭拥有最珍贵的艺术品。我和姚桐城在小溪边的台阶上吹牛,吹着吹着,主办方说,结束时让我说 2 分钟,我一边和姚桐城闲聊一边在手机里拟了说话提纲,再继续乱侃,慢慢地眼皮打架,我就会见周公去了,把姚桐城晾在一边自言自语。乡野的风吹呀吹,小溪上的风吹呀吹。家长们品赏着小朋友的艺术品,沉浸在中国农民画之村。

"跟着非遗去旅行"共五次活动即将圆满完成。这次答题,各组全程参与,考试时高度紧张,家长们被驱散了,然后选家长阅卷。活动全程赋分,最后分出三等,发放铜牌、银牌、金牌,铜牌队的一个小姑娘把铜牌甩给妈妈,委屈地哭了。邀请队长发言,只有铜牌队的小男孩胆子大敢于上台发言,表示他明年还要参观,因为他要夺金牌。从静安而来的家长上台发言,说一早出发但发现收获满满。接着,还有相关人员讲了些话,包括鄙人,这里按下不表。

成功精彩难忘,金山区文旅局"跟着非遗去旅行"拉下帷幕,晚间几个干白酒的人战斗力不错,——据茶姑娘说,快干了3瓶,她偷偷把剩下的藏了。莲湘馆前放烟火100响,谁在鼓与呼么?酣战于酒事,我再无绪到山塘乡野觅萤火虫了。

迷人的后花园

周日，得到金山的朋友们的盛情宽待，我转了金山的四个地方。

宿在青檐版画艺术中心民宿二楼，推开南门，清风徐来，晨风从乡野而兴，我决定扑向山塘村的田野。灰色的水泥路，黑色的柏油路，往山塘河边牵引去。山塘河北岸结起石岸，南岸自然不整饬，北岸所在的上海似乎比南岸所在的浙江富饶，就凭这一长条的石堤看来。南北两岸走向大体相应，都是曲折蛇形，用水闸接引着支流。白鹭在稻田和河流间嬉戏，蜻蜓在行人面前翩翩起舞。空气异常清新，我连续打着响亮的喷嚏，那真叫痛快呀！路边有个粉红色的波形宣传语"美丽一条埭"，如此的石堤岂不正是"美丽一条埭"？这个"埭"用得恰达好处。一位妇人在莳弄园子里的蔬菜，一位老农在门前树荫下斫甜芦粟。一只黑狗警觉地发声，另一只灰狗立即响应，屋子主人侧着身望望我这个外乡人走过。时间尚早，我溜达到山塘老街。两三个老妇人卖自家田间地头的农产品；一个外地人弄来一车小西瓜在叫卖；一家店铺和一家茶馆外的茶客们有一搭没一搭说话，随意打量着每一个行人，他们告诉行人我2元一客;几家正卖猪肉,肥狗在木砧板下面转过来转过去;几家店铺开了门,门里幽暗。在南山塘,则很少见行人走动,一位老汉在卖蔬菜,其实也就豇豆和毛豆两样,数量也不多。姚桐城喊我回去用早餐,我真得回去,这条老街上没有早点可以填食的。民宿里住了我和姚桐城以及媒体夫妇共四人,但早点还是准备得相当认真,我独爱熬制的稠粥,据说师傅早上四点多就来此备晨炊的。在等茶姑娘来接我们的时候,姚桐城在补觉,我喝茶。帅帅的小老板送我两包正山小种,晚上消食用去一包,早茶正好可用一包。当茶姑娘的车经过山塘老街边上时,媒体人经不住我的三言两语,决定饱览百年老街。"在世界行走,为山塘停留",我如实地传达给了媒体人。

我们离开廊下,来到了吕巷。吕巷,两个口,一个口用来吃饭,一个口用来吃水果。每次坐莲廊专线,从春天的桃花、梨花盛开,到如今的水果见人见物见生活,美得人把莲廊专线的座位拍遍,无人会吃客意!我们去的地上叫"水果公园"。一个偌大的红蟠桃上,趴着一只肥硕的蜻蜓,红蟠桃被掏空了。这是一个雕塑。茶姑娘带我们看体验场地,还有她的制作普洱茶的空间,接着带我们去红船喝茶。路边有一些小桃子无人问津,我同情地采摘了一个,问园丁。园丁说,有的桃树只开花,如果结出果子,果子很小又不好吃。酸酸,有一点甜,诚不我欺。红船是不动的,只是人在动,在二楼茶室里,我们竭力想通过品茶让自己的嘴动而心定,别人是否饮茶入定我不知道,但我是误落尘网中白饮了茶姑娘提供的三种佳酿,第一种是岩茶,第二种是生普,第三种是小种。岩茶挺有趣,喝进嘴,让茶水环绕口腔运行一圈,然后打开咽喉,让茶水滑下,味觉开始反馈给大脑,先是苦,再是涩,然后是甜,最后是甘,这些感觉从下往上溢出,又从上往下沉去。茶姑娘表扬了我用茶认真。生普直捣黄龙府,检测身体的每一个部位,我想到茶室外走动,因为我害怕肌肉运动震动长凳。小种平和,具有大局观,挽救我可能失控的局面。茶和水果以及茶点都用过了,晴王葡萄实在好,既有茶何生晴王葡萄?我只吃了两颗甜蜜蜜的葡萄,其他水果在晴王葡萄面前失颜色;点心是茶姑娘制作的酥大花月饼,茶姑娘要提前让我们过一下中秋!水果公园甚好,如果哪一天,在吕巷成立长三角果库,多少人将欣喜如狂呀!茶姑娘问我,七夕做什么活动吸引游客前来呢?我说,有井水和河水吗?茶姑娘说,当然有!我指着汉服和土布旗袍说:叫两个姑娘来拍视频,井水和河水合在一起放一晚上,就能在水上面浮针,因为井水和河水分别是阴阳水;七夕浮针,就是利用阴阳平衡的道理。

从一个农庄午餐后,茶姑娘返程,非遗中心的徐老师热情邀请我们去南社转转,以及赴非遗中心参观。姚桐城渴望着去南社,因为我说姚光是金山艺文之光,《金山艺文志》和《温州经籍志》齐美,姚光和张文虎并秀。南社纪念馆在留溪路上。小伙子认真讲解,我不礼貌地插嘴:"为什么叫留溪?"小伙子胀红了面,憋着气说:"这个还真不知道。"姚桐城叱责我,这个与南社没有关系,提问无效。媒体人提醒说,张堰从留侯张良开始说起,莫非留溪就是从这里源远道来?我们都拍手叫绝。纪念馆展品丰富,尽展张堰的深厚文化,从中能打通民国史。七襄楼是姚石子夫人王灿的起居室。王灿生于七夕,故称之为七襄楼。我和徐老师说,金山七夕好在此搞个民俗活动了。王老师哈哈说:"茶姑娘的七夕事和金山的七夕事,你都操心上了。"走出南社,一阵雨儿砸来,留溪是这么留人的么?

非遗中心在干巷。两栋民国老房子有腔调。徐老师本来是想我们看非遗展示的,我却把大家的吸引力放在房子上。西侧的徐召来宅中西合璧式建筑,我独赞叹的是正面景象,廊檐下精美的马赛克瓷砖,铺满了整个地面,没有缺损,西窗上彩色雕花玻璃夺人眼神。我说,这里的马赛克瓷砖比新场张家厅的还多;这里的彩色雕花玻璃比黄金荣花园正门上的还多,不过,两者都有缺失,这种玻璃很难配上,民国期间就用黄金价来赞它的。东侧的干氏宅西洋风格较为显著,显得高大显赫。西侧的展厅和东侧的体验场所,真是金山本地居民喜闻乐见的地方,兹不多言。金山的非遗项目竟然有40多个,据说还在发掘,徐老师用情于非遗,所以它敢于邀请我们欣赏,我们还看到漆画临展,收到的艺术品来自不同年龄段的人员,这又是一个可以开发的艺术品种。一幅题为《牛郎织女》的漆画,讲述的是四大传说之一的牛郎织女。这幅漆画有农民画的影子。画的上面并排五个姑娘,她们年纪参差不齐,踩着云朵,表情复杂地看着下面的情景:两只鸟儿围绕着她们,鱼儿也在她们身边穿梭,正中姑娘搅动池水,一个小姑娘躲在树叶掩映之间。牛郎骑着牛窥视着这个慌乱的小姑娘。野游有风险。我们在东侧干氏宅二楼一边饮茶,一边纵谈,谈起传统文化,我们这群人还是有许多情怀可以共鸣的。

莲廊专线从市区开来,进入金山的干巷,途径吕巷,最后抵达中华村。到干巷看金山非遗中心,到吕巷找水果公园,到廊下中华村时必看山塘老街。如果时间宽裕,不妨到张堰景仰南社人物,也可以上枫泾、金山嘴渔村、朱泾、亭林、山阳等等,反正金山会满足您的物质欲望和精神需求的。金山,是上海迷人的后花园。

美从山塘来

给我一个杠杆,我可能会撬得动地球,但从来没人给我杠杆,我的物理天赋被得分似乎总在 60 分以下所沉潜。如果让我讲山塘的故事,我会源源不断地讲。

昨天,国大师陶昌鹏先生身着红衫,在桂林路 100 号等我上车,古船传承人陈昌华先生着洁白衣装驾车。国大师本来还带黄大师一同踏访山塘,黄大师因为家里房子事确实无法来,又不想更改时间打扰山塘村领导接待。在我的眼中和口中,山塘如仙如梦,陶大师从 8 月份听我神侃以后盼到秋凉,又呼朋引伴向山塘进发。

陶大师在石雕工艺领域造诣很深,唯一遗憾的是他没在世界行走,所以他不敢贸然停留山塘。我在山塘,把万千美好誉于山塘一身,70 余岁人愿在山塘以艺术吸引客源但坦陈交通还是不够快捷方便。陈老师特别喜欢山塘,甚至愿意在此租民宿。带他们探看青檐版画和民宿,陈老师陶醉在乡野宁静和细腻之中,雨笼着烟,烟罩着雨,小车在美好优闲的乡野滑行。

从山塘古桥走下,陈老师说这桥大约有 200 年吧,旁边正立一碑,读罢,陈老师所言正合。边上缓缓走近一位老太,她缓缓和我们说:"我是在这里出生的。"她约 80 多岁,她指着碑刻的地方。我连忙停下,老太继续说,她爸爸在这开了一家茶馆,那时可热闹了。我指着对岸的码头,问当时码头的情景,她说小火轮停靠的正是这码头,从上海过来约在早上,吃晚饭时平湖过来的小火轮回来经过山塘。陶大师、陈老师和山塘村领导以及我的学生在老街尽头,我依依不舍地与老太道别。边上卖海棠糕和土特产的人已经认识了我,我来不及买点什么再热乎热乎。

　　会议室座谈交流时,陶大师自带冰啤边饮边听,然后出语惊人,如实地表达了其感受和想法,总体而言,觉得山塘闪光地方很多,整体打造山塘的品牌符号,官方和第三方合力推动地方发展,先让村民富裕起来,镇上合拢周边村的力量借助山塘特殊位置错位开发联动发展。陶大师和陈老师同时表示,他们会不断关注山塘和宣传山塘甚至服务山塘。山塘,成为了我们的山塘!

　　陶大师备了 6 罐冰啤,还有 1.5 斤重的杨梅酒。出发时,他告诉全车人,晚上酒他带来了。我立即与沈爱华老师联系,在她师傅的富阿姨饭店用餐是否可行。山塘之行之食,畅通无阻,陶大师击掌,陈老师叫欢。陈老师回忆起来,他曾到富阿姨饭店作过吃客,但这次待为上宾,吃上新鲜特色餐饮,让他喜形于色。食在民间,食罢,饮罢,陶大师欣然答应集体与富阿姨合影,并要求我和富阿姨居中间,因为山塘之行之食乐淘淘!富阿姨说起她自身经历,外界知之甚少,我让学生认真听取并加上富阿姨微信,后续用推文载之告知大众。富阿姨的先生从市区退休后,隐在乡间,钓鱼,采摘菜蔬,我们吃的杂鱼、红菱、小菜、毛豆,也出自他手。

　　山塘到徐汇地界一小时多一点路程,如有车,组团到富阿姨饭店食一顿,餐费加油费及过路费也比市区一顿便宜,关键是能感受到富阿姨的热情和厨艺。富阿姨近 70 岁,她还愿意下厨一些年。如果酒喝高了,山塘民宿很便宜,宿在山塘,空气清新,犬吠鸡闻虫鸣相通,劳顿于市的人顿时逍遥在大自然的怀抱中,您说,有美得自在和自在地美从山塘来,不也很开心吗?

教馆与刻纸

如今,红学是显学,上海师范大学早就是红学界的"985"级别的高校,该校最早饮誉红学界的可能就是在图书馆工作的徐恭时先生。我与刘海滨先生的认识,就缘于徐恭时先生的红学。

那是今年7月18日将近中午的时候,我突然接到一个电话,对方是河北蔚县图书馆的刘馆长,他说徐恭时先生写的关于曹雪芹去蔚县教馆一事的考索在《曹雪芹年谱》手稿中的第四部分《外编》中。我立即想起来孙逊先生作序的《红雪缤纷录——徐恭时红学文选》,我在办公室里没有找到这书,也许它一直放在家里床底下,与其翻找,不如直接请教红学家詹丹老师。这书,当时是詹老师送我的。詹老师认真地回答了我的转问,我就如实转告了刘馆长,大致的意思是:曹雪芹去蔚县教馆一事,这个是没有确证的,红学界并没有普遍认同吧。沪上图书管理员快速、高质量的服务,自然得到刘馆长的认可的。其实,这得益于上海师范大学的红学实力!

一个月后,我主动联系刘馆长。在编辑《非遗传承研究》2023年第4期时,我读到一篇来稿,里面谈及王老赏。9月

17日，我发了一段微信文字："王老赏（1890—1951），原名王赏，今河北蔚县南张庄人，后被誉为蔚县民间剪纸的杰出代表，著名的刻纸艺术家，20世纪五六十年代，剪纸界有'北有王老赏，南有张永寿'的说法。"2006年6月，剪纸（蔚县剪纸）被列为首批国家级非物质文化遗产名录。没想到，刘馆长给我的回复令我大为吃惊："王老赏是我村的人。"刘馆长作品《蔚县剪纸从这里走来》中，出现了用剪纸作的王老赏，该作品于2015年2月10日在中国民协中国剪纸艺术组委会举办的第五届中国剪纸艺术节暨"剪纸冰雪、热盼冬奥"全国剪纸艺术精品评选中获得二等奖。刘海滨，是河北省民间工艺美术大师、河北省第五批非物质文化遗产项目"蔚县剪纸"代表性传承人。刘大师展出"天下第一福"的剪纸，径直开口说："戴老师，这是我的一个剪纸作品，想赠送您一幅，希望笑纳！"河北人，真豪爽！刘大师，超大气！蔚县剪纸其实是刻纸，刻纸是怎样的，如有实物亲睹，太有幸了，于是我立即表示："您敢送，我敢藏！"

周日，快递到了，包裹得严严实实，像竹席长条方正的样子。一层打开，是泡沫包装，包装里是通体红色的长方盒子，盒子一侧有黄色塑料粗提绳，一侧有"中国剪纸精品"品名。我诚惶诚恐地打开卷轴，卷轴高度如门高，正中作品的宽度正好有两张A4纸连接的长度。剪纸恢弘、鲜艳，字（"天下第一福"、"康熙御笔"及画下文字）、画、印（"康熙御笔之宝"朱方）全部是刻出来的；正中的"福"字经过染的工序，颜色丰富渐变，该文变化多端，别有寓意。"天下第一福"下钤印"刘海滨印"白方。画下文字，共十九行，每行六字，述说该"福"字的源流和寓意。如此大幅精美作品，而且刘大师亲自装裱好快递赠给我,刘大师惠赠我的比他前面让我欣赏的一副还要精致,我乐在"福"中,今晚不痛饮几杯,好像是不可能的!

我请刘大师赐篇论文过来,刘大师说"没有明白",原来我们在交往中,我没有告诉刘大师,我还在为刊物《非遗传承研究》打工,为此向非遗项目代表性传承人约稿。

如果曹雪芹去蔚县教馆为真,《红楼梦》中写到剪纸或者刻纸了吗?

八月廿四

　　《中国谚语集成·上海卷》第 684 页有两则谚语："八月廿三雨,灶前荒;八月廿四雨,灶后荒。""八月廿四难得晴,上午落雨灶上荒,下午落雨灶下荒。"这里均提及八月廿四忌雨。该书就两则谚语分别加注:"灶前荒:指涝;灶后荒:指旱。""灶上荒:指米贵;灶下荒:指柴贵。"从谚语和注释看来,八月廿四落雨不是好事。为什么八月廿四这么重要呢? 从两则谚语中,我们几乎看不出端倪。

　　我们首先格"廿四"。《金山县谚语分卷》第 101 页有这么一则谚语:"八月二十四上午落雨灶上荒,下午落雨灶下荒。"它显然不及《中国谚语集成·上海卷》所收录的"八月廿四难得晴,上午落雨灶上荒,下午落雨灶下荒"的表述。一方面,上海方言对农历日期的称呼有个特点,后面往往会省略"日"字,"二十四"在上海方言中会叫"廿四",这在褚半农《上海方言客堂间》一书中的《十二月廿四》一文中有详细的阐述;其实,在《金山县谚语分卷》中,农历日期多用到"廿"而不是"二十"的表述。另一方面,"八月廿四难得晴"的事理归纳很有常识性,它成为民间经验的总结和民间智慧的结晶。我据手机天气预报,得知今年八月廿四"阴转多云",由此看来,今年该日天气不错,是个好日子,不存在造孽的米贵柴贵生活情景。

我们接着格"上午""下午"。《中国谚语集成·上海卷》第644页有如下一则谚语:"八月难过日昼心,早晨夜头皮背心,日昼心里穿件汗背心。"汗背心,指没有短袖的汗衫。日昼心,即中午,如《金山县谚语分卷》第103页的这则谚语"八月难过日中午"所言。也许《中国谚语集成·上海卷》的这则谚语采自崇明,今见《崇明谚语·俗语·歇后语》一书第95页有"八月难过日昼心,早晨夜头皮背心,日昼心里着件汗背心"一则谚语,"穿"在此用"着",更见口语特征。《中国谚语集成·上海卷》《崇明谚语·俗语·歇后语》都用到"日昼心"一词,上海方言称上午为"上昼",下午为"下昼"。翁盛观编著、丁惠中校注、周曙明审稿的《上海本地老古话选编》一书第155页这样辑录:"八月廿四稻生日。上昼雨灶上荒,下昼雨灶下荒。"这则谚语完全采用到"上海本地老古话",如"八月廿四""上昼""下昼""雨",这样的表述够上海本地老古话的原汁原味了吧!更难能可贵的是,"八月廿四稻生日"一语道破民间为什么如此不希望八月廿四是雨天的根本原因,当天是"稻生日",宜晴忌雨。清人顾禄所撰的《清嘉录》一书"稻生日"指出:"农人以是日为稻生日。雨则稿多腐。谚云:'烧干柴,吃白米。'案:九邑《志》皆载:'八月二十四日,为稻稿生日,忌雨。'又《岁时琐事》:'稻稿日雨,则虽得稿亦腐。'"顾禄是清嘉庆、道光年间苏州吴县人,老上海县紧邻苏州府,两地都认为八月廿四为稻生日,此时正是一些晚稻抽穗开花的时候,宜晴不宜雨,上昼雨则米贵也就是说"灶上荒",下昼雨则柴草淋湿也就是说"灶下荒"。"烧干柴,吃白米"的苏州谚语,是从正面而言的,上海谚语则是从对立面而言的,两地的精神风貌还是有差别的。

我们然后格今年农历八月廿四。寒露在每年公历 10 月 7—9 日交节。2023 年 10 月 8 日,寒落,是日为农历八月廿四。今年因为闰二月,寒露落在的农历八月,正值稻生日。寒露时节是秋中之秋,农事忙,当然以晴好天气为宜。《中国谚语集成·上海卷》第 652 页辑录寒露的一则谚语是:"秋风寒露干一干,霜降立冬宽一宽。""宽一宽"指下雨。无论是从寒露节气还是稻生日而言,今年农历八月廿四是应该"干一干"的。

辛旭光提供给我的《高桥地区民间成语俗语土语格言》资料中说:"八月廿四稻生日,上午雨灶上荒,下午雨灶下荒。"这则谚语也道明八月廿四为稻生日,但是这里为什么说"上午""下午"而不说"上昼""下昼"呢?高桥原属苏州府,高桥方言不等同于浦东方言,但查《高桥镇志》,得知高桥是说"上昼""下昼"的,那么,《高桥地区民间成语俗语土语格言》"八月廿四稻生日,上午雨灶上荒,下午雨灶下荒"中的"上午""下午"改为"上昼""下昼",更接民间风貌吧。不过《高桥镇志》根本没有辑录这则谚语,辛旭光则采录当地谚语达四五百则以上,其整理之功大矣。

谚语是民众丰富智慧和普遍经验的规律性的总结。搜集和记录谚语,困难重重;解读和甄选谚语,很难周全。

九月初三

　　农历的九月初九,是重阳节。民间认为,重阳后一日即九月初十,这天是小重阳;九月十九相传是观音菩萨的生日,这天是大重阳。有句民谚这么说:"崇明人猜天,江西人识宝。"崇明人猜天有独到的功夫,关于重阳,崇明天气谚语有这么一则"九月初三小重阳,九月初九正重阳,九月十三大重阳,重阳落雨没稻管",这里冒出了三个重阳:九月初三的小重阳,九月初九的正重阳,九月十三的大重阳。

　　崇明三个重阳的这则天气谚语说的是:如果九月初三、初九、十三都落了雨,秋收秋种时将多雨;如果这三天有晴有雨,则以后面的天气为准。九月是秋收秋管秋种的黄金时节,尤其在九月中上旬,正值秋收秋管时候,农家自然渴望秋高气爽、连续晴好。崇明如下天气谚语,反复在诉说农家对重阳晴好天气的渴望:"重阳无雨一冬晴,重阳有雨一冬阴。""重阳无雨看十三,十三无雨一冬晴。""九月十三雨洋洋,稻箩顶上出青秧。""重阳阴一冬温,重阳晴一冬冰。""九月十三晴,钉鞋挂断绳。"九月初三小重阳是起点,直到九月十三大重阳,如果晴好的话,那么丰收将从在望真正能变为农作物圆满入手。

九月初三如果不利，于农事麻烦就大了，因此民间期望当日宜晴不宜雨。其实，九月初三还是瘟神的生日。可怜的九月初三，多么可怕！白居易《暮江吟》说："一道残阳铺水中，半江瑟瑟半江红。可怜九月初三夜，露似真珠月似弓。"此时季节交替，阴阳混杂不清，疾疫容易滋生。《红楼梦》中，林黛玉之父林如海就如同一道残阳，在九月初三巳时捐馆扬州。据有人推测，贾蓉之妻秦可卿也在同日亥时命丧天香楼。与王熙凤之夫贾琏有染的鲍二媳妇自缢于九月初三。探花郎林如海、被贾母看好的秦可卿，以及搅乱王熙凤生日（王熙凤生于九月初二）盛事的鲍二媳妇，都逃不出九月初三之劫！

　　后人解读《暮江吟》，以为该诗"工微入画""丽绝韵绝，令人神往"，俞陛云《诗境浅说续编》更是卖力夸赞："上二句写江天晚景入妙。后二句言一至深宵，新月如弓，正初三之夕；其时露气渐浓，如珠光的䥽，正九月之时。夜色清幽，诵之觉凉生袖角。通首皆写景，惟第三句'谁怜'二字，略见惆怅之思，如水清愁，不知其着处也。"这些所谓品读，其实都是痴人说梦，毕竟他们根本不明瞭此九月初三背后的社会背景和民间寓意。此诗大约是唐穆宗长庆二年（822）白居易赴杭州任刺史途中所作的。当时，朝廷政治昏暗，牛李党争激烈，诗人品尽了朝官的滋味，自求外任。离开长安，暮江吟诗，诗人即状时景，也表心迹。牛李之争，弄得朝中乌烟瘴气，阴阳混杂不清，政治恶剧与民间九月初三之象何其相似！后人望文生义，自作动情，对《暮江吟》妄发虚言，沦为今天我们聊天时的笑话！

　　九月初三，是小重阳，是瘟神诞，此日于农事宜晴，与众生宜健康。

采　录

12月3日,新场什味阁,中国民间文学大系上海谚语卷与上海俗语卷联合调研如期举行。

王伟民老师提议访谈沈申元先生,因为沈先生是"新场活词典",他又邀了叶松春先生一同出席。此事,引起了高桥的辛旭光先生的极大兴趣,他表示周日驾车前往新场。访谈具体地点如何落实呢? 还是沈先生路子宽。中午肯定要吃饭,吃饭的饭店先访谈后吃饭再访谈。新场是老盐场,80岁的沈先生毕竟吃的盐多,此计妙哉! 边喝茶边访谈,茶叶我带,茶点我安排学生备好,录音摄像落实到人。因为摄像,我建议讲述者不妨在服装上讲究些。

我一早打开手机,手机里跳出未接电话和微信,沈先生说突然需要照应家属,不能如期出席。我说,反正中午总要吃饭的,来吃饭见一面,何况他趁机好见到常在《新民晚报》上发文的辛先生呢! 好事多磨,但我们磨一磨就有好事。摄像访谈内容,如何构思呢? 我们边喝茶边吃茶点边交流,等到辛先生来了,我们就请辛先生试镜。我换上老布装,采集人还是很认真的! 我先介绍时间、地点并自我介绍,介绍与谈人。与谈人接着介绍祖居情况与语言经历。采集人导入，与谈人讲述谚语及其使用环境或相关故事或释意。采集人总结。与谈人再重新说一次谚语。我不断提醒辛先生用高桥话讲述。一试镜，辛先生才思泉涌，原计划讲2则谚语，他顺带又讲了1则。效果出乎所有人的预料，于是其他人跃跃欲试！这边雀跃，那边欣然，王老师在群里赋诗一首《戴建国一行来新场采风》，诗曰："丹枫黄菊笑颜开，新旧友人遇迩来。各握镂金雕玉术，俱怀经世济时才。谷移岭徙观遗迹，民谚俚言寻曲隈。岁月不磨畴昔志，采珠石笋发尘埋。"并释"新场镇，古称石笋里"。王老师擅长写诗撰联。新场一牌坊上就有由王老师撰联、沈先生写联的一对柱楹。接着，上海俗语主编徐华龙先生访谈辛先生讲述俗语。

辛先生的故事很多，众人又乐于倾听。饭前饭中，我不断友好提醒他吃菜用餐。其间，沈先生到来。沈先生似乎与辛先生相见恨远。沈先生听说徐先生原是上海文艺出版社老编辑，异常兴奋，因为他的书是在文艺社出版的，他赠书给徐先生和我。还是徐先生反应快："请沈先生在书上签名呀！"我连忙奉上水笔。刷刷刷，签名本到手了。

沈先生只请了一个小时的假，实际已用时一个半，我们把吃饭上的事愉快地收场。服务员来不及收拾桌面，说你们到隔壁吧。我们拉在中间合起来的自动门，投入紧张的拍摄任务中。先请王老师交谈，这样沈先生就明白采录流程，最后请叶先生交谈。整个采录，一气哈成，大家都说好，并以为后面可以铺开采录了。

我也懒得换下老布装，出了什味阁。徐先生、辛先生回府，叶先生导游，王老师拄着拐杖，我和四名学生在新场老街进行深度游。王老师说，这是他二年以来走得最长的一次，也是对新场古镇知道最多的一次。

　　我和学生们换地铁的时候，一名学生说，老师今天的服装很出众，我们今后采录服装要统一。我随口一说，这个要让裁缝量做的，下次采录时提醒我统一服装的事。学生们听得很认真，他们下次不会忘记这事吧。

格 志

老实巴交的是农民工,天天起早贪黑,围着钱转,如同驴围着磨转。明天小雨,后天小雨转中雨,雨大了他们就没地方好转,他们的钞票总被风吹雨打去。我也围着钞票转,在电脑上堆字,然后修修补补,动迁搬迁,复制粘贴。

我格的是一种叫志的。二三志是闹着玩的,东扯西拉,胡说八道,皇上有起居注,小民有朋友圈,各玩各的。我格的是志书,得以真实为本,以档案材料为依据,否则不能算信史。我格到 2004 年 8 月 17 日的一页,嚯,上面学者名单中有大名鼎鼎的张院长。我拍给张院长看,张院长也自叹为"光辉的时刻"。第 20 个教师节前,张院长就如此厉害,第 40 个教师节前,他肯定又得签名送书给我。学者以著作等身为荣,我以收藏名学者签名本为幸。

翻到 2006 年 8 月 30 日的一页,瞥见一位海归的锦绣文字。她年龄不大,这是她啥时写的?"哈哈,这么古老的文章都被你翻到了。"作者属实,"美女藏在什么地方,都能被发现!"我道白。美女说:"大学时我发《人民音乐》也非常积极。

现在反而做了老师，发文章变得越来越困难。可能一方面是因为懒惰，另一方面要求当然也变高了。"早慧！能出声又能著文！美女都海归了，还懒惰个啥！

再格到2006年11月30日的一页，上面说会议在集团学习广场圆形会议厅举行，我揣摩这个"圆形会议厅"，便请孙教授裁定。孙教授简言之："圆桌会议厅"。并补充说集团几年前已不存在了，已由另外一所新设的单位接手了。好节知五一，他莫名惊诧"您怎么还有空看这个报纸，而且还是2006年的"，材料为王，升卷有益。譬如我新读《长安未远》一书，惊讶二千年的不进步与坚固的城墙壕沟有关系，唐代长安城各坊间还有坊墙，晚上出不了坊，所以唐诗中总是月亮和星星，举头望明月，月夜怀人，夜雨寄北。唐代长安气候温润，西都人退湖弄田，种植水稻，后来气候变冷，水稻种不成，水土流失返回不了当初，唐代一天天烂下去。想当年，唐初谷子烂在仓里，铜钱烂在库里。葛兆光用"平庸"概括唐代，真是看破了唐代文献。

档案材料没看多少，眼睛酸背也酸，格文不容易。月亮升起来了，上海老城墙早被扔进壕沟河里填路，太好了。月亮没有围墙挡着，所以能俯视古今。夜风吹过来，车灯眉来眼去，烧烤的火光和烤肉的香味最温馨。

公雨和母雨

　　金山区博物馆的徐老师给我快递了四本书《金山县故事分卷》《金山县歌谣分卷》《金山县谚语分卷》《嘉定县谚语分卷》，我首先看的肯定是《金山县谚语分卷》，随便翻看，竟然知道雨是分公母的！

　　为《金山县谚语分卷》一书提供谚语最多的是褚鹤年和陆炳权二位，为此，该书为两位编制了人物小传（实际上是人物简介）。褚鹤年是金山县气象台工作人员，三十年间他共收集千余条看天农谚。书中这么说他在天气预报上如此神气的："曾对当地大量风脚谚语即看风识天经验前后连贯起来，提出了一套金山县以风作单治天气预报一套方法，俗称风脚预报法，曾对当时上海郊县天气预报起到一定推动作用。"这里，语句表达不利索我不在乎，但高度表扬的话是否靠谱呢？我得格一格。今天傍晚正好下雨，我就自然翻到第 116 页"气象（雨）"，我突然发现第 117 页有这么一条谚语及其注解："雄雨要格子，雌雨天就好。（注：雄雨是下到河里有一个钉钩起来的，雌雨是落下去一个泡）"这里提到雄雨和雌雨，也就是说，雨是分公母的；判断公母雨还是很形象的，一个是如钉，一个是冒泡；雌雨后天气很快好起来,雄雨后则像爬格子一样,落雨没完没了的。

我连忙翻看《嘉定县谚语分卷》是如何记载的。第146页"晴雨"中,第2630则是"一落一个泡,明朝就天好",第2631则是"一落一个钉,七日七夜勿肯停"。表述的与《金山县谚语分卷》相近,但没有提出雄雨和雌雨的说法。两者一相比较,褚鹤年够狠的!王士均先生主编的《人类生活谚语大全》第885页"雨雪"中收"雨落一个泡,明日天气好;雨打一个钉,三日不会晴。(浙)"看来,上海和浙江都有公母雨的认识了。

沪语童谣"落雨喽,打烊喽,小八腊子开会喽",我猜想,这个童谣的意思是,下雨了提醒小朋友不要在雨中疯玩快些回家了。我有一册华东师范大学出版社出版的郑土有、王士均二位先生编著的《笃笃笃卖糖粥》,里面绘画者是李守白先生:四个小屁孩在雨中遮雨快跑,斜雨密集,我就是没有发现雨水落在地上是钉还是泡,画家偷懒没有画地上的雨脚。哪天,我得请教画家:这地上的雨脚应该是什么样子的。

贝瓦儿歌唱道:"下雨了,冒泡了,老头戴着草帽了。草帽尖顶着天,草帽圆当雨伞,叠只小船坐里边,飘呀飘呀靠岸边。"下雨天,小朋友们很愉快玩乐,原来这下的是母雨,天很快就好了,因为雨脚冒泡了!类似的话,还有"下雨了,冒泡了,王八戴上草帽了",这个似乎有些费解。我琢磨来琢磨去,觉得"王八戴着草帽了"其实也就是母雨的意思,当然它这样的表述是很隐晦的。

我跑到外面看这次雨落在地上是钉还是泡,但雨停了。我查了查手机天气预报,显示的是今明后天天天有雨,这么对照下来,今天傍晚落的是公雨。后天再下雨,会是母雨吧?这段时间,沪上雨水连绵,原来是雄雨在为非作歹!

馒　头

　　周四下午，我听人提及某人时用到了"包子"一词，我问是什么意思，他说"土"。次日早间，我请教小区里练拳的老人们，他们解释说："土包子，是一种意思。还有一种意思，表示人长得胖。"

　　通常而言，上海人一般不说包子，他们把无馅的那种食品叫馒头，把有馅的则叫肉馒头或者菜馒头之类。馒头、包子的源流到底是如何的呢？今日我没有出门，试着爬梳一下馒头、包子的来历，发现其复杂程度，远远超过今天人们的常识。

　　在馒头、包子的名称出现之前，首先登场的是蒸饼。汉刘熙《释名·释饮食》出现"蒸饼"一词。西晋大官僚何曾这家伙摆酷，看不上眼皇家的蒸饼，他府上蒸饼上面一定要蒸出十字来，通俗而言，那就是如今的开花馒头。这里友情提醒各位，千万不能把蒸饼简单等同为今天的无馅的馒头，否则下面我们没有再交流下去的可能。请记住，馒头最初是有馅的。唐段成式《酉阳杂俎·酒食》有"蒸饼法"，这表明唐代玩出了无馅的蒸饼了。宋周祁《名义考》十二如此记载："蒸而食者曰'蒸饼'，又曰'笼饼'，侯思正令缩葱加肉者即今馒头。"侯思正是武则天时的侍书御史，时人号他为"缩葱侍御史"。这个吃货在蒸饼上有两大创新：一个是不用甑蒸，而用了笼蒸；另一个是他调整了蒸饼的里料中葱与肉的比例，缩葱加肉，提前开启盛唐气象的生活图景。宋代皇帝向来喜欢折腾，因为避宋仁宗庙讳"祯"，蒸饼改为炊饼，吴处厚《青箱杂记》卷二里记着呢。武松的胞兄挑着担子行商，卖的就是这个炊饼。从《水浒传》中读来，这个炊饼是不带馅的。宋沈括《梦溪笔谈》记录说，饥饿无比的徐德占一次啖了约百蒸饼，这些蒸饼按道理也该是不带馅的吧。不过，宋人有时忘了尊重皇威，尤其是朱熹这厮，他在《朱子语类·大学》还在使用"蒸饼"一词。当今挺费解的是宋人笔记的如实记录，如宋吴自牧《梦粱录》中，炊饼、馒头并提。炊饼就是炊饼，馒头就是馒头，换言之，炊饼不等同于馒头，客官这里务必要费思量。明李时珍《本草纲目·谷部·蒸饼》说蒸饼"发成单面所造"，其意思是，蒸饼即不带馅的发酵面食。

"馒头"一词诞生前，有"曼头""牢丸""曑头"的名称。"曼头""牢丸"，始见于西晋束皙《饼赋》，两者有些差别：春食曼头，牢丸四时皆宜。"曑头"，文字偏僻，出于东晋卢谌《祭法》"春祀用曑头"，《祭法》残骸从唐徐坚《初学记》里能窥到。"曼头""牢丸""曑头"这三个词，"牢丸"用得久一些。不过，到了宋代，就开始折腾了：欧阳修《归田录》卷二说，莫晓牢丸为何物；陆游《与村邻聚饮》诗"蟹供牢九美，鱼煮脍残香"下自注："闻人懋德言《饼赋》中所谓牢九，今包子是。"陆游等人把"牢丸"改造为"牢九"，文人有创举。唐代人在玩名词方面，不见得比宋人差劲，如玄宗时的"面萮"，德宗时的"玉尖面"。五代后周王仁裕《开元天宝遗事》说，都中正月十五造面萮。宋陶毂《清异录·馔羞》说,赵宗儒闻唐德宗今日早馔玉尖面,消熊栈鹿为内馅,其形制盖人间出尖馒头也。消熊栈鹿,太稀罕了,皇帝老儿真会吃。五代十国时期,馒头内馅一塌糊涂,配个破烂的磁缸沾些醋酒将就将就罢了,五代后蜀何光远《鉴诫录》卷四引《咏安仁宰捣蒜》诗如此苦叹:"半破磁缸盛醋酒,死牛肠肚作馒头。"相比之下,宋韵就高大上了,请看岳珂《馒头诗》:"几年太学饱诸儒,薄伎犹传笋蕨厨。公子彭生红缕肉,将军铁杖白莲肤。芳馨正可资椒食,粗泽何妨比瓠壶。老去齿牙辜大嚼,流涎才合慰馋奴。"西湖边上,歌舞之,饮食之。

说了半天,该点"包子"的名了。包子作为饮食类名词,最早见于宋陶毂《清异录》中五代汴梁阊阖门外张手美家食馆伏日卖"绿荷包子"。绿荷包子是节令食品,伏日宜食羊肉,也许绿荷包子里正是羊肉,但这包子肯定不是烤包子。有的人发现宋王栐《燕翼贻谋录》中用到了"包子"一词,以为也是食品,殊不知,那是皇家生太子、公主时大发的银钱封包,当然,此"包子"从来不会下发到民间。包子进到山村野外,此时素包子出现了,我们不妨打开黄庭坚《宜州乙酉家乘》《与人简》,就能查找到山谷居士吃了好几次素包子。包子发生重大转型,还是偏隅江南之时,里料、形制都精彩极了,宋人笔记的无数记载,诚不我欺。

到此,我们该对馒头和包子相提并论了。《梦粱录》中,馒头、包子并提,两者馅料相同,但面皮和形制有区别。明宋诩《宋氏养生部》详细记载当时包子、馒头的形制与制作过程。宋诩是松江人。书中称包子"方言脑膪",交代明代中期江南馒头用发酵面皮制作,包子用不发酵的薄面皮制作,仍如宋元时期做法。明代中晚期,包子、馒头的所指已有混同之势,方以智《通雅》中有"包子即馒头"的表述。

　　宋高承《事物纪原·酒醴饮食·馒头》怀疑馒头始于诸葛亮征孟获时的造假术，这与"猎头"习俗有关。如果诸葛亮当年就能如此装神弄鬼见到成效，那么"猎头"习俗就不会流传很久。

祜骇嚯和芦稼

我本来是太湖县贫下中农的子弟,向来没有天赋,姚桐城老师逼我看看《朝花夕拾·后记》并写出 200 字以内的读后感,一不小心,我有一大收获:左县有善口技者,即鄙人也。

1927 年,鲁夫子或作或辍写个《后记》用时两个月,文章结结巴巴的,实在不高明。文章的一开头是勘误:"我在第三篇讲《二十四孝》的开头,说北京恐吓小孩的'马虎子'应作'麻胡子',是指麻叔谋,而且以他为胡人。现在知道是错了,'胡'应作'祜',是叔谋之名,见唐人李济翁做的《资暇集》卷下,题云《非麻胡》。"然后是一段引文。所引原文的部分文字为:"俗怖婴儿曰:麻胡来!不知其源者,以为多鬃之神而验刺者,非也。隋将军麻祜,性酷虐,炀帝令开汴河,威棱既盛,至稚童望风而畏,互相恐吓曰:麻祜来!稚童语不正,转祜为胡。"麻祜长相不好,人品也不好,开河时名声很臭。帝京民间恐吓小孩的"麻祜子",竟然与左县驱赶麻雀的发音有相通的地方。

余世磊大师久居禅源,我惟妙惟肖地发驱赶麻雀之声"wu wæ hɜː",请教大师如何用文字表达出来,余大师快速直言"搞不懂"。我只得认真格声。左县驱赶麻雀的发音是"wu wæ hɜ:"，我过去以为对应的是"胡亥嗬"三字。胡亥太可怕了，连麻雀听见"胡亥嗬"之音都吓得从稻谷上惊飞逃离。麻雀确实极其可恶，与含辛茹苦的农家夺食，而民以食为天，麻雀自然是天下之公害。天下苦秦久矣，后来我念书的时候读到这样的句子，深以为然！如今整本书阅读，看到鲁夫子的《后记》，我觉得我的自解格局不够，"wu wæ hɜ:"对应的当是"祜骇嚯"三字。从胡亥到麻祜，虽然时间从短命的秦代降到了短命的隋代，但转型后，可以引经据典，还能与帝京套近乎，左县"wu wæ hɜ:"这乡野之声真是很有面子，而我善摹拟其声，天生我才，说不定哪天我也能成为非遗项目"鸟哨"的代表性传承人！

左县方言还是很好玩呢，譬如沪上人叫"甜芦粟"的农作物，我从小叫它"liu ji"，它对应的是哪两个字呢？读了四年汉语言文学专业的我，跟所有的太湖县贫下中农一样写不出来。新近因为关注崇明谚语，姜中其先生从崇明沙快递我一大堆书，其中有方言类的，我看到"芦穄"二字，恍然大悟，"liu ji"不正是"芦穄"吗？在左县，如数字"六"发音为"lu"。这么串起来，左县原来早就归依于长三角一体化中了！

太湖人一向自卑，对外总说自己是废府安庆人，我好介绍自己是太湖人，有时还上溯为左县人。从方音的两个例子而言，太湖从古到今竟然这么高大上，左县自信怎一个"乐"字了得！

桂香二度

推窗，桂香扑来，这是我的工作环境。哪怕是免费加班，我也喜欢！

十月份是开会的月份。节假日上来的第一个周末，学术会议红扑扑赶来了。我提交了一篇论文，得到的奖赏是以文与会，以及担当分组主持人。主持人就是报幕和掐时间，但是有位高人告诉我，看看人名、题目上有无生僻字，内容也适当泛读，为此，我真的在夜色桂香中加班了。9位报告人，人名、单位，我基本上能清楚报幕，就是有个题目中一个字的读音我卡住了。韩愈大致53岁时在潮州作了《越裳操》，这个"裳"的读音是"常"还是"商"呢？我上下求索，左右请教。越裳亦作"越常"，亦作"越尝"。在古代，"衣"是指上衣，"裳"是下衣。古人称浙江为"越"，古人认为北方为尊，认为"南"这个方向是等级偏下的概念，用"越裳"来表达这个地方在浙江的南面。我终于释然一笑，回家用膳。只有那夜来香，吐露着芬芳，我爱这夜色茫茫。

桂林路一带的桂花，把上海秋色谱写得有声有色更有味。谁知道上海大学也有桂花飘香，桂香入鼻，加快了我的新陈代谢,我就等着会议合影,因为会议议程上有"茶歇"环节,我早上只吃了一块又薄又小的干饼,合影事小,茶歇事大。终于,终于,等到了合影,等到了茶歇,点心咖啡红茶的香味比飘渺的桂香更充实更体贴!

又闻到桂花,是在我们结束紧张的会议议程后走在校园的时候。桂花之香,敌不过拧开桌上两个瓶子后从瓶子里散发的香味。我们在白色液体和红色液体之间选择,然后共同举起酒杯润喉。喝酒不能尽兴,因为晚上还有一场吟诵比赛即将到来,评委和鼓掌的人只好速战速决。刘教授从口袋里摸出一个环形的玻璃器皿,将白色液体灌注其中,据他说器皿的容量是二两八,器皿肤色原来是红色的,因为被摩挲过多,如今成了透明颜色。他本来还有一个方形的玻璃器皿,没有随身带来,我为他不能尽兴和考虑不周而表示无比的遗憾。桌上也没有佐酒的花生米,刘教授说,爱酒人士是不需要酒外之物的。看来,喝酒也是有王国维描绘的三种境界的,刘教授属于最高的那种境界,他说,酒在唇间滑过,才思更容易涌起。刘教授属于李十二之流啦!

周日不用开会,我安心地睡了一个懒觉,不过年龄大了,懒觉也懒不了多少。我煮了常山贡面吃。左一个什么周年右一个什么周年,就是不给发寿面吃,我还是自行完善吧。常山贡面挺好吃,软软的,香香的,我特意用猪油煮面。秋天除了桂花献芹,动物界就没有当令逞能的吗?我突然想到横行的小动物和曲项的小动物,于是先后往烤鸭店和水产店问计。烤鸭店排队的人真多,而且爷叔们排队的多,酒水总是不忘记烤鸭的存在。我另外要了料,用去 39.9 元,后面的那个吃货用去 40 元,店家分切烤鸭的刀法堪称一流!铁桶里的小动物爬过来爬过去,我则在价位上挣扎来挣扎去,是选 35 元 3.5 两一只的呢还是 45 元半斤一只的呢?我不够格吃 45 元半斤一只的,这是群主级别的人士才够格吃的。我要了 4 只雌的。女店主听我委婉回环表扬她,就尽量挑大些的,女商人毕竟也是女的,所以她习惯听人夸个不停! 4 只雌蟹品相和体重非常不错,老堂客为此表扬我采购有功!

桂花持续吐蕊,周一晚上的课不放在办公室上,我把课堂放在浦东群艺馆,和学生们听上海评弹团卖力表演的评弹。评弹道具最简单,桌子一张,椅子两把,然后就是弹拨乐器。表演人坐着表演,我很佩服他们坐着如何运气发声的,不过我觉得这样的坐着表演不是一件好事,因为演员们大体是富态的。男左女右,两人刚开始落座,台下热闹了:一个爷叔和一个老阿姨为了座位的事越吵越凶,男女演员没法开口,他们倒过来看台下的演出。不一会,有人喊赶出老爷叔,我则高声呼叫老爷叔滚出去。也许老爷叔太珍惜评弹艺术,没有滚出去,和我们在一起欣赏"人生若只如初见"评弹演唱会。苏州话黏得我都想到苏州置业啦!回想老爷叔和老阿姨的吵架声音,比起评弹,那太刺耳了。评弹把"人"唱成"神",把"吾"唱成"奴",语句反复,尾音摇曳,听下来,感觉就是情满于山意满于海。苏州人听着评弹,吃着太湖螃蟹,这是多美的秋天享受呀!我问学生,听评弹还是上课哪个好,学生脱口而出听评弹好。很好,我的课程临时变化看来是相当明智的。

远于沉水淡于云,一段秋清孰可分。毕竟素娥留不得,人间天上一时闻。沪上桂香二度,夜来清凉,只有那夜来香,吐露着芬芳,我爱这夜色茫茫。

受　业

　　"古之学者必有师。师者，所以传道受业解惑也"，这是唐人韩愈名篇《师说》的首句。

　　苏轼称颂韩愈"文起八代之衰，而道济天下之溺"。韩愈是朱熹最为推崇的"五君子"之一，朱熹借助考订《韩文考异》来宣传"道学"。韩愈在宋代的地位一直不减，当前一些图书馆就以庋藏韩集的宋代刻本为骄傲。自世綵堂以下，韩集宋元诸本纷纷进入国家古籍珍贵名录。

　　明代中叶文坛上，活跃着秦汉派和唐宋派。唐宋派试图力矫秦汉派之弊，他们继承明初宋濂等人倡导的文道合一观念，茅坤编选并点评的《唐宋八大家文钞》在万历七年（1579）刊刻后，据《明史·茅坤传》说："其书盛行海内，乡里小生无不知茅鹿门者"，"一二百年来家弦户诵"。《唐宋八大家文钞》首列韩愈。茅坤高举韩愈的大旗，但是也害了韩愈，以《师说》首句为例，《唐宋八大家文钞》是这样刻印的："古之学者必有师。师者，所以传道授业解惑也"。自世綵堂以下，韩集宋元诸本中，此句用"受"字，文中"彼童子之师，授之书而习其句读者，非吾所谓传其道解其惑者也"则用"授"字，"受""授"二字前后不同。

此"受业",非彼"授业",茅坤《唐宋八大家文钞》罪莫大焉！茅坤编选时，市面上有什么韩集可以供他采用呢？还真的有刻本：上海师范大学图书馆藏《韩文》四十卷《外集》十卷《遗集》一卷《集传》一卷，十六册，由韩愈的女婿兼门生李汉所编，为明嘉靖三十五年（1556）莫如士刻本。《师说》开篇是这么刻印的："古之学者必有师。师者，所以传道授业解惑也"。这个本子天头有朱笔题写，该文上有十行朱笔："自'非人生而知之者'至'未吾未见其明也'，言解惑；自'巫医乐师百工之人'至'如是而已'，言授业；皆以传道贯之，盖舍授业解惑，盖无所谓传道也。（约李立侯说）。"这里，"未吾未见其明也"的第一个"未"字为衍文。《师说》首句即中心句，按照李立侯的说法，韩愈写着写着，却只写了"授业解惑"，倒是落了"传道"，换言之，我们似乎可以猜测出，李立侯就差点如下直接评价《师说》一文：文不行，道也不行。馆藏《韩文》集子把《师说》刻印得如此差劲、评价得过分低劣，我们大致想象得到：明代人的古籍整理研究功夫实在不敢恭维。这也不是特例，把李白的诗作《静夜思》擅改写成"床前明月光，疑是地上霜。举头望明月，低头思故乡"，也是明代人干的事。

清乾隆三年（1738），武英殿刻印了《御选唐宋文醇》五色套印本，该本中也承袭了"授业"的讹误。按照道理，武英殿版刻御选本，不可能缺宋本翻看。出现这样的怪相，问题出在哪里呢？唐宋派的主张，对当时文坛甚至对清代桐城派的影响都很巨大。清代人深受《唐宋八大家文钞》影响的大有人在，甚至卢轩也被误导了。卢轩，康熙四十八年（1709）进士，改庶吉士，散馆授检讨，充武英殿总裁，迁国子监司业。他工古文辞,上海师范大学图书馆藏《韩笔酌蠡》三十卷,卢轩撰,为清康熙三十九年(1700)卢轩清稿本。《韩笔酌蠡》里赫然印着:"古之学者必有师。师者,所以传道授业解惑也。"还有旁批:"传道解惑是一项,授业又是一项。重传道解惑,不重授业也。"从旁注来看,卢轩以为《师说》重传道解惑而不重授业。我们是否可以推测,后来的康熙朝武英殿总裁卢轩的文本直接影响了乾隆朝武英殿总裁版刻《御选唐宋文醇》呢?后来嘉庆朝编刻的《钦定全唐文》也采用了"授业"一词。这样陈陈相因,确实闹了一个大乌龙。

"授"与"受"是两回事,宋元版本刊刻"受业"无误。"古之学者必有师。师者,所以传道受业解惑也",意思是说,学者求师,承先哲之道,受古人之业,而解己之惑;而不是传道与人,授业与人,解人之惑。"彼童子之师,授之书而习其句读者,非吾所谓传其道解其惑者也",这里的"授"是授予的意思。明人不察,清人复蹈前辙,受业不易呀。

新米吗

我在食堂逡巡时,瞥到了姚桐城老师,他前面说"还在金山下午回来"呢,其实他也在琢磨午饭时不打招呼我们能否偶遇。他昨天去了一趟金山。午饭后,他让我跟着他,因为他为我备了新米。

城里人讲究喝咖啡,姚老师为我安排了一杯黑色饮料。他先邀请我看他田野调查的实物,那是两茎稻穗,他从田野中获得的,"边上的女孩子说这是麦子",他笑着说。"秋天不可能收麦子。城里人一开口,农民就笑话。"我看着即将成熟的稻穗,为自己识草木虫鱼之道而兴奋。我把稻穗放在喝剩的矿泉水瓶中,姚老师配上水果一二于旁,于是一幅乡村野物图立体创作出来了。

我们吹牛聊书后,时间就到了一点钟。姚老师送我下楼出门,从门卫室取了竹筒造型样的纸筒给我抱着,里面装满着新米。今年我在廊下山塘忙过一阵农文旅项目,如今竟然获得"上海廊下"标记的新农产品,我按捺不住欣喜,仔细琢磨着纸筒上的每一处文字和符号,只可惜的是里面新米的味道无法闻到。

贫下中农的儿子有天然的乡村情结,经过我格了一番后,我郑重其事地告诉姚老师:"这不是新米,这不是廊下新米。"纸筒上清楚地印着生产商是五常市福兴精制米有限公司,厂址是五常市龙凤山乡民利村,经销商是上海廊下农副产品销售有限公司,按照逻辑推理,这是东北五常大米。五常大米人工收割的时间在 9 月下旬,大米脱粒时间在 10 月下旬,倘若是机械大面积收割则在 10 月中旬前后进行,如此说来,五常大米新米上市要在 10 月下旬以后。如果说这个大米是今年新米,姚老师在金山采撷的稻穗尚未完全熟透,这自然也表明廊下新米尚未面世,五常新米也没有这么快就运来装配上市。

　　这个纸筒装帧雅致,但里面的大米并不特别珍贵。其产品名称为"优质大米",配料为"大米",其执行标准为"GB/T19266",质量等级为"优等"。GB/T19266 为地理标志,表明这是五常大米。产自黑龙江五常市的大米,被称为国内最好的大米。不过,挑选五常大米,不能只看"GB/T19266"就贸然买下,还得看配料,假如配料是"大米"或者"稻米",那么,它通常不是五常稻花香大米。查"五常大米网",知生产商五常市福兴精制米有限公司的厂址为五常市龙凤山乡民利村,生产许可证编号为 SC10123018403238;核"天眼查",知 9131011667788512XD 为上海廊下农副产品销售有限公司的统一社会信用代码。乍看纸筒上端的"上海廊下",人们容易想当然地以为纸筒里装的是廊下新米,——至少姚老师是这么向我宣传的。

　　晚上,我口述访谈我的一位大学同学,她刚从篁岭归来,我请教她:"请问农村收稻子了吗? 新米出来了吗?"她直接回答我:"还没有哦。"新米没有上市,久为农村户口的姚老师差点被人忽悠,乡误宁的我下午还敬告徐美丽老师"您跟着团长团的所谓新米不是新米"。商人的话,姑妄言之,姑妄听之。

漫　蔗

顽童周树人溜出三味书屋,钻进了百草园,"如果不怕刺,还可以摘到覆盆子,像小珊瑚珠攒成的小球,又酸又甜,色味都比桑葚要好得远",勇敢地摘了覆盆子吃,酸酸甜甜的味道,感觉肯定比上课爽快多了。

吃货苏轼这天收到河东狮吼的老公陈慥送来的覆盆子,于是写上尺牍交给快递员:"覆盆子甚烦采寄,感怍之至。令子一相访,值出未见,当令人呼见之也。季常先生一书,并信物一小角,请送达。轼白。"意思是说,采摘覆盆子不容易,真是感动极了;令郎来时,老朽正好巡山去了,也不让人广播找找我,难为情得很哪,赶紧回信回礼为妥。

覆盆子的面子够大,中学考纲里永远有《从百草园到三味书屋》必考篇目,艺术长廊里留下了《覆盆子帖》一幅国宝。

晋人郭璞、宋人邢昺首先权威解释说:茥别名蒛葐,蓬蘽别名覆葐、陵蘽、阴蘽;蓬蘽是覆盆的苗,覆盆是蓬蘽的子;覆盆子像莓但比它小,可食。

宋人郑樵接着表态:这个莓呀,丛生的即蓬蘽,大而且可爱;树生的即覆盆子,也叫西国草、毕楞伽;蔓生的即地莓,就是那个藨。

明人田艺蘅补充发言：先秦的图书管理员李聃曾讲过"不得其时，则蓬藟而行"，这大概是西国草得名的由来吧。

明人李时珍娓娓道来，明人方以智如数家珍，清人多隆阿引经据典，都说出了一大堆覆盆子的别名。

不说不知道，越听越糊涂，覆盆子的别名有半百吧，如悬钩子、覆盆、覆盆莓、树梅、树莓、野莓、木莓、乌藨子、山莓、山抛子、牛奶泡、撒秧泡、三月泡、四月泡、龙船泡、大麦泡、泡儿刺、刺葫芦、馒头菠、高脚波、山泡、野草莓、蓬藟、刺公公、阿公公、喵喵子、嘎嘎公、红苗、茅莓，等等。

全国各地方叫覆盆子更是五花八门。

衡阳说：覆盆子，土名乌藨子，也名插田藨。兴山说：覆盆子，一名乌藨子。仁怀说：覆盆子，又名乌泡。普洱说：覆盆子，又名插田藨。杭州说：覆盆子，又名插田藨，佛说苏密那花即此花。宜昌说：孟子果，俗名抛子。

黄岩说：覆盆子，一名红莓。分水说：覆盆子，俗名莓子；牛奶莓和刺莓都可以入药，蛇莓不可食。宁国说：覆盆子，俗名树莓子；稍大的叫牛奶莓，又有地莓子。黟县说：覆盆子，一名茎，又名蕵蕵；蛇莓，一名蛇藨，不可食；莓与大麦同时，所以名大麦莓，又名麦藨。镇江说：覆盆子，俗名莓子；有大小麦之名，大麦莓更鲜肥可啖；蛇莓不能食用。奉化说：覆盆子，俗呼郭公，就是说郭公鸟鸣，覆盆子始熟；插田时熟的，呼插田藨，也呼大麦郭公；薅田时熟的，呼薅田藨，也呼小麦郭公。丽水说：覆盆子，呼大麦莓。黎平说：覆盆子，一名栽秧藨；割田藨，功用与覆盆同；薅田藨，可食不入药。

昆明说：覆盆子，又名红锁梅。福宁说：覆盆子，俗呼钓篇。嵊县说:覆盆子,一名芦蒂藨;山莓,实如覆盆子而空心。

兴义说:蛇莓有其功效,治胸腹大热,食疗;孩子口噤,以汁灌之;傅,汤火伤痛即止。

"藨""抛""泡",音通。覆盆子大多以"莓"为名。也有"钓篱""芦蒂藨"的叫法。

大麦莓或者麦藨或者栽秧藨或者插田藨,口感最好;蛇莓或者蛇藨,不可食。覆盆子大部分有药用。

我们常说的覆盆子大体分为三种:一种就是狭义的覆盆子,蒂处空;一种是不可食的蛇莓;一种是蒂处实的莓或藨。

香　椿

　　清初文艺吃货李渔在他的《闲情偶寄》里大声地说："能芬人齿颊者，香椿头是也。"香椿头是啥东东呢？

　　远在战国时，估计活了八九十岁的庄周就没少吃过香椿头，他在《庄子》一书里这样说："上古有大椿者，以八千岁为春，以八千岁为秋。"上古这棵灵椿竟然有超万岁的高寿，它上面冒出的香椿头不就是长寿甄品吗？庄周喜欢梦蝴蝶，也应该喜欢吃香椿头，他的日子过得总是那么惬意！世皆尚之的香椿头是食物，也是药物。明初，皇家子弟朱橚在他的《普济方》里收了"香椿散"方："治瘴气、恶心、四肢疼痛、口吐酸水、不思饮食、憎寒壮热，发过引饮。"明末，科学大师徐光启在他的《农政全书》里说："其叶自发芽及嫩时皆香甘，生熟盐腌皆可茹。"这些很有身份地位的人不约而同向我们揭示了一个现象：香椿乃药食同源！这也难怪李渔津津有味地吃着香椿头，潇洒地过着极其休闲风趣的日子。

　　济南有吃春习俗。吃春者，吃香椿也。春季是肝病的高发季节，春天自当养护肝，甘味食物能补肝益肾，香甘的香椿天然就是药食同源首选。2002 年 2 月 28 日，卫生部颁布《关于进一步规范保健食品原料管理的通知》，里面有"既是食品又是药品的物品名单""可用于保健食品的物品名单""保健食品禁用物品名单"三份名单，细看下来，没有"香椿"两个字。若得椿龄，怎能无"能芬人齿颊"的香椿头呢？

春分时节吃香椿，不要说我没有告诉您哦。2020 年 3 月 20 日春分，时过一周，香椿头进入了您的厨房间了吗？

桑　葚

　　桑葚是桑树的果实，鲜嫩甘甜。小时候，桑葚漫山遍野都有，就是放牛娃也嫌弃它，怕它已被蛇虫碰过或者汁水沾染上衣服。

　　"桑葚"最早出现在《诗经·卫风·氓》"于嗟鸠兮，无食桑葚"中，这个诗句的意思是说：唉呀，斑鸠啊，不要贪吃桑葚哪！斑鸠喜欢吃桑葚，但如果吃多了这个鲜果，就会醉而伤其性。利用斑鸠做实验，古人成功地得出了食桑葚过则易醉乱性的重大发现，所以，桑葚是禁果，不能吃！

　　商代甲骨文中，已有"桑""蚕"等字。桑为蚕本，育蚕必先栽桑。桑有荆桑、鲁桑。鲁桑葚少，叶圆大而丰厚。荆桑葚多，叶瘠薄而边多锯齿。以鲁桑接于荆桑，谓之接桑，俗称湖桑，叶尤肥厚。以接桑条压土生根，后截断分栽，谓之压桑，此时绝不生葚。一亩桑顶十亩粮，蚕桑之家墙边屋角好栽桑，目的是养蚕缫丝做衣裳，而不是贪于口腹之欲。桑葚果汁接触了桑叶，不利于蚕的生存，所以采桑叶时务必去除干净桑葚。经接桑、压桑、去桑葚后，还吃什么吃！

　　其实桑树是个总称，我们现在可以分之为桑树和桑葚树，后者是结果的,其果就是桑葚。荆桑是典型的桑葚树,它结出串串果实。在古代,人们并不稀罕这个鲜果或者桑葚干,除非实在是到了御饥荒的紧要关头而不得不吃它!

王莽时,天下大荒。大孝子蔡顺采桑葚,将红色的、黑色的分类装起来,赤眉军看见而生疑问,蔡顺回答说:"黑的用来奉母,赤的自己吃。"赤眉军感动得送盐二斗给了蔡顺。三国时,曹操军队无粮乏食,杨沛毅然决然奉上干葚,后来杨沛迁升为邺令。后燕时,军士多饥饿,乃禁民养蚕,以桑葚为军粮。前金末年,民多饿殍,到了夏初,青黄不接,而桑葚已熟,食葚得以存活的不可胜计。

桑葚酿酒固然不错,但是乡人畏其繁难,桑葚果酒酿造向来不发达。倒是桑葚制药引起人们重视,《伤寒论》《本草纲目》里都有药方记载。

这些年,随着养生保健的意识越来越浓厚,美容美发的潮流越来越浩大,桑葚因其药食同源日益得到人们的青睐,竟然冒出了民间一直有"四月桑葚赛人参"的说法。当然,桑葚的药食同源价值可以得到关注和开发,也许"四月桑葚赛人参"不过是商家一厢情愿的呓语吧?化肥、农药下迅猛生长的桑葚,是否利于口,也许这需要吃货们三思而后行吧。

栀子花

　　远在西汉,人们采集栀子的果实为黄色染料而获得高额利润,《史记·货殖列传》有这样的记载:"若千亩厄茜,千畦姜韭,此其人皆与千户侯等。"家有千亩厄茜的人可与千户侯等。这里,厄、茜都是指染料,厄指栀子的果实。

　　栀子的果实也是重要的中药材。东汉以来,灾害频繁,栀子的药理作用被重视,在东汉时期整理成书的《神农本草经》和三国时期的《吴氏本草经》均有收录。

　　栀子,俗称栀子花。逮至西晋,栀子花的园艺价值得以推崇,《晋书》载道:"晋有华林园种栀子,今诸宫有秋栀子,守护者置吏一人。"宫苑内开始种植栀子,并设官吏专职守护栀子花。

　　栀子具染用、药用、观赏用于一体。到了明代,在所谓有资本主义萌芽的苏州一带,"栀子花开"唱响在民间山歌中。明末冯梦龙所辑的《山歌》有民歌《等》:"栀子花开六瓣头,情哥郎约我黄昏头。日长遥遥难得过,双手扳窗看日头。"民歌首句采用起兴方法,以引出后面的情爱故事。唐人段成式《西阳杂俎》称"诸花少六出者,惟栀子花六出",六出即六个花瓣,六出少见因而弥见珍贵;民间则以"六"为吉利的数字。如此起兴,巧妙自然。在吴侬软语的苏州,一个直率真挚的女子活泼泼地显现出来了。

由于"苏州歌谣的大总集"《山歌》与正统文化相距甚远,就落下失传甚久的命运。1934年,传经堂主人在徽州访得《山歌》原书,顾颉刚校点后,1935年上海传经堂将它排印出版。在吴地民间,"栀子花开"的歌声一直未衰,如《中国·河阳山歌》(华东师范大学出版社2006年出版)里采集的《栀子花开六瓣头》所唱的"栀子花开六瓣头,情郎约奴黄昏头。夏至日长难得过,手扳窗格望日头",与《等》较为接近,不过它把时间定格为夏至时节,确实恰如其分,此时栀子花开。

1981年,一部反映1939年上海处于"孤岛"时期的电影《七月流火》公映,影片的主题歌为《栀子花开六瓣头》,由于伶作词、王云阶作曲。其歌词如此:"栀子花开六瓣头,情哥约我黄昏后,日长遥遥难得过哎,恨不得,恨不得,双手扳下那,扳下那,毒日头,双手扳下那,毒日头。"该主题歌有着浓厚的民歌风味,实际上它来自于《上海民歌选》(上海文艺出版社1958年出版)中的宝山民歌《恨不得双手扳下毒日头》"栀子花开六瓣头,情哥约我黄昏后,日长遥遥难得过,恨不得双手扳下毒日头"。"孤岛"时期,上海的女子大胆泼辣而又委婉含蓄地借助民歌抒发情怀。主题歌《栀子花开六瓣头》由在苏州长大的鞠秀芳演唱,别有韵味。钱乃荣选编的《上海民谣》(上海书店出版社2018年出版)收集的《恨勿得双手扳下毒日头》"栀子花开六瓣头,情哥约我黄昏后,日长遥遥难得过,恨勿得双手扳下毒日头",用的"恨勿得"属于沪语。

从冯梦龙所辑《山歌》以来,至于钱乃荣选编的《上海民谣》，"栀子花开"歌唱的都属于恋情，民歌状写出了情哥约情妹后情妹心花怒放和急不可待的情景，它在上海地区黄浦江之西流行。在吴地民间，还有一个"栀子花开"的版本，则属于婚情，歌唱的是和养媳妇当晚完婚前男子心花怒放和急不可待的情景，这个在上海地区黄浦江之东流行。

1928 年，国立中山大学语言历史学研究所出版的王翼之编《吴歌乙集》有这样的一首民歌《栀子花开来六瓣头》："栀子花开来六瓣头，养媳妇并亲今夜头。日长遥遥正难过，推开纱窗望日头。"并亲即完婚，男子与养媳妇当晚将成亲，男子白天里已经坐卧不安、神不守舍。就在上海之东，这样以男子的角色来唱的"栀子花开"歌声一直未曾歇息。上海杂志公司出版的《皇后》1934 年第 2 期上刊载了钱溎所作的一幅图画。图画中，室内栀子花盛开，墙上挂了一个钟，一位女子站起来，欲垫着小凳子遥望西窗外的太阳；图画上方写着"栀子花开六瓣头，养媳妇并亲今夜头，我十二个时辰真难得，歇歇开窗望日头"。图画中主人公是女子，这有些怪怪的。《川沙县志》（上海人民出版社 1990 年出版）里收进了一首《养媳妇并亲》："栀子花开来六瓣头，养媳妇并亲今夜。一刻时辰等勿得，开出西窗望日头。"子女住房子的西厢房，黄昏是结婚的吉时。男子心绪不宁，"一刻时辰等勿得"，推开窗户盼着日落西山，就等着黄昏时成亲。《中国民间歌曲集成·上海卷》（中国 ISBN中心 1998 年出版）采集了 1953 年南汇的《栀子花开六瓣头》："栀子花开（么）六瓣头（啊），新媳妇好日今夜头，十二个时辰（么）等勿得，开出（个）西窗（么）望日头。"好日即结婚的大戏日子，这里把"养媳妇"换成了"新媳妇"，不过新郎志忐不安的心态依然未变。

时在夏至，江南梅雨天，街巷青石板上湿漉漉的，一位老妇人坐在马路牙子上，面前搁着一个小篮子，篮子上铺一块蓝色的蜡染方巾，"栀子花——白兰花～"，柔柔的、悠长的声音在迷蒙的雨巷中回响，一位袅袅娜娜的旗袍女子佩戴着栀子花撑着一把花雨伞瞬间把画面增亮。栀子花和白兰花，是海派味道的花，在上海，男人买给女人，大人买给小孩。突然间，我听到《上海外滩》总编辑曹剑龙在吟哦浦东民间歌谣："栀子花开六瓣头，阿哥约阿妹黄昏后。侬有情来我有意，勿怕别人嚼舌头！"

石榴雄雌

　　学思湖的南边有琴房,琴房东南有些石榴树,一些果子在冷风中挂着。

　　如今,我早上上班总从这经过,前往食堂。石榴树没有一株长得婀娜多姿或者亭亭玉立,歪歪扭扭,要样子没样子,不过果子结了一些,小得比核桃大不了多少。每株石榴树都结了果,我突然想到,石榴树也分雄与雌的吗? 如文苑楼前的银杏。

　　54 号楼前的石榴树也有果,图书馆馆长窗外的石榴树也有果。石榴果是婚俗中受宠的喜果,在"只生一个好"的年代,石榴果多子多孙的寓意丝毫没有改变。上个月,我在教苑楼西南角竟发现红艳艳的石榴花与浅红色的石榴果同在一株石榴树上相看两不厌,当时我还特意拍下照片,好让别人相信我眼见为实。现在我翻了翻手机,照片还在呢。10 月 29 日拍的。那花在枝头,颜色俏丽,基部较小,侧面看,呈钝角三角形。我常从 54 号楼前过往,那儿的石榴花跟这秋花不一样,基部比较膨大,花形呈喇叭状或者钟状。就在格琴房边的石榴树时,我突然猜想石榴花不同形状是否就意味着雄雌之分呢。午间,我当面请教别人石榴树的雄雌,别人哈哈回答了我。晚间,我求教万能的网络,度娘给我抛了一个媚眼:我的猜测是对的。

多识草木虫鱼,也添些趣话。昨见乡人行走于桐城文脉腹地,伊欣然发图照于朋友圈。两层老楼前有一株银杏树,我说那是雄的;乡人问树边两凸起的石头的性别,我说双峰耸起,雌石也。我并絮絮叨叨地生发开来:一雄一雌,阴阳和谐,天造地设,人杰地灵,桐城风流,于斯为盛。

树有雄雌,花分雄雌,谁敢说石头没有雄雌之别呢?桂林公园有石公石婆,康健园有石公石母。天地之间,无奇不有。再说,天是公,地是母,"我劝天公重抖擞","天公",天是公,对吧?

障目之术

《论持久战》中有这么一句："一叶障目，不见泰山，而自以为是。"一叶障目，是一则汉语成语，它最早出自于先秦时期的《鹖冠子·天则》："一叶蔽目，不见泰山；两豆塞耳，不闻雷霆。"太山，即泰山。后人据此提炼出这则成语。

据说，鹖冠子是周朝时的楚国人，因他隐居山中常以鹖鸟的羽毛作为冠饰，因而得名。三国魏国时，邯郸淳撰《笑林》记载了一则楚人滑稽故事，这里暂取中华书局出版的一个校点本，来交代楚人隐形故事："楚人居贫，读《淮南方》，得螳螂伺蝉自障叶，可以隐形。遂于树下仰取叶，螳螂执叶伺蝉以摘之。叶落树下，树下先有落叶，不能复分别，扫取数斗归，一一以叶自障，问其妻曰：'汝见我不？'妻始时恒答言：'见。'经日乃厌倦不堪，绐云：'不见。'嘿然大喜，赍叶入市，对面取人物，吏遂缚诣县官。受辞，自说本末，官大笑，放而不治。"

这个故事说的是，有个楚人，夏天里读书，读到螳螂躲在树叶后面逮蝉一节时，决定践行。楚人本来想把螳螂障目的那片树叶摘下来，但是这个利器碰巧掉落在地上，混在一大堆树叶中,于是,书生把这堆树叶打包快速回家,一一自测,不厌其烦地问娘子:"侬窥见吾拉筷?"娘子开始还说"当然窥得到",后来不耐烦说"嗯嗯,这哈窥不到啦"。书生喜出望外,抓上这片树叶,跑到街上对面取人家东西。这事闹到县官老爷那里,大人听完来由,狂笑道:"放了600号的这家伙。"

眼睛被一片树叶挡住,堂而皇之行窃,楚人偶尔玩了一次障目术却丢脸丢光了。当然,这并不表明障目术是无效的。还是先说动物界中吧,惯玩障目术的,除了树上的动物,还有水中的动物,屡试不爽的。三国吴国沈莹撰《临海异物志》,这部区域性物产志主要记载吴国临海郡(今浙江南部和福建北部沿海一带)的风土民情和动植物资源,其中记载了竭朴的习性:"竭朴,大于蟛蜞,壳黑斑,有文章,螯正赤,常以大螯障目,小螯取食。"竭朴是一种蟹,它取食方式与众不同,"常以大螯障目,小螯取食",大体与楚人一手执树叶一手径取人家的物品套路一样,不过,竭朴取食和螳螂捕蝉之障目,楚人是学不来的。

楚人念了两行书玩障目误事,人世间也有玩障目的高手。北魏时的高僧超达,他玩障目术得以脱身。唐释道宣撰《续高僧传》,称道超达多学问,有知解。一日至夜四更,不知超达用了什么法术,反正他离荥阳狱出走了。接下来,惊心动魄的场面出现了:"及至天晓,虏骑四出追之,达惟逃必不免,因伏草中。骑来蹋草并靡,虽从边过,对而不见。仰看虏面,悉以牛皮障目。达一心服死,至诚称念。夜中虏去,寻即得脱。"黑压压的骑兵搜寻围剿超达,弄得超达身边的杂草都被蹋烂,但骑兵们就是发现不了他,原来这厮"悉以牛皮障目",牛皮帮助他得以脱难。

　　障目之术，姑妄言之，姑妄听之。螳螂、蝎朴障目取食，也许是动物天性，但是，如果人们也想仿生，一叶障目大概容易误事，以牛皮障目或许真能迷惑对方从而偷着乐。

举案齐眉

　　《增广贤文》中有"举案齐眉"，"举案齐眉"说的是东汉孟光的故事。怎么举案如何齐眉呢？清人改琦所绘的《先贤谱图》手稿本中有图有文。

　　《先贤谱图》，清人改琦编绘，清嘉庆十年（1805）稿本。该稿本藏于上海师范大学图书馆，入第一批《国家珍贵古籍名录》第01563号，亦入第一批《上海市珍贵古籍名录》。《先贤谱图》收《梁鸿》一幅画。画作上半部是题诗，诗题为"梁鸿"，诗作内容为："伯鸾者何，修远之子。介耻攀龙，贫资畜豕。仰颂逸民，庶追芳趾。贞配孟光，骨埋吴土。"此诗即明代黄省曾所作《高士颂九十一首》其六十八《梁鸿》。此诗是对《后汉书·梁鸿传》的改写。诗末钤印"改琦"朱方。画作下半部是绘画：梁鸿在案桌边端坐看书，桌上有笔墨，梁鸿侧背后有个红色深桶以及斜倚在桶边的长棍；孟光微弓身，手托着盘，盘中放着两个盖杯，所举盘子高度与孟光的眉毛齐平；画的末端钤印"友芝／私印"朱方。

　　绘出"举案齐眉"的情景，难度还是不小的。据史料所载，孟光肥丑而黑，力举石臼，为椎髻，着布衣；梁鸿隐居吴地时，为人赁舂,每次干好活回家,孟光为他准备饮食,不敢在梁鸿面前仰视,举案齐眉。改琦笔下,孟光肥丑而黑的特征没有传神地状写出来;所举的案盘里不太像是饮食,没有箸类,托盘里放的像是茶杯,而且是两个茶杯,好像俩人将要一块喝喝热茶;桌上笔墨仍在,没有收拾,梁鸿和孟光就这样将就着对饮么? 茶在东汉尚未进入饮品系列,这两个盖杯里会是啥名堂呢? 如果是吃喝的,匙箸又不见,东汉时流行手抓饭么? 梁鸿打工舂米回家,"举案齐眉"的故事才上演,画作中红色深桶和边上斜倚的长棍之类按道理不该是舂米桶和舂米棍,不过它们看起来似乎是舂米桶和舂米棍。梁鸿喜欢读书还喜欢发表诗文,他舂米回家,立即手捧书卷,还磨墨试图创作,只是在什么地方创作呢? 就在他手捧的读物上么? 孟光举案齐眉时,梁鸿还沉浸在书中,笔墨尚在桌上,一种理解可能是他将在桌上创作。梁鸿生活的时代,蔡伦还没有把造纸术推行开来,梁鸿没有纸张好写,不过,梁鸿手捧的正好是纸张样的读物。如此等等,改琦所绘,疑点甚多。

那么,绘者改琦是谁呢? 改琦(1773—1828),回族,字伯韫(一作伯蕴),号七芗、香白,又号玉壶生、百蕴生、玉壶山人等。其先本西域(今新疆)人,世以武职显。祖父改光宗侨居松江(今上海)。改琦自幼通敏,工于诗画,善绘人物、仙佛、仕女,书法、诗词造诣亦颇深,时人谓之"三绝"。改琦一生创作颇丰,代表作有《红楼梦图咏》、《逗秋小阁学书图》、《云间邦彦画像》(临摹)、《执扇仕女图》等。改琦之子小芗,其孙再芗也善画,另有学生顾春福等亦善画人物、仕女,时人谓为"改派"。改琦精绘历代先贤九十人,画作四十二帧,各为题记,合订为《先贤谱图》。《先贤谱图》曾为清人莫友芝珍藏,有清人祁隽藻题跋。

先贤读书者众,《先贤谱图》中先贤要么手捧书卷,要么手执卷轴。造纸术的发明,逐渐使纸张成为书写工具。汉人张揖认为,蔡伦以前的"古纸"是丝织物,即把数枚书写用丝绢叠在一起称为"幡纸",但是在《梁鸿》中,其书卷的四周有框、里面有格,这不正是后来线装书的模样吗?《先贤谱图》中的画作《任安》里面,任安手上的读物与《梁鸿》中梁鸿手上的读物相近,而任安是西汉人,当时更不可能出现纸张。如此说来,"举案齐眉"所描绘的细节有悖于史实,同样,改琦所绘《先贤谱图》情景偶有穿越。

鸡蛋里挑骨头,穷心尽力格物,会给自己和别人带来许多麻烦和不快。我不懂艺术,没有从艺术角度格"举案齐眉",罪莫大焉!《先贤谱图》首先是艺术甄品,外行说说热闹而已,诸君切莫以为真,切莫生我的气哦!

缩写之难

缩写，是小学语文课上经常操练的一种写作方法。它要求学生在认真领会所读文章的主旨内容的基础上，通过概括提炼，用几句话加以总结成一篇短文。缩写之难，是不可改变原文的原意，需要确保缩写后的内容基本上保持和原文一致，不会使读者产生歧义。欣闻壬寅年高考题目中有处缩写，我细细品味后，仍然觉得缩写之难依然存在。

壬寅年高考题目中的缩写是这样的：

《红楼梦》写到"大观园试才题对额"时有一个情节，为元妃（贾元春）省亲修建的大观园竣工后，众人给园中桥上亭子的匾额题名。有人主张从欧阳修《醉翁亭记》"有亭翼然"一句中，取"翼然"二字；贾政认为"此亭压水而成"，题名"还须偏于水"，主张从"泻出于两峰之间"中拈出一个"泻"字，有人即附和题为"泻玉"；贾宝玉则觉得用"沁芳"更为新雅，贾政点头默许。"沁芳"二字，点出了花木映水的佳境，不落俗套；也契合元妃省亲之事，蕴藉含蓄，思虑周全。

以上共三句话。《红楼梦》写到'大观园试才题对额'时有一个情节,为",交代了原文出处,后面则是具体的缩写短文了。第一句,总体概括情节。第二句,分别叙述三方的题额情况。第三句是评价题额"沁芳"的优胜之处。整个缩写,结构明晰,层次清楚,但是瑕疵略有几处。

第一句初看下来,似乎确实相当精简,但是对照原文(为表达方便,《红楼梦》原文字,在此一并简称为"原文"),还是有点表述上的纰漏。"匾额题名"虽然概述了下文内容,但与原文内容有出入,也与"大观园试才题对额"的回目标题有分歧。题匾额后,宝玉接着应贾政之命为沁芳亭作了一副七言对联。试才的完整过程,就是题匾额对联,即"题对额",先有题额,再有题对。众人都为宝玉的题额而赞宝玉才情不凡,都为宝玉的题对而称赞不已;贾政前是点头不语,后是点头微笑。整个试才,题对语言虽然不多,但是也很精彩。当然,命题者有自己的出题思路,但是,缩写再加上一句又何妨? 反正,题干要求是另行交代的,围绕着题匾额而展开其命题要求。如果不想续上题对内容,那么,第一句是否有必要调整呢? 否则,要么让没有读过《红楼梦》的读者以为这里的"试才题对额"只有题额而没有题对,要么让读过《红楼梦》的读者容易产生第一句表述有些怪怪的感觉。

第二句由三个分句构成,是缩写的主干。

第一个分句的主语不妥,原文是"诸人",而不是"有人","诸人"与"有人"字数一样多,缩写时直接套用"诸人",缩写者何必改动为"有人"呢?"《醉翁亭记》'有亭翼然'一句中,取'翼然'二字",如果不计算其间的标点符号,共有 16 个字;原文作"《醉翁亭记》有云'有亭翼然',就名'翼然'",如果不计算其间的标点符号,共有 14 个字。一缩写,反而比原文的字数多了,表面上看是因为文白翻译的原因造成的,但是问题是这里有些意思反而错乱了。古文是讲究句读的,句读当然就有句有读,《醉翁亭记》是名篇,大家对"有亭翼然"的完整出处肯定都应该熟悉得不能再熟悉了,"有亭翼然临于泉上者,醉翁亭也",这个"者……也"句式结构,表示判断语气,再放大地说,就算"有亭翼然临于泉上者"为一句,那么其间的"有亭翼然"怎么也不好算是句子吧?原文"就名'翼然'",缩写则称"取'翼然'二字","二字"为衍文,自然可以删去;"名"字笼统,缩写则用"取"字,就是"取名"的意思,本来是为了给亭子匾额题名的,而题名与取名的指向对象是不同的,这里不能够混用。

第二分句大体没什么问题,只是"主张"一词,与第一分句中的"主张"重复,建议替换一个近义词,从而使得语言丰富一些。

第三分句很短,"贾宝玉则觉得用'沁芳'更为新雅,贾政点头默许",原文则很长。缩写短文中,把原文相应的一些句子并在第三句中了。这里概括"沁芳"新雅,所以,第三句就围绕着"新""雅"而展开的。实际上,宝玉指出过"泻"字存在着不妥和不雅两个方面的不足。新雅,正是对"泻玉"的不妥和不雅而进行的调适。随后,"贾政点头默许",原文此处作"贾政拈髯点头不语","不语"属于客观描述,"默许"则变为缩写者的主观改写了,孰优谁劣,高下立判。

第三句缩写,概括"沁芳"二字"点出了花木映水的佳境,不落俗套;也契合元妃省亲之事,蕴藉含蓄,思虑周全",前者对景而言,所谓"不落俗套",后者对人而言,所谓"思虑周全"。

这里"不落俗套",指的是什么意思呢？述古是俗套么？无论是"翼然"甚至是"泻玉"，它们袭用或化用名人名篇，都是陷于陈窠俗套吗？只不过在此时，宝玉一反之前题名宜述古的见解，则认为"沁芳"是新雅的。"不落俗套"，放在这里，缩写者表面上是想称颂宝玉，那么，联系上宝玉前面的所言所语，"不落俗套"的好评就不讨好了。因此，"不落俗套"的评价，它背离了原文文本，缩写者有些断章取义和率性发声了吧？相应地，"思路周全"，是缩写者的一厢情愿，没有必要这么硬性评价。因此，"不落俗套"和"思路周全"是缩写者的个人评价，都不在原文之中，尽可删去。

缩写之难，尤其是面对名著《红楼梦》时，缩写起来尤其困难。原文这段文字，相对于参加高考的学生而言，阅读起来本来也不艰深，命题者何不做个文抄公，为什么反而自讨烦恼，去缩写一番呢？

名著中的萱草

萱草自有其文化韵味，一为忘忧，二为宜男，三则代指母亲。四大名著《水浒传》《三国演义》《西游记》《红楼梦》以及《金瓶梅》中，《水浒传》《三国演义》都没有写到萱草，萱草也就是我们通常所说的黄花菜，《西游记》中有三回写到食用的黄花菜。这里只说《西游记》《红楼梦》《金瓶梅》三部名著中的萱草。

萱草的花期，大致开始于立夏时节，也就是说在农历四月。萱草出现在《西游记》卷九十四回中。巳时前后，天竺国国王安排车驾，请唐僧一行四人到御花园内观看。御花园是个好去处，亭台楼阁，风景不凡，花草尤其迷人："芍药异香，蜀葵奇艳丽。白梨红杏斗芳菲，紫蕙金萱争烂漫。丽春花、木笔花、杜鹃花，夭夭灼灼；含笑花、凤仙花、玉簪花，战战巍巍。一处处红透胭脂润，一丛丛芳浓锦绣围。更喜东风回暖日，满园娇媚逞光辉。"既言"东风回暖日"，以上所写时节，当在如烟春日。唐僧被选为天竺国驸马的那天是初八，在唐僧跟玉兔壬子十二日结婚前，四僧宴乐御花园。有人曾推算，《西游记》里这"壬子十二日"指的是 624 年二月。二月里，御花园内这么多的花草都争奇斗艳,似乎与人间花园不一样。古人称农历二月为杏月。萱草的花期始于农历四月。红杏与萱草齐艳,吴承恩这里有些大话。《西游记》中写到食用的黄花菜时,也是这样荒诞不稽,与其他时令食品错位并呈。也许,吴承恩对时令花草、时令饮食把握不够精准。萱草鲜艳美丽,足以怡情,令人忘忧,它因而被人们称作是忘忧草,《博物志》中有"萱草,食之令人好欢乐,忘忧思,故曰忘忧草",白居易《酬梦得比萱草见赠》有"杜康能散闷,萱草解忘忧"的诗句,《西游记》中多次写到黄花菜,吴承恩自然是把它视为大快朵颐的佳肴了。

《红楼梦》《金瓶梅》都写到萱草的母亲意蕴,《金瓶梅》里还写到萱草的宜男意思。

《红楼梦》中,贾母当然属于金萱。第七十六回中,中秋夜大观园即景联句三十五韵,黛玉联道:"色健茂金萱。蜡烛辉琼宴。"湘云笑着点评前句:"'金萱'二字便宜了你,省了多少力。这样现成的韵,被你得了,只是不犯着替他们颂圣去。"黛玉即景巧构,中秋夜的月色下,金色萱草花更健壮,意思是称颂贾母健壮,萱草花是母亲花;所谓"颂圣",即颂扬圣贤,指赞美贾母。

《红楼梦》第八十七回中,九月,秋深,薛宝钗派人送了一封信给黛玉,此与林黛玉书并诗四章近300字,诗序起首是这样写的:"妹生辰不偶,家运多艰,姊妹伶仃,萱亲衰迈。"其诗第一章为:"悲时序之递嬗兮,又属清秋。感遭家之不造兮,独处离愁。北堂有萱兮,何以忘忧?无以解忧兮,我心咻咻。一解。"萱亲,是古时对母亲的称呼。母亲的居处,即萱堂,也即北堂,就是士大夫家的主妇居处,古诗中北堂多与萱草并举。薛宝钗在信中尊称林黛玉的母亲,其表述温文尔雅。

在言情小说《金瓶梅》第三十六回中,蔡状元吩咐唱《朝元歌》"花边柳边",苟子孝答应,在旁拍手道:"花边柳边,檐外晴丝卷。山前水前,马上东风软。自叹行踪,有如蓬转,盼望家乡留恋。雁杳鱼沉,离愁满怀谁与传?日短北堂萱,空劳魂梦牵。洛阳遥远,几时得上九重金殿?"蔡状元颇为得意,但作者有意借自负的蔡状元安排现场唱《朝元歌》"花边柳边",这些文人虽然号称立德以安身、立言以立命,但作者借此解嘲鞭挞他们,"日短北堂萱,空劳魂梦牵",他们抛亲离家,让北堂萱亲一回回空期盼,人生多惆怅,世情多寂寥。

《金瓶梅》第五十三回回目为"潘金莲惊散幽欢,吴月娘拜求子息",其词曰:"小院闲阶玉砌,墙隈半簇兰芽。一庭萱草石榴花,多子宜男爱插。休使风吹雨打,老天好为藏遮。莫教变作杜鹃花。粉褪红销香罢。右调应天长。"古人多认为,孕妇佩宜男草则生男。宜男草,又名萱草。月娘求子息和瓶儿保官哥,与"一庭萱草石榴花,多子宜男爱插"交相呼应,围绕西门庆的子嗣,妻妾之间明争暗斗。

谁言四月芳菲尽,萱草葵花觉昨非。萱草的意象,总把时、空、人紧密地勾连在一起。

乾隆与灶君

正月初四,四九第八天,酷冷。

继续看《叫魂》。这书是上海三联书店2014年6月第1版的,这版比初版好。印本为2021年5月第25次印刷本。好书,从印本上能反映出来。马朝柱谋反案时,乾隆就心怕西洋,迨至马戛尔尼到来,乾隆叱来人拜跪行礼臣服,双方不欢而散;乾隆文字狱酷;乾隆吃空祖上老本,人口大量增长造成少食流浪,鸦片影响身体和经济,官员贪污厉害;乾隆写了一大堆诗,但从不被文学史标榜为诗人。我的按语:乾隆,大草包而已。

初四,灶君回程返沪。特别冷的这些三九四九天里,这厮逃离人间。他比游客们飞到海南吹海风还潇洒,径直逃逸到天庭享乐去了。人们在这段日子里,以苦作乐,扫尘忙碌,守岁熬夜,围炉取暖,相互奔走,以酒麻醉。正月才四日,美丽坊已二人撒手。等他回来,气温将逐渐上升。灶君非友,不能与人们患难与共。

傍晚时分,弯月挂苍穹,旁边有一颗小星相伴。俄而,鞭炮烟花响彻不息,将外环之内团团围住。周五迎财神,但外环居民心已切切。但热闹是他们的,外环之内居民什么也没有。

韩非与《韩非子》

昨天一早,我打开微信,闪出"爱购上海电子消费券活动"。今天一早,我痒痒地打开微信,啥也没有心跳的好事。但我打开朋友圈,瞥到《韩非子继承了荀子的性恶论?》的标题时,我确实被震麻了。

大作的摘要是这样开头的:"学界一个流行的观点是从荀子与韩非子的师生关系出发,来论证二者性恶论的传承。然而,在思想史研究上,二者的师生关系的证据,并不很充分。"我断章取义地解读一下上面的话吧,"荀子与韩非子的师生关系"—"二者性恶论"—"二者的师生关系",我似乎由此可以很武断地说:该大作中,韩非子就是一个人名,他应该是荀子的学生。首句有个"学界一个流行的观点",学界都流行了,呜呼!荀子与韩非子是师生关系么?荀子与韩非是师生关系呀!请千万不要欺负韩非口吃,就不怕韩非抗议么!

大作指出:"这个为学界主流所接受的说法的唯一独立证据,来自司马迁在《史记·老子韩非列传》韩非子部分中所说的一句话,即'[韩非子]与李斯俱事荀卿'。"《史记》不是什么生僻的古籍,我们不妨按图索骥打开原书。"韩非者,韩之诸公子也。喜刑名法术之学，而其归本于黄老。非为人口吃，不能道说，而善著书。与李斯俱事荀卿。"抽取一下这段文字，可以得出："韩非……非……与李斯俱事荀卿"。也就是说"[韩非]与李斯俱事荀卿"，而绝对不是"[韩非子]与李斯俱事荀卿"。

大作在论述中指出："当然，在陈奇猷的《韩非子新校注》中，有注释者指出，韩非子这段说法确实与《史记·楚世家》与《史记·春申君列传》的描述皆不合，但是陈奇猷认为这可能是抄写者的错误。"这里提到"陈奇猷的《韩非子新校注》"，该书由上海古籍出版社 2000 年 10 月出版，封面印着"（战国）韩非著　陈奇猷校注"，这表明《韩非子》的作者是韩非。《韩非子》，则同《荀子》一样，是文本。"韩非"是人名，"韩非子"是书名，此乃天经地义，如（清）王先慎集注《韩非子集解》，陈奇猷校注《韩非子集释》，谢无量著《韩非》，任继愈编《韩非》，施觉怀著《韩非评传》。

"韩非子"被误用为人名，其开启者是谁呢？据中国知网显示，黄乾孟《韩非子论"治"》（刊发于《赣江经济》1981 年第 6 期）这篇小文可能是第一篇认"韩非子"作人名者。文章说道："韩非子的论述共五十三篇。秦始皇建立中央集权专制的封建主义国家的理论依据中，就采用了他关于'治'的学说。怎样去治理国家呢？"从引句中，不难得出，"韩非子""他"完全等同，也就是说，"韩非子"是人名。

金景芳《战国四家五子思想论略——儒家孟子、荀子，墨家墨子，道家庄子，法家韩非子》（刊发于《吉林大学社会科学学报》1980 年第 1 期），该篇名虽然用"韩非子"为人名，但文中，其人名实际上用的是"韩非"。这样的现象，在蒋重跃著

《韩非子的政治思想》(北京师范大学出版社 2000 年 11 月出版)一书中也是如此。全书分三大部分。绪论:关于《韩非子》的真伪及学派。本论:韩非的政治思想体系。余论:韩非的思想和他的悲剧人生。该书正文中,还是清楚地分清了人名"韩非"和书名"韩非子"。至于张亲霞著《韩非子与中国传统政治艺术》(长春出版社 2009 年 1 月出版),书中时而称人名为"韩非",时而则称为"韩非子",读起来就有些吃力了。逮至宋洪兵著《韩非子政治思想再研究》(中国人民大学出版社 2010 年 9 月出版),有"《韩非子》及韩非子人格、身世"一节及"韩非子认识社会现实的基本方法"一节,从节的题名上可见,人名则全然采用了"韩非子"。

40 年来,"韩非子"逐渐从书名转为人名。这如何是好?知人论世,这年头,人名都不知,宏论也发得出。盛世奇才!

"五四"时尚爱国帽

"五四"运动分为北京学生运动、上海工人运动两个阶段。1919年6月5日上海工人开始大规模罢工以响应学生,至6月10日形成全市总罢工。此时"五四"运动的性质已经发生重大变化,中心由北京转到了上海,主力由学生转变为工人。其间,上海地区的女学生纷纷戴上一款别致的爱国帽,以朝气蓬勃的形象出现在反帝爱国运动中。

1919年6月28日《英语周刊》第195期上刊登了一幅黑白大照片,标题为"女学生之戴爱国帽者"。这是为声势浩大的"五四"运动所配发的照片。照片中,11名女学生分前后排站立,前排5人,后排6人,她们均戴着宽沿软帽。

当时,这些女学生所戴的爱国帽属于夏帽。历史上,夏帽先后出现过草帽和帆布帽两种。1915年5月9日,袁世凯承认日本提出的《二十一条》,如此国耻引起公愤,形成全国性的抗议运动,即"五九风潮"。在风潮中的上海,街头流行一种竹布缝成的夏帽,青年学生竞相冠戴。这款夏帽到了"六五"工运时,就被青年女学生赋予了"爱国帽"的新意。

女学生们戴着爱国帽走上街头,她们特有的青春朝气和向上力量,给那个特殊的时代注入了新鲜的活力。

爱国帽宽大醒目,且轻软易折叠,它的具体做法又是怎样的呢?

1921 年 9 月《妇女杂志》第 7 卷第 9 期上,庄开伯所写的《女子服装的改良(一)》详细记载了爱国帽的制作方法,并配上绘图,让读者一目了然。

爱国帽由帽顶和帽沿构成。帽顶是六块分别高约四寸、底阔三寸的弧线三角形依次缝缀而成的,上边再加一个圆形小粒;帽沿是四块分别长三寸、短二寸半、里七寸、外一尺二寸半的不整齐扇面水平合成的;帽顶与帽沿结合部再缝上一根长二尺八寸的带结,作为装饰。

如此制作的爱国帽能够折叠,还方便洗涤,这些是草帽所不具备的便利之处。女学生喜戴爱国帽,不但因为其有曲线之美,还配上带结作装饰,不乏飘逸之感。不过,爱国帽也有待改良的地方,比如帽顶扣住头部致使透气不畅,又如帽沿材质轻软,因而容易垂下覆盖面部等。同年 11 月《妇女杂志》第 7 卷第 11 期上,黄泽人的《女子服装改良的讨论》中就提出了可取的改良方法:凡面部稍长之女,宜用广檐之冠;面如满月者,宜戴无檐之冠;短檐之冠,则平常人皆可戴之。几年后,爱国帽绝迹于市上。"五四"时期提倡国货,因硬边草帽大多是英国货,而以国货白斜纹布所制的爱国帽盛行一时。爱国帽的出现,表明上海地区女学生走在了"五四"新时代的前列。

法物之玺

    《澹园琐录》虽是类书,但著者刘秉璋还是认真编撰而成的。其"物部"之首为"法物",法物第一为玺印。通过梳理刘秉璋的辑录文字,我们发现,《澹园琐录》中对"玺"的音义阐释发人所未发,"玺"音"徙",古文"壐"取命尔守土为意,这在当今一些印章史论著中也很少能读到。

    什么是法物?清人刘秉璋《澹园琐录》"物部"的第一类"法物",下列玺印、符节契(附繻棨戟)、旗帜、伞扇之类。其"法物"之后紧接的是车舆辇轿、舟船筏之类的"重物"。南朝宋人范晔《后汉书·光武帝纪》记载:"益州传送公孙述瞽师、郊庙乐器、葆车、舆辇,于是法物始备。"两相比较,《澹园琐录》"法物"与《后汉书》"法物"所指不等同。

    《澹园琐录》法物第一是玺印。刘秉璋在四川总督任内,蒙赏慈禧太后亲笔大"寿"字,字上用玺印"皇太后之宝"。按照清代年例,上赏"福""寿"字,多系南书房恭代,不用玺印。刘秉璋对玺印关注甚深,《澹园琐录》中隐藏的一些表述颇有见地,发人深省。

    汉人蔡邕《独断》所言"玺者,印信也",向来为人们所熟知。而汉末的刘熙《释名》中的一段话在印章史上并不多被引用。《释名》云："玺，徙也。封物使可转徙而不可发也。""印，信也。所以封物为信验也。亦言因也，封物相因付也。"刘熙所言，包括了蔡邕的说法，尤其从释音上道出了其原委，正如汉人高诱《吕氏春秋注》指出的："读为'移徙'之'徙'。"刘秉璋辑录到《释名》的这段文字，为人道破"玺"音的重要信息，"玺"音的问题在此豁然而通。

"玺"的音义，刘秉璋都兼顾到了。在辑录《释名》前，刘秉璋还征引了一则更重要的辑文："明徐官《古今印记》：'壐'字（古从'爾'，从'土'，以命爾守土之义），壐（今乃从'玉'）。"《古今印记》，当作《古今印史》。古文"壐"，从"爾"从"土"为意。此制字，取命爾守土为意。《古今印史》这样解释道："其在臣也，曰君命我矣。何为？代君养民也。其在君也，曰天命我矣。何为？代天养民也。秦制：惟天子用玺。后之人因改从'玉'，于义何居？李斯又为之刻曰'受命于天，既寿永昌'。天之爱民甚矣，岂其独厚于一人以位为乐邪？"守土的大义，在此彰显无遗。"玺"兼音义，到此，人们将彻底明晰，玺从信物凭证晋级为权威认定，也就是说，从习惯上升为制度。

我们知道，先秦印多为铜质，少量玉质，"壐"字多作"鈢"，取"金"字旁。所谓玺印，古者尊卑共之，蔡邕《独断》引汉代卫宏所言"秦以来，天子独以印称玺，又独以玉，群臣莫敢用也"，玺的意义和质地在秦代都有了定型。秦代封泥"皇帝/信壐"等，汉代玺印"皇后/之壐""文帝/行壐""广陵/王壐""尚符/壐/之印""右夫/人壐"等，均作"壐"字；虽以玉为质，但未用"壐"字。到了北朝周代，"天元皇/太后壐"则作"壐"字。约在八世纪初，日本仿照隋唐模式，官署印中出现"天皇/御壐"。

唐代以来，"壐"改称"宝"。

法物之印

    清人刘秉璋《澹园琐录》"物部"的第一类"法物",法物第一是玺印。玺是印之一种。所谓玺者,印信也。关于印,《澹园琐录》主要涉及到印玺之始、印改为宝、至尊之位不合言印,所辑录的文献不多,不过在印章文献发掘、印章学术史上还有颇有价值的。

一、印玺之始

    甲骨文已经能见到"印"字,而且"印""抑"同形,像人跪受烙印的形状。认识玺印,得先从印上去考虑。关于印玺之始,《澹园琐录》先后征引《后汉书·祭祀志》和《周礼·掌节》。

    玺印的起源,《澹园琐录》引南朝宋朝人范晔《后汉书》:"《祭祀志·论》曰:'三皇无文,结绳以治,自五帝始有书契。至于三王,俗化彫文,诈伪渐兴,始有印玺,以检奸萌。'"范晔"尝闻儒言",也就是说,他听儒者口传关于玺印产生的社会背景以及功用。刘秉璋大概只是姑妄听之而已,对范晔"尝闻儒言"的说法也未必相信,接着,《澹园琐录》又辑录《周礼·掌印》有"玺节"及郑玄注文为"今之印章也""印,信也，刻文合信也"。

汉人郑玄所言"今之印章"，其时，汉代的玺印章各有分工。汉代官印制度规范，玺印章的印文、印钮、印绶等有相应规定。汉人班固《汉书·百官公卿表》已有记录，刘秉璋不满足该表，还征引应劭《汉官仪》中关于官印的文字。两者小有异同，从印上而言，《汉官仪》特别注明"二千石至四百石，皆铜印，文曰印"，文曰某官之印。当代学者多认为《周礼》成书于西周，郑玄把《周礼》"玺节"视为汉代"今之印章也"，欠妥。刘秉璋似乎也注意到这个问题，他接着又辑录了郑玄的另外注文"印，信也，刻文合信也"。"玺节"是兼有符节功用的玺印，充其量，称说"玺节"为"印，信也，刻文合信也"大体讲得过去，西周玺节毕竟与汉代的官印还是有很大的差别的。

一般而言，春秋时期有玺印是毫无疑问的。

二、印改为宝

印改为宝的现象，始于宋代雍熙三年(986)。宋代禁中所用，别有三印，即"天下合同之印""御前之印""书诏之印"。

《燕翼诒谋录》是宋人王栐所撰的典制文献。《澹园琐录》辑录《燕翼诒谋》："汉太子印符曰玺。雍熙三年，宋改为宝。"雍熙三年，三印并改为宝，别铸以金，旧者皆毁。

《澹园琐录》接着辑录清人傅恒《通鉴辑览》所云："建炎二年，金之入汴也，惟大宋受命宝及定命宝在，于是帝作宝三：一曰'皇帝钦崇国祀之宝'，二曰'天下合同之宝'，三曰'书诏之宝'(注：绍兴元年，复作'大宋中兴宝')。"建炎二年(1128)，所作三宝，印文不曰"印"，自然称之为"宝"。

对于此三宝，刘秉璋是这样认为的："窃按，秦汉六玺，因事异同,故作三宝。"过去,人们往往重视玺宝的地位,意识到玺改为宝,而忽视印改为宝的历史变迁及其重要性,刘秉璋特别关注到此,我们不能不为他的独特眼光而称奇。

三、至尊之位不合言印

唐代,玺改为宝,其实,宝印章之间的区别还是显著的。对于宋代的印章,刘秉璋既意识到印改为宝的史实及重要性,还致力澄清至尊之位不合言印的事实。《澹园琐录》两次辑录并均加上刘秉璋其人按语,分别如下:

> 宋人《春明退朝录》:近朝皇太后、皇后皆有印。篆文曰"皇太后之印""皇后之印"。故事,二宫各立有宫名,长秋、长乐、长信之类是也,宜以宫名为文。至尊之位,亦不合言印,当云"某宫之宝"。恭按,慈禧皇太后六十万寿,臣秉璋在四川总督任内,蒙赏亲笔大"寿"字,字上用宝,文曰"皇太后之宝"(年例:上赏"福""寿"字,多系南书房恭代,不用宝)。
>
> 《老学庵笔记》:"慈圣曹太后工飞白。先人旧藏一'美',径二尺许,用'慈寿宫宝'。"恭按,慈禧太后六十万寿,赏亲笔"寿"字,宝文曰"慈禧皇太后之宝"。

前者是《澹园琐录》"玺印"的首则辑文。刘秉璋认可《春明退朝录》"至尊之位,亦不合言印,当云'某宫之宝'",并以自己蒙赏慈禧太后亲笔"寿"字上的用宝来予以印证。以上两则辑文,《春明退朝录》采用讲道理的方法,《老学庵笔记》则用摆事实的方法,刘秉璋一再提及自身的经历来强有力论证宋代皇太后之印和太后之印不合言印，不过，他在前者中称宝文曰"皇太后之宝"，后者中称宝文曰"慈禧皇太后之宝"，哪者更精准呢？经查询比勘，后者转精，"慈禧皇太后之宝"完整无误。

《天不怕》

端午时候,挺难受的是黄梅天气,家里霉,外面闷。

我在翻看周越然这怪老头的文章。他在《天不怕》里自嘲家乡官话,顺带把北天堂嘲弄了一顿,原文有段话颇有谐趣:

> 余前闻人说"天不怕、地不怕,单怕湖州人打官话"("单",只也。湖州人喜用"单"字,言语中常有"单单里"等),盖讥笑湖州乡音太重,强学国语成就不多也。昨晚遇苏州陆上惠君,彼谓此语不指湖州,而指苏州,"苏州人根本不能说官话,就是'官'字,说得像'鬼'字,已经可怕之极……"。余不敢决定此语所指为苏为湖。不过,沿太湖一带居民,打官话总是靠不住,常常闹笑话。

我的左县官话说起来,听众总乐开了花:他们根本听不懂我在叽叽歪歪个啥,而我总爱眉飞色舞地说个不停。我的朋友中,有位皖地老首府首县人士说话尤其精彩,他的官话说得更出彩,如果我在旁边的话,我一定乐意做个通事,为听众串讲他的微言大义。好在苏州人说话声音嗲得令听众骨头都酥，人们也就不在乎他们打官话。小鬼头是对年轻人的爱称，小官人是旧时对男青少年的尊称。看来，小官人就是小鬼头，小鬼头就是小官人。我觉得有趣极了，就把周越然的这段话发在微信群里，然后到小区中心花园做核酸的。路上，我想来想去，突然感觉不对头，微信群中司长、局长、处长、科长们看见了，岂不怏怏然？但微信无情，发出了撤不回。罢了，是周越然说的，干我何事？

核酸回来的路上，老阿姨拦住我，说93路终点站对面南汇蔬菜店铺的那家菜便宜，这个信息很实用。经过折腾后，我最爱听居委发布和团长指令，老阿姨的话绝对不是鬼吹灯。我一路目不斜视，直达目的地。我之蚩蚩，抱着手机贸蔬菜，43.9元买下一堆时蔬，有土黄瓜、空心菜、毛豆、豌豆、韭菜、豇豆、红米苋。这个吃上三天，心无所憾。与时蔬对接上了，做到天人合一，这种愉悦的感觉真是妙不可言。我在熟菜店里，果断地称了22.2元的猪头肉，中午有荤有素，搭配合理。

我溜到中环绿廊边采了一下风，复厕了，真是太好了，吃喝无忧，拉撒也无忧，我决定下午在中环绿廊自由放飞不限时。我一手拎着熟食，一手拎着时蔬，往家里赶，在一个小区门口看到一辆大卡车上堆满了冰箱。冰箱复冰箱，黄梅天甚至不用出门，居民天不怕！

《静默之身》

　　红月亮出现过后的这两天,冬天不像冬天,气温反而有点高。今晨,雾蒙蒙。司机说能见度低,车如蚂蚁般移动。我看此情景,非常开心。像我这样斗大的字也看不清的人,平时被人鄙视,大雾之下,芸芸众生平等,看不清且走不快。

　　昨晚,美女译者邢海燕教授签名赠书《静默之身》。我仰慕这书甚久。我对残疾之士一向高度同情。新生见面会上,邢老师让我说几句,我和青年学子们说,啥也别怕,像我这么三等残疾的人在魔都也能生存,你们有何畏惧呢?弱传播最励志,我坚信我的话一定让青年人受益,永远自强不息。我打开窗,晨雾扑了进来。这雾如青年学子一样,好学上进,和我同读一本书《静默之身》。我翻看了三页,翻译语言流畅通晓,不像《尤利西斯》译得看不出什么鬼名堂。我念大学时,我们中文系学生都晓得《尤利西斯》这个书名,但只有一人读完了,让我们佩服得五体投地,不平的事是残酷的老师爱找他补考。我因而觉得,读《尤利西斯》者命苦。今读《静默之身》,首句即出自《尤利西斯》,但《静默之身》其译语不涩,读者将为作者悲怆的人生和感悟而掩卷不语。雾中,人们走着走着,也许突然陷入泥河,悲剧命运由此开始。没有人知道下一刻会怎样,那么,哪会有什么资格鄙视弱势群体,在别人的伤口上偷偷撒上一把盐呢?

忙忙碌碌,今天我没有时间继续看《静默之身》,但我开卷即喜欢了它。雾散了,四下澄明,但人世间静默之身依然没有蒸发,就在这里,或者就在那里。

大乐透

　　超级大乐透已兑奖 5 元，我用奖金再购同号，下次继续发财是必然的。书中有黄金屋，读书令人充实。

　　昨日我收到尹磊博士赐的译作《圣武亲征录》，该书由法国的伯希和、韩百诗所注。诸史中，《元史》草率，元太祖的丰功伟绩借《圣武亲征录》填补史书。伯氏引文说，王鹗访历史文献，时在世祖中统四年，引文采自《四库全书总目》。日间，我读清人赵翼《廿二史劄记》卷二十九首条"元史"，得见为中统三年，注为王鹗传。伯氏径用四库馆臣之言，馆臣为什么说四年而舍三年呢？此存疑待考。

　　伯氏学问精深博大，虽是汉学家，但他毕竟隔了一层。又如"导论"中对"长母"的解说。这对于一般汉语背景的作者与读者而言，不用解释阐述，诚如译者注，这一解释太过迂曲复杂，"长母"即嫡母，父之正室，伯氏错误地读此"长"为长短的"长"。伯氏关注到了明人陶宗仪的《说郛》，很是难得。他认可王国维说《圣武亲征录》成书于十三世纪下半叶，但他为王国维"但未能利用商务印书馆重版的《说郛》本"而深感遗憾，这未免用情不当。商务印书馆 1927 年 11 月初次出版明抄本

《说郛》,是年 6 月 2 日王国维自沉辞世。

　　《圣武亲征录》一书价值大,但书中疑窦丛生。以上伯氏所言三点,有待审视。尹磊博士新译伯氏注《圣武亲征录》,也许为我们考察伯氏之言打开一个视窗。

　　学术无国界,但莫尽信汉学家所言。

恼人的冬雨

恼人的冬雨来了,从昨晚袭来,早上还在殷勤地在空中密织。我的鞋袜与雨水亲密接触,谁怕谁,办公室有双套鞋久未派上用场,我光着脚穿着套鞋去听线上的会。

上午的会宏大叙事,我在线外飘浮。顺手摸出《中国古代的算命术》选看。先后看了两处。一处是袁树珊给文界前辈徐开垒先生算命不准,据说此说流传甚广。一处是《红楼梦》中有三处写到算命,分别在第二回和第六十九回以及第八十六回中,重点在第二回和第八十六回中。曹雪芹和高鹗的算命文化各有千秋,综合下来,曹雪芹会侃,高鹗会算,我以为。从算命描写来看,高鹗水平不见得比曹雪芹差,无数读者冤枉了高氏,而许多出版社也纷纷欺负高鹗,把"鹗"印成了"鄂"。

下午的会议开放式研讨环节把波澜不惊的会议弄得有声有色。围绕着"知本而行",程焕文教授在南国掀起热浪,问图书馆的"本"是什么? 创新的基础是守正,守正的前路是创新。开放式研讨基于自信,往往比坐而论道更精彩,更活跃,更有回味。

近期会议真有可拍案叫奇的。譬如吟诵润校园,刘德隆教授发表"拙见"如下:吟诵就是读书,读书无需他人的赞美;读书是用声音表达个人的情感,不应借助服装道具等增加观赏性;吟诵以听觉为判断标准,无需考虑视觉效果。海派与京派有差别,举个通俗例子,海派说看戏,京派说听戏。如此看来,吟诵也有海派和京派之别。古代小说研究论坛上,欧阳健教授就"笔记"与"小说"学术上的分歧展开争鸣。这一争鸣并不突兀,程毅中教授在一个讲座中也提及到。

　　图书中,会议中,有奇闻轶事。夜雨中记之,哈哈。

《印中岁月》

　　元月三日，白天有日，夜晚有月。从白天到夜晚，我拜读孙慰祖先生所著的《印中岁月：可斋忆事印记》。

　　玺印之术及之学，最能兼得其美者，我以为沪上孙慰祖先生也。西泠印社近有三人展，我独爱可斋主人，于是在花汇先生朋友圈里言说心声。殊不知，可斋主人乃花汇先生舅氏。我们于是畅叙。我表示，近期将去上图借还书，拟借经学书志和可斋主人印著。花汇先生明言，给个快递信息将寄上可斋主人著述若干。今日，阳光明媚，快递收悉。内有《印中岁月》一书，花汇先生赐教，此书已绝版，愿赠与我。其余二书《孙慰祖玺印封泥与篆刻研究文选》《隋唐官印研究》，内署"花汇吾甥惠存"，并署名钤印。我连忙电话致谢，花汇先生嘱语，两部研究著述不妨慢观。

　　《印中岁月》扉页有著者署名及钤印。前后各有照片十帧。邓丁制序，著者撰后记。序后有作者识语"一个普通生命的悲欢冷暖也不是孤立的"。未标明目录。正文左右设框，左朱印墨拓，框左上为"印中岁月"，框左下为朱色印文；右印款文字，框右上为"可斋忆事印记"，框右下为朱色印文。大体以所忆往事为序。全书用繁体竖排版，铜版纸印制。吉林美术出版社2008年7月第1版，责任编辑高凌，单价38元。

该书中，治印风格多样，各代公私玺印风貌均有。印章之中，寄寓个人情感，所以，印中有情在。凡六十二印，追叙著者少年青年时代许多记忆的琐屑。著者以刀石为印，"凝固渐行渐远的一些记忆，留存了昔日的温馨"。从印面印款文字中，喜爱玺印者品之赏之，自然美不胜收；就是不治印章者，观之读之，也能获得琐细入微的真实生活印痕，所以该书在篆刻圈子之外不啻为佳作。

篆刻留存下如常生活，《印中岁月》所以珍贵。

《俗世奇人全本》

下雨天,不见得只有抱手机没出息的样子。

洪女史突然问我手头有没有《天朝向左世界向右》这本书?网上年前不发货,她明天就离开上海了。我让她去图书馆看看,有人在的话就借上一本,我则在美丽坊门口"智慧享阅读"看看有没有这书。花开两朵,各表一枝。洪女史那边没什么枝好表,图书馆关门了。我这边没她要的书,我借了《俗世奇人全本》一册给自己看。

我撑把雨伞出楼,一转楼,发现石头上盆里的三角梅开了。绿地里,茶花抱着雨珠不放,茶花借着雨珠赏爱着她的神情逸致。"智慧享阅读"在路的一边,左边是玻璃柜,共五层,有书 330 册,各类图书均有,有的品位还真不赖。里面各有《俗世奇人》《俗世奇人全本》,我选第一层的《俗世奇人全本》。右边是操作层面。我刷二维码,输入手机,获取并输入验证码,开启地理定位,手机中选层序和书名,以及选还书地点。接着,我在屏幕上点开门,快捷取书,屏幕中立即显示所取图书的书名,然后点关门。操作就这么简单!啥时还书呢?我打开手机,有"借书成功提醒"相关信息。这个"智慧享阅读"

存在很有一段时间吧，我竟然不理睬不享用。天下苦手机久矣，书在眼皮下，竟无读书人！

大个子冯骥才挺好玩，他的《俗世奇人全本》当然更好玩。天津人好吃好玩惯了。《俗世奇人》被改编成话剧了，我昨天看到这消息，所以今天330册图书中我首先想到借它了。近来，黑框信息和"沉重哀悼"文字看得令人过分压抑，捧着大冯轻松活泼市井民间的大作，权当解闷。

《俗世奇人全本》获第七届鲁迅文学奖，有短文五十四篇和大冯绘制的五十八幅插图。该书2020年1月由人民文学出版社出版，当年5月就第3次印刷到160000册。

《启功书事》

寅吃卯粮，说的是当下，仍在虎年，却在赚兔年的流量。

太白有诗句"白兔捣药秋复春"，寅年疫行，白兔还在主阴球体上忙乎什么呢！卯年，但求芸芸众生安然无恙。

初一初二，雨，我宅读刘红庆著《启功书事》。这是本好书，除了责任编辑不认真，个别地方待勘误。第116页有图，题为"沁园春·美尼尔氏综合症（1975年）"。当年，启功在中华书局忙标点《清史稿》，患美尼尔氏综合症，豁达幽默人连续赋三首词，上为第三首，"亲爱的，你何时与我，永断牵缠？"启功题诗于王雪涛的画作上。"己卯春雪涛写"的题识，表明此画为卯年（1939）王雪涛所绘。白兔在草丛中炯炯有神，两耳警然竖起，食不安宁。启功于留白处，恰到好处题词作。书画并美，诚为佳作。

2005年6月30日，启功撒手人寰。前一夕，启功吃饺子，他说了一句话："物能留，人不能留啊！"这是启功一生说的最后的话。电影《启功》导演丁震说："令我非常感动：东西都是身外物，可以留下，人是最重要的，但不能留。""启功最后发出这样的感叹，他确实觉得东西、这些书画，不过是过眼烟云。

真正的亲人,最看重的东西却无法留住。"(第 220 页)年味,不正是与家人厮守相亲的甜蜜的至味吗?

　　1945 年,北平市教育局局长英千里想让启功负责一个科室,启功请教辅仁大学校长陈垣,陈垣捋着胡子哈哈大笑,说:"既然你并无宦情,我就可以直接告诉你:学校送给你的是聘书,你是教师,是宾客;衙门里发给你的是委任状,你是属员,是官吏。你想想看,你适合干哪个?"(第 95 页)。启功恍然大悟,世上从此多了一光彩,少了一个行囊,"好看的皮囊千篇一律,有趣的灵魂万里挑一",年年岁岁,岁岁年年,与自己、与家人、与知己交流有趣的灵魂,其乐融融。

　　读本好书,总比看春晚有趣。开卷有益,蜡梅在冬雨中扑朔迷离。动手动脚是扑朔,眼波传情是迷离,双兔傍地走,安能不嬉嬉?

对　　话

选择了魔都为活动空间,活色生香的欧风美雨就成为我们观看的对象。池洁摄影之作《闪影海上(2013—2019)》(上海书画出版社 2022 年 11 月出版)在手,我摩挲不已。在黑白故事中,我们如何与魔都的"异国情调"对话呢?

池洁从武康路出发,武康路是他小时候住过的地方,他的祖母牵着他的手,几乎踏遍附近的路,浏览过周边的房舍。2013 年的 3 月,午后,惠风和畅,他拾起武康路童年的记忆。七年来,他用镜头捕捉熟悉的陌生人。扉页署为"献给我的祖母徐禄英",这是一次纯粹的无言对话。

摄影图册留下 2013 年的 3 张影像:春,安福路近武康路,安福路;秋,田子坊。照片中,分别是 9 人、3 人、1 人。9 人中,6 个是洋面孔,3 把椅子随意放在户外平台之下;其中 3 人围坐,在看手机,外套搭在椅背上,看得清面容的一位女士正欢笑,引得左边坐在台阶上的青年抬头倾听;胡茬人偏着脑袋,正对着相机的镜头,地上椅子边放着一个包裹;坐在最上面,也就是最里面的男子左手抓举着咖啡杯笑着,光线轮廓清晰。第二张中,2 人是洋面孔,一人撸犬,一人跷着二郎腿正持手机,他们坐在户外,侧对着镜头。第三张中,一位女青年正持笔低头看书,桌上有份饮料。他们随意选择户外,一张桌子或者椅子,哪怕有个台阶,他们就可以不拘一格地迎来轻松送走时光。

2014 年,池洁为我们留下 9 张照片。如果说 2013 年的洋面孔还有些配合拍照的话,那么 2014 年的影像中洋面孔就显得大大方方,甚至报以灿烂笑容。3 张夏天的:武康路武康庭(2 张),安福路近武康路。6 张秋天的:外滩,武康路武康庭(2 张),安福路武康路街角,安福路,富民路长乐路街角。武康庭、外滩、街角,坐者行者,表情都是那么丰富,摄影者与对象似乎没有了隔,一条玉腿会呈现在镜头前端,交谈者、餐饮者、吸烟者,都自如地沉浸在日常生活中。2014 年的影像中,出现了家庭份子,小孩子坐在摩托车前(男孩)或后(女孩),更小的孩子在母亲的照看下溜滑板车。

永康路酒吧街在 2015 年兴起,这里成为外国人在上海规模最大的聚会点。海派文化的氛围在这里升腾。13 张 2015 年记录进入了摄影图册:春天,安福路乌鲁木齐中路街角;夏天,安福路近武康路,乌鲁木齐中路近长乐路,永康路(3 张);秋天,永康路(7 张)。街角,一个穿裙子的小女孩背上负着薄翼,她正用双手托着下巴,一副乐不可支的样子;背影者斜挎着宽带长包,右手两指勾着偌大的书包,两指笼着一个奶瓶样的水杯;左侧一位戴眼镜者扶着滑板车,温柔地看着这个小女孩。夏日,安福路近武康路,一位女性提着牵狗绳,两只不同颜色的大小犬正在耳鬓厮磨,亲热个没完没了,牧犬人温顺地看着犬们交流。其他 11 张,都发生在酒吧中,摄影者抓取洋面孔的一笑一颦,一举手一投足,小女孩大门牙豁口,女士没有收腿的样子,都逼真地收进了镜头中。洋面孔喜欢用眼睛交流,最传神的是他们的面孔,最生动的是他们的体态。透过他们的面貌神态,我们似乎能揣摩着他们的精气神。

　2016 年春天,池洁又端起相机采风了。这一年,池洁投入了摄影中,19 张照片以永康路为原点,扩散开来。永康路,春天 7 张,夏天 3 张,秋天 3 张。春天,他还出没在嘉善路近永康路、永康路近襄阳南路;夏天,他来到嘉善路永康路街角;秋天,他出现在长乐路近襄阳北路;冬天,他回到了久违的田子坊,还去了富民路长乐路街角。在酒吧里,在街角,池洁捕捉着一刹那的举止神态,如小孩子嘴里含着自己的手,小伙子张着大嘴巴交谈,穿背心者仰着脖子一饮而尽,行走女子手挎着拎包侧着面庞叙话,穿背心女子侧面夹着香烟,父亲搂着娃娃,一对年轻人在田子坊轧马路。2016 年的最后一张照片中,冬天的街角,两对男女在诉说什么,里面的男子凝视着女子,正中男子向女子倾斜而且左手绕过女子的后背。冬天来了,春天也不远了,爱和温暖弥漫在魔都。

　2016 年底,永康路酒吧街歇业,池洁把拍摄延伸到新天地和外滩。2017 年至 2019 年,池洁在转换视角,洋面孔的衣食住行丰富在接下来的 25 张照片中。2017 年和 2018 年,池洁各收获了 11 张影像。2017 年春,富民路长乐路街角,地铁 12 号线陕西南路站,南京西路陕西北路路口;夏,富民路长乐路街角,东湖路,东湖路淮海中路路口;秋,新天地,复兴公园(3 张);冬,滇池路近中山东一路。2018 年夏,外滩(3 张),乌鲁木齐中路安福路街角,富民路长乐路街角,乌鲁木齐中路安福路路口,乌鲁木齐中路安福路街角;秋,安福路,安福路近乌鲁木齐中路,南京东路上海民族乐器一厂门市部,外滩。在地铁站,我们第一次看见照片里出现外国人着西服的样子,不过上下装并非统一;他们骑着共享单车,小包包放在车前小格篮中,包带没有绕着车把;在公园里,他们慵懒安谧地流淌时光;在香车宝马前,穿着高跟鞋,艳丽盛装展现;在外滩,外国人像孩子们一样被宏大叙事所震撼而惊喜;肩挎着无纺帆布包,手里抓着手机,骑共享单车过马路;人行道上,女子微抬右臂收获着男子的脖子;外国人着民族装在外滩留影。时间进入到2019年,池洁为我们撷取了3张照片:夏,泰安路 Heyday 爵士酒吧;秋,外滩;冬,外滩。酒吧中,劲歌劲舞;游人如织的外滩,一群人以东方明珠为背景,或站或坐或蹲或卧,请求池洁为他们摄影;一对丽人穿着皮衣,在冬日外滩,尽情将自身的美与外滩的美融合在一起。

《闪影海上(2013—2019)》共收魔都"异国情调"主题的69 张黑白照片。异国情调容易带来震撼,黑白照片容易带来震撼;生活场景的记录容易带来震撼。2023 年清明,池洁赠我一册《闪影海上(2013—2019)》,我将庋藏之。

《澹园琐录》之"天地"门

刘秉璋《澹园琐录》"天部"四卷共二十门,第一门为"天地"(《刘秉璋遗稿》第 1—13 页)。通过窥视其结构、取材、辑文、按语,我们可以初步感觉到刘秉璋在编撰这部类书时还是倾注了心血的,尤其是在结构安排超出其他类书、按语表述上不时有真知灼见,取材方面指明出处,辑文方面尽量采用原文(当然更多时候取自类书),略胜于一般类书,至于它主要依据了哪些类书来编撰成《澹园琐录》这部类书的,尚待进一步考证,但是从"天地"门取材中不见清代文献这一点,可以推测撰者使用了清代大型类书。

一、结　　构

撰者在辑文之上的天头处所标注的文字,起到提要作用,这些概括极其精准,这一做法在别的类书中不曾出现。透过这些天头标注,可以窥视编者编排资料先后的意图,从而把握其内在结构。

"天地"门的天头标注文字有:天官六家,周天里数,地去天里数——宇宙生气为天地——宇宙——地常动人不觉——

天一大地二小——宇宙——六合——天圆地方之理数——九天诸说——天字名义凡八——地字名义——外史谈天二条——天左旋日月星辰右旋说——天即上帝——皇上——天地相去里说。以上按照辑录出处的顺序排列,有的出处中出现两个或以上的标注。

天官六家,指盖天、浑天、宣夜、昕天、穹天、安天。接着带出周天里数、地去天里数。然后指出天地如何生成的,这就涉及到宇宙。对于宇宙的认识,有两种说法:一为天地在宇宙之中,于是乎地常动人不觉;二为四方上下为宇,古往今来为宙,于是乎天动为圆、地静为方。

以上为天地总括。以下进入到"天"。九天指:钧天、苍天、旻天、玄天、幽天、皓天、朱天、炎天、阳天。天有八义:天显、天坛、苍天、昊天、旻天、上天、乾、元。接着带出地。然后指出天旋,这就涉及到日月星辰,并指出天还有上帝、皇上的说法。

最后,"天地相去里说"作为补遗,异于"周天里数,地去天里数"的数目。

梳理撰者的如此苦心匠运意,我们可以发现"天地"门的结构为:天地——天——附。这里的"地"与"地部"的"地"所指不一样,后者主要是指地域之类。

二、取　　材

"天地"门先后辑录了《续博物志》《淮南子·天文训》《汉书·司马相如传》《书纬·考灵耀》《案垢易义》《淮南子·原道训》《汲古丛语》《汉书·郊祀志》《汉书·司马相如传》《释言》《外史》《游浏璟言》《宋祁笔记》《后汉书·杜笃传》《洛书》。以上没有清代著述。《外史》当为《天文论》，见《补续全蜀艺文志》收录；《游旇璅言》当为《迫旇璅言》；《宋祁笔记》应为《宋景公文笔记》。这三种名称既然有误，就很有可能从类书中抄得。

"天地"从李石《续博物志》开始。《四库全书总目》说，李石是南宋人，四库全书"小说家类"里收录了《续博物志》，"特以宋人旧笈，轶闻琐语，间有存焉。姑录以备参考云尔。"《澹园琐录》长篇累牍辑引了《续博物志》卷一开始的文字，清楚地标注出处为"李石《续博物志》"，这样标著"李石《续博物志》"出处的辑文在其他类书中没有出现，这表明，撰者手边很可能有《续博物志》一书。该辑文在《礼记疏》和《尔雅疏》中都有，而且比《续博物志》的辑文更全面；该辑文有意落去《续博物志》首句"《尔雅》既曰释天不得不略言其趣，凡有六等"，《澹园琐录》如此释名，未见其高妙之处，我们只能推测撰者有意让人感觉他不囿于十三经，好掉书袋以彰显出自己见多识广。

《书纬·考灵耀》一般作《尚书纬·考灵耀》。撰者按语指出，该处辑文亦见于《博物志》，而《博物志》作《尚书·考灵耀》，这表明撰者手边有《博物志》一书。

《案垢易义》不见于四库系列和类书中，撰者此取材不明。

三、辑　　文

《澹园琐录》中的辑文，与原文相比照，往往有所出入，由此可以猜测其引文出处来自于大型类书，这样的例子较多：

如《书纬·考灵耀》辑文"春秋分，其中矣"脱"二"字，"譬如人在舟而坐"原文作"譬如人在舟中闭牖而坐"。

又如《释言》前段辑文"冬日上天，其气上腾，与地绝也"后漏去"故《月令》曰天气上腾、地气下降";后段辑文"地,底也"的"地"字后脱"者"字。

再如《外史》有两段辑文,原文大体连在一块,但辑文略去其中两处文字:一是两段辑文之间的"日月之内圣人不能损益之而成岁,故历者循其迹而作者也,曰",此处"日月之内圣人不能损益之而成岁"与前段辑文末句"是以日月之外圣人不能范围之而作历"意思连贯,此处人为截断,此处"曰"与后段辑文"天之旋也"意思相连贯;二是"内则以日月为涯,故躔度不易而四时成。外则以太虚为涯,其涯也不睹日月之光,不测躔度之流"后,漏去"不察四时之成,是无日月也。无躔度也,无四时也,同归于虚,虚则无涯"句子,这样意思不够连贯。

《澹园琐录》中的辑文,同样文字书写时不够统一,由此可以猜测其引文不是来自原书,而是来自于多种类书,这样的例子还是不少:

如《续博物志》辑文里,将"郑玄"改为"郑元",《释言》前段辑文中"玄玄"二字作"元元",《汉书·郊祀志》辑文里,"玄天""太玄经"中"玄"字既不缺末笔也不改为"元"。

又如《续博物志》辑文里,将"四遊之极"抄为"四游之极",而在《书纬·考灵耀》辑文作"地有四遊"。

再如《续博物志》辑文里,将"扬雄"抄为"杨雄",而在"天部三"中的"古历"门,按语中写作"扬雄"(《刘秉璋遗稿》第151页)。

还有径改和误抄的地方。如《续博物志》辑文里,将"按"改为"案",将"一度"改为"每度"。《游㴱璅言》辑文里,误将"谓之右旋"抄作"谓之右选";《宋祁笔记》辑文里,误将两处"昊天"抄作"皇天"。

四、按　　语

《澹园琐录》中的撰者按语,大体有两种方式:一是用"窃按"提示;二是出现在辑文中,用双行小字显示,如《淮南子·天文训》中的"音'霍'",《书纬·考灵耀》中的"盖以寒暑觉之",用以解释说明。

"天地"门中,"窃按"出现过七次:

《汉书·司马相如传》,对"宇宙"进行释义,从《庄子》说起,指出张衡之说本于《庄子》,由此得出"天地在宇宙之中也"的结论。

《书纬·考灵耀》,针对人坐舟中而不觉舟行的现象,称《博物志》中也有记载,"今西洋说之所本"。

《淮南子·原道训》,对"六合"一词,根据《淮南子·要略》"卢牟六合"的注"卢牟,规模也"予以解释。

《汉书·郊祀志》,结合《博雅》,指出"九天"的另一种说法,除"东北蛮天,西方成天,南方赤天"外,其他与《汉书·郊祀志》相同。

《汉书·司马相如传》,言及《吕氏春秋》《淮南子》有"九野"说,指出"《淮南书》多袭《吕览》,师古亦用之",是为卓见。

《外史》,对于天并不动的认识,表示赞同,所谓"此异说,似为定论"。

《后汉书·杜笃传》,探究称天为皇上的源流及其演变,古代称天为皇上,魏晋称皇帝为上,宋时已称皇上。

以上按语,有补充解释,有探源析流;有阐述,有创获。

破谜与借鉴

文学是人学,亦是心学,更是民族的心史。以中国古典小说(包括精品之外的大量作品)为形象资料写一部中华民族的心史,写一部中华民族性格的历史,这是一个伟大的科学命题。石钟扬先生新著《性格的命运——中国古典小说审美论》由窥测中国古典小说人物形象及其艺术的性格与命运入手,从而引导读者进入思索我们民族性格的结构与变迁的新、高境界,新颖而大胆、有趣而有益,颇发人深思。其灵思慧语如密闪在晨曦时丛林中的晶莹露珠,而著述中那份破谜与借鉴的执著、严谨则更见深刻。

《性格的命运——中国古典小说审美论》一书分上下两篇。上篇以"什么是性格? 这是个谜。什么是命运? 这也是个谜。这两者有何联系? 这更是个谜"(第 7 页)为发端。破译这一深厚丰富的文化哲理,是当代文化建设的重大需要,也是重塑民族性格的迫切任务。石钟扬独辟蹊径,去发现这心灵历程,他强调,中国小说不仅构造着人们的文化心理,而且塑造着我们的民族性格。著者从中国小说人物的性格及其命运的独特角度为我们展示了诸多人物形象及多种、多重性格,如干将、莫邪的复仇性格,关羽的义士性格,曹操的奸雄性格,武松、鲁达、李逵的勇士性格,孙悟空的"悟空性格",西门庆的流氓性格,贾宝玉的"宝玉性格",林黛玉的悲剧性格及从霍小玉到杜十娘的女性性格。或横向,或纵向,著者分析、比较小说人物性格及其命运,从而揭示人物性格的差异与递变、命运的走向与不同。又由中国小说中破出中华民族性格之谜,而更具意义的是,由探求艺术形象的民族精神中,警觉地发现中国小说的顶峰上已显示了中华民族性格的某种倾斜,他发出精警之语:"从干将、莫邪,到三国英雄,到梁山好汉,……到富贵闲人。这是从社会到个体,从客观到主观,从情感理性到感觉体验,从阳刚之美到阴柔之美,从奇人到凡人,从英雄到闲人抑或多余的人的历史的变迁么? 是人道主义的增进,英雄主义的沉沦么?"(第26页)这一反思,正与当今文化、民族性格的重构的深切呼唤相合拍。振兴民族精神,重塑民族性格,再展民族雄风,均可从中国古典小说的人物性格与命运中去发掘、开拓。这是深一层的破谜。

中国小说的艺术精神,与中华民族文化心理相通。《性格的命运——中国古典小说审美论》还从分析中国小说自身的艺术性格及其命运入手,提出"借鉴"的主张,即:"任何艺术更新,都离不开对前人艺术的佳处与陋处的借鉴;或者于精处求胜,走向历史新境界;或者于绝处求生,实现历史性突破。"(第231页)借鉴是一种革命。著者指出,中国小说史上的高峰,都是在它前面高峰所代表的小说观念与写法进行革命中突起的,"每次革命都可能诱发一次小说造山运动,一次次革命会使中国小说层峦叠嶂,杂乱壮观。"(第245页)他选出了明代"四大奇书"与清代的《红楼梦》《儒林外史》的某一侧面来阐述,并对中国小说的艺术虚构与艺术缺陷进行了论述。在"借鉴"上,著者很有开阔的眼光,他在穷究中国古典小说的佳处时没有沉迷于思古之幽情而复古自大,他明确提出:"一般来说,传统的'佳处',或许只能喂养出二、三流的作家;而历史的陋处,却或许能激励出第一流的作家。"(第 370 页)这种奋然而卓立的意识、深刻而透彻的思想,对于文化建设无疑具有强烈的震撼力;著者有由此及彼的发现(破谜),更倡导推陈出新的重建(借鉴),其理论指导意义就非同寻常了。

光

日有光，夜有光，但光下并非光鲜。这里，我叙说一下 6 月 14 日我遇到的光。

马路是最讲究秩序的，车行道、人行道，单行道、双行道、直行道、变道，斑马线、红绿灯，等等，这些规定要求已经深入人心，谁有违犯，最起码要被旁人鄙视的眼光射死。出小区，右手马路上停着一辆车，车后盖打开，有人在卖水产。这个位置，放在过去，车上会稳稳地贴上违规停放的罚单，有关人员会严厉驱赶处理路边摆摊的。卖水产的说，从 5 点半起，他被撵了 5 个地方。菜市场不知是清零了还是什么原因，留了守门人关门，其他人员分散在路边经营集市。

五月苑附近的马路边，总是停着大巴，数量处于动态变换中，从车子前玻璃窗望进去，我知道是某某疾控单位的用车。那些地方，放在过去，车上会稳稳地贴上违规停放的罚单。它们的旁边，也跟着停放了私家车辆。这些地方，地上没有划停车线，监控的利器还在原处高悬。这些地方过去是光光的，如今满满了。

我折回向西。过去停车的地方,摊主见缝插针营业。光线充足,他们就在露天里作业。蔬菜不含水分,现在的价格不像过去是按照毛重计算的,有点高是合理挤兑了水分。水果、肉类、水产、豆制品怕光,摊主们不断设法对付光线、小动物们。卖衣物的不怕光,在树荫下摆出长溜的摊位,夏天的大裤头色彩丰富,堆得层层叠叠。卖茶叶的,在车后盖下经销,当然,他没有悠闲地泡上一杯茶,毕竟菜市场的铁门紧闭,里面的厕所留给了守门人独用。卖油盐酱醋瓶瓶罐罐的,也把货物摆了一地,这样强光一照,与该类物品宜放阴凉处的友情提醒不合,多少不是办法。马路转弯西向,在公交车站旁边,有两家店铺。一家卖菜,门开着。前一天,我先见它下端留着一条缝,后来见它把门敞开了,有人上门巡查,先查看消杀水是否有,接着看是否看牢进门人扫码,然后,那人似乎不想走,左右看看,前后巡巡,冒了一句:"你有口罩吧?"女店主一直戴着口罩坐着,简短地回答他"当然有"。理发店门是合上的,但是,如果客官仔细看一看,必然能发现里面在理发中,灯也许是全坏了,也许是电源有问题。里面在摸黑理发。连续两天,我都见它这样。

　　马路上的灯光,照得路面如同白昼,不过温度善了,但是蚊虫不饶人。我到两个街道交接的地方走走,顺带买水管封带。公园南门两侧,各有一个采样亭,赶路人正在趋着采样亭的光而挪动。队伍有些长,一位女士求助边上一个小区让她进门做核酸,门卫一言不发。交叉口,菜市场在黑暗中一动不动,路口灯光下,一幅夜市情景展露无遗,连续着白天的故事。卖菜的,过去是夜间要进货下午打盹的,如今他们这样操持,日顶太阳或者雨水,早晚披星戴月,这样终究不是办法。疲惫的一位妇女无神地说："还是回家吧,钱没钱,莫把命也搭上。"谁都不容易,保重保重。

回到小区门口,楼上大喇叭说："门口团长扫码送毛豆。"听说是团长又在行善,我就出门看。路灯下,停着一辆私家车,两位男子一左一右站着。我远远地喊"团长",左边的说:"我不是团长,是上次给你们小区送过西红柿的,23.5元的。"他连忙拽了一包毛豆,塞给我。我说:"不要钱,我不好收的,大家都不容易。"他手上仍然拿着一包毛豆,和我说:"原来配送那边有些问题。天热了,毛豆怕坏,坏了太可惜,不如干脆送你们小区,有50包。赶紧送完,我们还没有吃晚饭。"我扫码后接受了一包毛豆。后面一位老阿姨跟着我扫码接受了一包毛豆。进门的时候,老阿姨说:"我看你扫了,也就放心扫了,不会是骗子。"我一下子感到压力山大。

等我再次出门扔垃圾时,看见风光无限的月光,从天空中沐泽人间。我赶紧取了手机,跑出小区。四个月来,我终于走出小区拍到了一个又大又圆又明的月亮。万千思绪涌上心头,过去的永远不堪回首。

临睡前,老堂客在厨房间说:"厨房里看,今晚的月亮很漂亮。"还拽我目测。我都有大视野了,不稀罕过去躲在屋内的一瞥,但我没有办法,只好说:"有什么好看头的,又没有你漂亮。"老堂客心满意足地饶了我。

积　善

　　海盐骚子《南朝·吕蒙正》(民国十八年抄本)开篇是："暑往寒来春变秋,有人欢乐有人愁。人生莫作儿童戏,积善之家福不休。"宏大叙事留着给历史学家写就,我们则为艰难的日子多些积善,施与个物资援助,或来个精神慰藉,实在屁本事没有,就用眼睛捕捉一些真能量吧。

　　报复性散步,本来是六月以来我应有的动作。但是,别人在"微信运动"中,不会发现我不时有报复性散步的记录,因为我出门时把"自动连接"和"使用流量"那两个圈屏蔽了。"戴好口罩,请刷场所码。"进公共厕所时,我必须开启流量。需要场所码的地方,我不进去就根本不需要开启手机流量。有的地方能唤起记忆自动连接,我把"自动连接"清零,省得自添麻烦。我不过就是一介草民,出个门不需要为着写起居注而令手机持续记录。

　　路上,偶尔见人跑步,这自然不能迂腐得需要戴上口罩。下班回家的,路边买个吃的充饥,一下子不戴口罩,天也不会塌下来。散步时,我向来不带手机,如今带上它,是因为也许内急,没有这个朝牌,管理员才不理不论,我有时候想,没有手机的老先生们如厕时怎么办？我真是吃饱了撑的，管理者应该也有年迈的父母，他们一定会想得极其周到的。

手机有个拍照的功能，这是我出门带上手机的重要理由。看到新奇之处，我就拍照下来，有的发到朋友圈，因为我觉得分享是一种美德，正如近来朋友间赠书或寄送些时物，温情就在其间流淌。最近一周，我的散步空间有限，新近流行一个名词"合围区"，我的散步空间尚构不成合围区，为此，我的散步需要与时俱进。

散步所见，无非都是鸡毛蒜皮的小事。藏猫猫的游戏很流行。集市的人从早到晚不断藏猫猫，摊开来归拢去；夜市从路口转移到暗处，有的菜摊自带聚光灯营业；他们原来工作的场所在静默中，有的场所外围新近有所加固，他们就在贴上"道路施工"提示的加固物外面不断奔波营生。路边总有两支队伍，赶早的是老年队伍，为着取钱续命；赶夜的是中青年队伍，围着核酸续命。

店铺都在，但店铺并非都在开门中。理发美容的，黑火灯笼，日间有的里面有一坐一站的，夜间则一无所览，其实，剃头师傅还在，他们在路边嚓嚓执业了。这样天，蚊子有些猖狂，路边剃头绝对不是好事一桩。有些店铺上的封条原封不动，店主不知何处去，却见蛛网游荡在风中。有的店铺门上有"转租""出租"字样。小饭馆卖饭菜的门可罗雀，兼营起卖蔬菜原材料了。稍大的饭馆一夫（或女）当门负责接待外卖，窗帘拉下，灯光倍减。没有一家店铺有门庭如市的情景，顾客如游客到此一游，买点东西立即出店闪人；顾客或如短衫帮站在咸亨酒店柜台前一样，取物走人，不会逗留。

在报复性散步后，记录下这些日子中的凡俗琐事，以俟夫观人风者得焉，我也算是积善了吧？

三　才

天地人,为三才。今岁三才,命运多舛!

天哪,高温热浪,暴风骤雨,作孽多端。年来处处食西瓜,让西瓜走进吃瓜群众的降暑生活。风雨之下,有英雄的悲歌,当然也有飘摇无居者的凄惶。是出有忧,居也有忧。天际万彩,余霞成绮,其妖冶莫名之状,令芸芸众生不解。

地啊,烟囱吐火,声如猛雷,赤焰乌云交作,金山居民触目惊心。父女驱车,尚且未见医院,而在道路之上,引发出一场丹东深夜通报。是居也忧,出也有忧。平畴之上,麦浪滚滚,尘土起处,收割声忙,足令俗民心怀感恩。

人呀,苦新冠病毒久矣,居士心难平,商家眼巴巴。曾几何时,有人说第一件事是理发唤回容光,但是梦断红玫瑰,牵一发而动全身,堂食也不成,有人说第一件事是大嚼一顿唤回味蕾的奢望化为泡影。今日,魔都消息:6 月 24 日(0—24 时)上海无新增本土新冠肺炎确诊病例和无症状感染者,出院出舱人数 53 例。清零啦,二字百天得,一吟双泪流。

敬畏天,敬畏地,敬畏人。莫造孽,莫欺骗,莫沉沦。烟火气的生活,总在那里,等着我们。

高　　温

"我们一起在外头/树,热出了一条线/河,热出了一个坑",这是一首叫作《高温》的小诗,写实,平易。处暑高温天,我去买菜买早点。

最近的菜场一直封闭,据说在装修中;人行道隔离,据说修路,但挺不争气,没动过工,又拆了一些隔离板。

沿着树荫走,蔡先生生煎还有,我赶紧往前,到路角崇明菜铺买菜。剩下三把美丽苋,我拿了一把,后面二人各拿了一把,接着来的老太生气了,问女店主为什么不留一把给她,女店主说今天这么热没想到你来买菜了,天这么热田里菜长不出来也收不上来。我不该今天突然跑进,扰乱市场和人情。我问白干子有么,女店主给我黄干子我就没要。我买了三样菜,13 元扫码结账。

我往回走,过马路进小超市。白干子一版 4 个,6 元。小盒致优牛奶 38.5 元,太贵了,康五市集大盒致优 38 元。我闪出店,往康五市集走。

康五市集门口,二人把守,我扫场所码进入。白干子 4 块,6 元,与小超市一个价。大盒致优卖光,只有小盒致优,27

元。我把小超市所见致优情景告诉男店主,男店主说这不可能你看错了,我辩解,我反复看过,莫非天热店员写错了。哪去买面粉? 转一圈,我问卖自制面条的小伙子,他说单卖 4 元一斤,一袋 36 元。我拎了一袋。路过早餐店,我随口说油条没了大饼还有。店员说要甜的还是咸的。我连忙接话"甜的,三份"。店员推出一袋,里面油条大饼各一份,"一共 13.5 元"。我一昏,接着明白了账单,店员又推出二袋。

太阳毒辣辣地晒着。我戴着口罩,拎着包又背着包,气急败坏往家赶。回家打开冰箱,吞服快乐水自行急救。这样的鬼天,农家干活,如何是好?

滩上之晨

不要以为桂东/西菜场不开,周边居民就会停止咀嚼。往冠生园路"大饼油条"世家排队购早点,生活烟火气扑扑而来。滩上有钱人多,买大饼油条的队伍蚁样前挪。在得到大饼油条前,我的脑海里涌出了刚才见过的路景。

钦州南路桂林路的花园酒楼,昔日是周边居民大吃大喝的地方,前些年被一家国际教育中心认领,今天发现,原来环座皆椅,如今改造为大教室了。

大学堂有个操场,操场南边树木花草围墙外是钦州南路。我巡察树木间的浮土凹起,据说今年有位博士在毕业前,将一批书埋在操场边上。似乎有几处新土隆起,真假难判,也许他用了曹瞒造地宫的计策。

钦州南路柳州路有个大工地,7月起动工了,建商品房,再过2年的10月,这里将会彩旗飘扬,宣告竣工。听说这里动迁了很多年,原来还要在此设一个地铁站,有些受过高等教育的人兴奋地为它取了一个大学站名。工地里,有个大碉堡,1949年浇铸的,很难铲平。

柳州路冠生园路有家出版社,现让位于易园,成了一个数字融合创新基地。可能处于融合阶段，我认为，既然是数字，都在云上，何必有基地场所？

"一个甜大饼一根油条"，轮到我支付 4 元了，打开支付宝，店家下面闪出"经常光顾"的标注。

我步入康健园，拍拍木芙蓉花，木芙蓉花激动得颤动不已，等她舞蹈收束时，我拍下了她的一张姝影。香樟树边，一妇人抱着树抚拍。后来换上一男宾，倚树傻望。

我坐在湿地边上的石条上，在手机上写着上边的字。发出，吃大饼油条是正事！

缺　水

天上只有一颗星，我没造谣，大家仰头都能看到。沪上缺水，不知是真还是假，昨晚闹开了。

天下熙熙，皆在造谣；天下攘攘，皆在辟谣。上海自来水来自海上，求下联。早听说过这个考题。我也一直以为我家水管里的自来水从海上来，每天饱浴海味多么幸福哦，上海滩人比好泡澡的扬州人更幸福。现在传说长江水不济，影响民用。同饮长江水，如果无法同饮，没法兴发日日思君之缠绵情绪，改饮三杯浅斟如何？好像有人抢水时，忙中出错，把长相有点像的有点甜和牛栏山一同抢到了家中。

我没囤水，五行里最缺的是金，但我又没本事囤金圈银。本月，最大的梦想是到金山走一趟，如果万恶的病毒休歇两天，赏个面子成全出行的话。我小区和单位旁边，有个漕河泾港，看一看，这四个字全带水，水之王呀，漕河泾港边的人怕没水，别人怎么活下来？缺水，就到漕河泾港来，看白鹭，看湿地，看芦苇，看小桥，看倒影，然后顺便扫扫场所码，进桂林公园看江南园艺，进康健园看东洋建筑，两园都有茶馆，我请您喝杯茶，一起诵读《秋水》篇。

楼上张业主正出门，我以为他骑车贸水，他摆摆手，说道："满网荒唐言。每年这个时候，上海海潮倒灌，不存在缺水一说。"日常积下的经验结成民间智慧，权威发布和各路灵通消息不及民间智慧。

天上只有一颗星，照看着熙熙攘攘的人们，楼上张业主骑着脚踏车，往漕河泾港那边跳舞去了。

皆为食忙

一出楼,我就拥抱了桂子扑来的惊喜。昨天才浅白色的小珠,今天已是明黄的小花。我继续当炊事员,采购去也。

其实,我家里还是有些贮藏的,周二早上我囤了些蔬菜。周末,总得吃点什么玩艺儿。我往离家最近的康五市集,而康兴菜场仍然寂然,桂东菜场在装修中。

路上行人流动,皆为食忙。平常我偶在夜晚出没,散个步。我路过小学西校区,不经意间朝路对面一望,日夜连锁药店玻璃门后偌大的白底红字"复工求生存"触目惊心。过十字路口,我继续在人行道上走,紫蓝色的喇叭花休眠了,对面的体育公园卷门向上提升了三分之二,我瞥见红色塑胶跑道上有年轻人在跑道。减肥,降脂,我有决心,但没行动,所以我越来越蠢笨。我折到体育公园墙外的人行道,望里面人们或跑或走,或跳或跃,老人们在用手臂舒展延伸他们的青春,这里散发着朝气、力量、希望。过上澳塘港上的桥,我听见两边工地上震声山响,河边估计在造出彩色人行道,届时人行道的两旁将点缀些小品。

扫过场所码,进康五市集。有位老人想快速闪入,但被眼尖的哨员发现。两边小食店，永远逃不了吃货们的眼光。我买了一份熏鱼，30元。这家生意不错，晚了没货，男店主总是干巴巴地说："今天的卖光了，明天早些来。"看来，我今天采购尚算早，早起的采购员有熏鱼买。我在菜场中的牛奶铺里，买了一份大致优牛奶，男店主永远面无表情，似乎从来没睡够觉，或许缘于一直没赚够钱，他懒洋洋地说："31元要不？昨天的。"便宜2元，好买一份彩票，雅克西。已有蔬菜，复购了熏鱼，其他就不想占有了。

一拐出，见新开牛杂店。店面整洁一新，又猛打折。我便向女店主点了一份菜品打包。女店主来自搓麻将和吃火锅的快乐故里，她一兴奋送这送那，甚至连筷子也备上，我劝她这个就免了。市集的小店比上次来时多了一些。我选了小笼店坐下来吸食。旁边的油条烧饼各涨了百分之二十。小笼店门可罗雀，又没涨价，我支持一下。店内热气腾腾，女店主说脱排坏了，便打开电扇，看见她也出了汗，我为刚才我说热而释然。店家的外卖有一些，我傻坐在店里有些安心了。后来，一对母女进来，要了2份小笼打包，她们急着往地段医院核酸，因为老师要小学生10点前提交采样记录，而边上的采样亭10点才营业。

回来路上，一男一女屁小孩在桥上约好下午见面，体育公园儿童游艺块一个小男孩在说"我再想个玩法"，日夜连锁药店里面黑漆漆的。我小区门右，一株桂树正在旺盛地喷出香气。

屏幕外的正常

电脑又黑屏了,日子回到了屏幕外的正常。

我去康五市集买口中食。地摊上,自称沈家门的人说他的海虾多么多么好,一百元三堆,那种已烤红的虾属于可以直接食用的大明虾。他说,别人卖的虾肠子多,是人工养的,不好吃。我随众买了一包,一百元入了他的支付宝账户。醺鱼是三十元一份,三十元入了卖醺鱼的支付宝账户。致优纸盒大牛奶还有,三十三元入了卖牛奶的支付宝账户。蔬菜摊上,我挑了一根香莴笋、二根黄瓜、一个圆萝卜,十一元入了蔬菜摊的支付宝账户。用钱如流水,但能现采口中食,比起某些成天盯着冰箱而出户不成的人来说,我已是亿分满足。

我洗了一把蔬菜,煮上了饭后,就往绍兴路 27 号填食去了。我一向不用手机定位,往往多走不少路,问过不少人。不过,常常获取不少新发现。在嘉善路往回走时,一位阿婆指示我斜过马路,从小巷能到绍兴路。她顺手问我如何保存健康码。我这个科技盲,如今能找到健康码,刷刷逗了一个能,然后截屏,但退回不到手机屏面,我急呀急,后来突然尝试改为左右拖刷,手机还真显灵,出现了首页。阿婆要求把照片直接放在首页上，我没本事尝试成功，只好请阿婆找图库第一张照片用。我坦白地说："您的手机我真没摸过。"阿婆告诉我，她的手机买来才用几天。阿婆姓蔡，全名我忘了，当然即使记得，我在此也不会写出来。

从嘉善老市小巷穿过，看见一株三角梅红扑扑，它真惹人喜爱。有家店铺主卖袜子，也卖日历，长幅连线的挂历和一天撕一页的本历都有，还有老皇历、农家百科历书。看到这个铺子，真让人恍惚来到乡野小店，大隐隐于市，这店够强大的。

绍兴路 27 号叫老洋房花园饭店，经营上海菜，左右挂了一大堆铭牌，大体在讲一个声音，在这里吃不会错。我往里走，左边一堵旧砖墙，墙上有水帘；正前方有亭翼然，似乎同今年高考作文卷上的材料一样，有位姝丽在亭外走动，我本来想上前多看一眼美景顺带饱览景中的一切时，正好群主来了一个电话，说要送萝卜青菜到我家；右边是洋房，我站在第二级台阶上，端详着洋房，一看吓一跳，"杜月笙公馆"，天哪，宝山高桥人杜月笙的窝！馔食精细，这不用说。我向前台讨名片的时候，打听了订位消息，得知人均基本不少于 400 元，吓得我又上了一趟盥洗间。

席间喝了不少红茶，到了林老师府上，我们改喝黑饮料，咖啡正香。小狗乖顺地在大家之间撒娇。户外有香椿树、樟树，还有白兰花树。我问："我在地铁静安寺站过道里，看见过一位老太婆拎着篮子叫卖'玉兰花（wuo）白兰花（wuo）'。"主人回答说六月卖白兰花。

从陕西南路站到上海图书馆站，地铁只有一站距离，但我从地面一走，晃悠悠了半小时。终于到了上海图书馆，却被告知周日闭馆，我只得循着提示在东口门卫处现场填单归还两本书,其中一本是梁晓声的《中国人的日常生活》。因为众所周知的疫情原因,新近复馆才好归还。门卫安慰我,超期不收费。

L形的白萝卜和蕾丝菜在厨房地上卧着。白萝卜其貌不扬,蕾丝菜上虫眼无限,它们显然属于超环保的天然食材。不管它黑屏,周末乐吃乐喝乐游一番,甚好。

徐家汇腹地

温度6—12度,但毕竟是三九第二天,我威武地套上了猪肚子老头帽,出没在徐家汇腹地。

43路公交车下车对面是徐家汇公园。肇嘉浜路在中间有个长条的宽绿化带,其间有个扑哧扑哧的出气孔,估计下面走地铁,旁边有个男女并立标志的公共空间。中华橡胶厂的烟囱上安装了越来越细的白色接头,顶端嵌上了细针。整个构造,酷似注射器,给老天来一针,如果老天有恙的话,这创意只应天才有。沿天平路的公园边上,有条灰绿色的塑胶步道,它真是货真价实,走在上路,有弹跳力,不像我过去所有踩过的彩色塑胶道那般硬梆梆的。花坛里有红花,红艳艳的,我把眼睛贴在上面审视,终于看清红花是真的,它从塑料叶子中钻出来。

我像城里人一样,红灯停绿灯行,终于来到 One 1 Tc,它虽在华山路,但未标出多少号给我看,也许我没看到,本来我斗大的字也看不清。电梯接龙一直上,再上就是屋顶。我问边上店里伙计,三楼在哪,对曰正在三楼,复问陶陶居在哪,对曰这儿就是。一抬步,一睁眼,噢,陶陶居,南海康有为题,这还是名人题署的老店呢。我请教某某路在哪包间,便有小姐A举手示意把我指给小姐B,小姐B举手示意接着把我指给小姐C,C指给D,D指给E,出了厅堂,来到平台,把我送进一个蒙古包式的单间,它四里玻璃通透外界,城里人真会玩。平时风雨交加,可能送餐不便,我还没进食却操碎了心,不知是贱还是仁。丰盛的膳食和愉悦的交流,全都在包里分享,这是一个多么美妙的中午。

饭后走一走,走到上海图书馆。华山路有个1731号,墙上有个锈迹斑斑的铁牌,脏污不堪,这也是艺术么?城里人的创意,你永远也想不清。转到淮海中路,见名人寓所一处,沪剧会馆一处,名人故居一处,前两者关门谢客,末者20元门票予以观赏。我算算时间,20元我不看上2个小时绝对不心甘,再去上图上图肯定不甘心等我参考外借。三十六计,继续走为上策。在不远处的N条马路的环抱处,地面到处是人,年轻人居多,他们环睹一船形建筑,共七层,约256个门窗。据一个没戴口罩的丽人说,它叫武康大楼,久闻大名!且容穷老汉远眺一番,抓起手机记录一下。一群白鸟围着大楼旋飞,它们把大楼当作舞池么?城里的白鸟也颇有艺术细胞,一圈圈旋飞的舞姿,每圈绝不雷对。

淮海中路1555号外平台的保安,让我亮预约信息,我捣鼓了一阵,保安示意我上台阶进门,特别提醒我进门被问时务必只说借书莫说还书,还书在底楼还书亭就能操办。我言听计从,读书人步入了知识的殿堂。我还书,从东馆借的书上楼还。我到检索处索书提交将借的书,一部手机傻在电脑边,新的发亮,不似我的那部显示屏有破烂的防伪标志的手机,我摸摸口袋,我的手机硬硬的还在。我小呼"谁落的手机",无人喝彩,边上走过一名保安,示意我把它交给阅览室前的工作人员。多么优秀的读者,拾手机不昧。检索提交系统改革了,穷老汉玩转好久,才终于搞定。上图开水间也开放了,我往水壶里冲了开水,书香没有茶香伴,绝对有失读书人的身份。趁调书空隙,我请教工作人员,搞定预约大事,我不能昧着良心让门口门卫下次再放我一马。我借了三册书,呷着一口茶看了一页半纸,想到时间也有些晚,便去上图书店逛逛。在上图书店原址,我逡巡不已,然后不得已轻声问里面的工作人员:"这儿过去有个书店。"两位工作人员异口同声说"已经没了"。上图书店清零了。我落魄地出门走人。

夕阳辉煌地把光彩布满天空,太阳不会预料到它明天就无颜色吧,它玩不过气象专家们的神卜。路边有个电话亭,亭子外面贴着"名人亭"的标志。我好奇进去,电话机有一部,有手机充电孔,还有巴金手迹著作翻印件,小台面上有已使用过的 2 张名人故居门票,我取了一张,我挺好奇我本人为什么这样做,好像很滑稽的样子,这穷老汉!外面有人如果看见,一定会这么想吧。

我从华山路转入康平路,正见对面瓦房中有家食铺,叫"牧羊餐厅",落阳人一惊一喜,它始创于 1984 年。后来我听说,这家食铺还是很有名气的。转天平路,One 1 Tc 外华灯初上,绿化带上密布了灯源,五光十色,美不胜收。在衡山路上,我等红灯时,见到边上有个三层楼颇别致,凑过去看,叫什么"衡山·和集",不会是市集,里面灯光黯淡,有书架若干。我看几个年轻人出来,便试着进去,一股咖啡味。我瞄了瞄书架,很小资很有范的,穷老汉不在乎这样。上楼,有个个展,小型得不能再小型,有外文书。再上楼,多是大开本的外文刊物类,南边墙上有两块牌,上面有签名和留言,精彩纷呈,一个上面有"徐铮",一个上面有"阮仪三""沈嘉禄",当然还有许多名人,但由于我一向孤陋寡闻,我只知道这三位。

在乘43路公交车回程前,我有一个大发现:徐家汇公园烟囱墙体上暗布机关,晚来会灯光秀!

后　记

非遗界这些年流行一句话"见人见物见生活",俗民的饮食起居中又何尝不需要"见人见物见生活"呢？何况有言"城市,让生活更美好"在先,在魔都,我用自己的眼睛和脚步去触摸身边的上海。

我端注着上海的时间。年轮总在年末特别闪耀着光芒,于是我从寻找年味开始。一波人返乡,一波人留守。是大都市的年味淡了,还是我们的自信在减弱？在上海的城乡观察中,我人际往来中,我感觉到,在大都市中打拼,芸芸众生身累心累,在春节这个中国人的狂欢节中,我们期冀年味有更多的家庭味、人情味。年岁中需要一个个小惊喜、小休息,这就是时节。从立春到小年夜,上海的昨天和今天织成一道道有序而恬静的网,在阳光下,在风雨中,在夜幕里,不断地延伸着,我们在网上、网外观望着时光的流淌。

上海的空间由城区和乡野构成。我在老城厢反复行走,追忆"老城厢"这个似有似无的奇异空间。我执意寻找上海老城厢的市井味,可能什么也没有获取到,但我的痴情是无人可以否定的,我用文字和照片记录留存行走中一刹那的实像。

上海老城厢的市井味，沪乡的风物味，不断丰富着沪上人们的味蕾。我走在乡间小路上，向乡贤请教，和村民交流。江南的古镇，民间的智慧，都活泼泼地涌现出来，令我欢欣鼓舞。

上海的人、景、事、物，既平常，又与众不同。我在爬梳和观察中状写，打捞历史文献，捕捉转瞬即逝的云烟。我对宏大叙事不感兴趣，只想从俗民的视角审视上海的人、景、事、物，所以很多读者在观看我的这些琐碎记载时，似乎也感觉到文中所写的就是他们看到想到听到的故事。

我是俗民，同时也是一个从事民俗学研究的小兵。读点图书，做点采风，自然必不可少，我弄出假装斯文的样子，于是，有模有样地搞点啜茶评书和路上观察法。

有人曾经问过我为什么坚持写这些稀松平凡的文字？我说，写下来，脑子里的眼睛里的心里的片段，就被保留下来的，我没有本事留住时间，但魔性的文字能够寿千年。有人说一起行走时为什么你能用手机很快地记载下来？我说，因为我不想刻意写所以我们愉快地共同度过同一时光，但生活的感触又让我情不自禁地记录下来。有人说你写下来为什么不发表甚至结集出版？我说，我本来就是从乡下来到大都市的普通人，不求闻达于诸侯的，能有三五人看看我的文字甚至叫好，我就很满足了。

据说几位先生和老太太喜欢看我的文字，他们通过多种方式鼓励我有机会能出版。我把这个想法对我的在读硕士研究生张琪舒涵说起，她立即说她来整理我的微信朋友圈中和公众号中的文字。偶然的机会，我问吴安之是否愿意协同张琪舒涵整理，她愉快地答应了。吴安之当年报考我这边的民俗学硕士研究生，但是由于名额限制，我无缘录取她，我鼓励她调剂到广西师范大学,她毕业后在南京一家纸媒工作。她们认认真真地挑选、组织。在读硕士生郑雅婷、丁海昕也参与了后续工作。我诚惶诚恐地把《都市民俗和云间记忆》提交给上海三联书店,钱震华先生拨冗阅览,觉得可以出版。

《都市民俗和云间记忆》分为十大块:寻找年味、感时应节、老城厢、沪乡文化、斯人已矣、景界大千、亲近非遗、格物致知、啜茶评书、路上观察法。它有点文学味,也有些考证考辨的酸溜溜文字。书的前面,总得有篇序吧。我第一反应是找张剑光教授,他著过《半学术:读书与存真》,这部作品实在很迷人。他满口答应了,而且还洋洋洒洒地赐来了大序!在大序中,他把我当作一个文化人来看待:"一个个小标题下,他对传统的热爱,对文化的执着,随着他的白发增多,那种思绪一天天在飘溢着。"我真是受宠若惊!

听说《都市民俗和云间记忆》将出版,苏智良教授、邢海燕教授、李学斌教授等表示认同。书中出现的师生友朋等着这书的出版,他们表示再读这些温情文字,追忆我们共同的日子。新的朋友,新的读者,也将能从书中发现这些年的都市民俗和云间记忆吧。

戴建国

2023 年 12 月 15 日于文苑楼

图书在版编目（CIP）数据

都市民俗与云间记忆 /戴建国著.
—上海：上海三联书店，2024.

ISBN 978 - 7 - 5426 - 8471 - 4

Ⅰ.①都… Ⅱ.①戴… Ⅲ.①随笔—作品集—中国—
当代 Ⅳ.①I267.1

中国国家版本馆 CIP 数据核字（2024）第 077929 号

都市民俗与云间记忆

著　　者　戴建国

责任编辑　钱震华

装帧设计　陈益平

出版发行　上海三联书店
　　　　　中国上海市威海路 755 号
印　　刷　上海新文印刷厂有限公司

版　　次　2024 年 5 月第 1 版
印　　次　2024 年 5 月第 1 次印刷
开　　本　890×1240　1/32
字　　数　315 千字
印　　张　13.625
书　　号　ISBN 978 - 7 - 5426 - 8471 - 4 /I・1875
定　　价　78.00 元